クルマが語る人間模様

――二十世紀アメリカ古典小説再訪――

丹羽隆昭　著

「人間は乗り物のためにはいくらでもカネを払うんだ。それを買いたいために働きさえするのさ……」――W・フォークナー、『自動車泥棒』

開文社出版

目次

◆クルマが語る人間模様——二十世紀アメリカ古典小説再訪——

はじめに

本書は一九二〇年代から六〇年代にかけて発表された何編かのアメリカ小説において、クルマ（自動車をこう呼ぶことにする）という現代文明の利器がどう表現され、小説の意味とどう結びついているかを考察するものである。別の言い方をすれば、個々の作品に登場するクルマの意味を精査するとその作品がどうみえてくるのか、その検証の試みである。

周知のように、アメリカでのクルマの普及は一九二〇年代に一気に進んだ。この理由としては、何といっても、「流れ作業方式」の導入による、「T型フォード（Model-T）」（以後「T型」と略す。詳しくは後述）を筆頭とするクルマの大量生産の本格化が大きいが、他にも、折からの未曾有の好景気と大量消費ブーム、広大無辺の国土、アメリカ人本来の移動好きな性格などが挙げられよう。加えて、第一次世界大戦（1914–18）という初の世界規模での「近代戦」[1]を経て、「すべての神々は死んで」しまったと思い[2]、自分たちが「迷子」になり「根こぎ」にされたと感じた[3]当時の人々が、そのやり場のない不安を、ひたすら走り回ることで解消しようとしたり、「走る密室」での刹那的快楽によって紛らわそうとしたりして、戦争の結果一大進化を遂げるに至ったクルマへと飛びついたのも、理由のひとつに挙げることができよう。未曾有の物質的繁栄を享受したその一方で、大戦前のモラルや価値観が瓦解し、精神的荒廃が露わになった「狂乱の二〇年代（the Roaring Twenties）」[4]は、クルマがアメリカ社会に充満してゆく恰好の素地を提供したものと思われる。

第一次世界大戦が始まった一九一四年、全米のクルマ登録台数は約百二十六万台であった。それが戦後の一九二〇年になると約八百十万台になり、二〇年代終わりの二九年には約二千三百十万台[5]という数字に達していた。戦争をはさんだわずか十五年間での普及の伸び（約十八倍）も凄まじいが、二九年における二千三百十万台という数字は、当時の合衆国の人口一億二千万人[6]で割ると大体五人に一台となり、ほぼ「一家に一台（one family, one car）」を意味する。当初クルマの開発では、フランス、ドイツ、イギリスなどヨーロッパ諸国にかなりの遅れを取ったアメリカだが、その普及、とりわけ第一次世界大戦後の普及においては、戦争でヨーロッパ諸国が軒並み荒廃に瀕したなかで「独り勝ち」した勢いも手伝って、それら先進国をまったく寄せつけず[7]、世界に冠たる本格的なクルマ社会を、かくも早い時点で実現させたのだった。

アメリカでクルマが急速な普及をみせた一九二〇年代は、アメリカ小説が、質量両面で史上稀に見る豊かな結実の時期でもあった。ドライサー（Theodore Dreiser: 1871–1945）、ルイス（[Harry] Sinclair Lewis: 1885–1951）、キャザー（Willa Cather: 1873–1947）、ヘミングウェイ（Ernest Hemingway: 1899–1961）、フィッツジェラルド（F. Scott Fitzgerald: 1896–1940）、アンダスン（Sherwood Anderson: 1876–1941）、ドス・パソス（John Dos Passos: 1896–1970）、フォークナー（William Faulkner: 1897–1962）などの作家たちが次々と大作を発表し、アメリカ小説の地位を国際的水準あるいはそれ以上へと引き上げたのである。特に目立つのは、第一次世界大戦で戦地ヨーロッパに赴き、大戦後に戻って来た祖国アメリカの社会を覆う楽天的空気に違和感を覚え、折からのドル高を利して再びヨーロッパ（特にフランスのパリ）に身を置き、その時期の因習破壊的で反写実的芸術思潮、いわゆる「モダニズム（Modernism）」の影響をまともに受けた若い作家たち、つまり世に言う「ロスト・ジェネレーション（the Lost Generation）」の貢献である。彼らの活躍により、それまで教訓性、寓話性、地方色が強く、何となく垢抜けしない性格を帯びていたアメリカ小説は、このときその大部分が一挙に前衛的とすら言える斬新さと洗練とを手に入れたのだった。かくして一九二〇年代の中頃は、十九世紀中葉の「アメリカン・ルネサンス（American Renaissance）」(8)期とともに、創作エネルギーの豊かさと質的な高さにおいて、アメリカ文学史上の二大ピークのひとつを形成するものとなったのである。

このように、興味深いことには、クルマ社会の到来とアメリカ小説の一大収穫期のそれとは軌を一にしている。小説は時代や社会を映す鏡として機能するものゆえ、二〇年代以降に登場した代表的アメリカ小説には、クルマが日常生活の一部となり、人々の思考・態度にも少なからぬ影響を及ぼすに至った様子が、鋭い感性を持った作家たちによって、いろいろな形で表現されている。クルマが単に風景の一部として作品中に登場するだけではない。クルマが登場人物の性格、欲望、人生を表象したり、時代や社会の本質まで体現して登場する場合もしばしばである。自国が第一次世界大戦でひとり勝ちし、世界の超大国となった一九二〇年代以降、アメリカの小説は、クルマによってアメリカ人の生活や社会を活写してきたとも言えるのであり、そういう状況は少なくとも第二次世界大戦（1939-45）後の一九六〇年代前半あたりまで色濃く存在していたように思われる。それは奇しくもアメリカが世界の超大国として光り輝いていた時代と重なっているのである。

クルマは、テレビやコンピュータとともに現代文明の三大利器のひとつに数えられよう。文明の利器なるものが通常そうであるように、これら三つもみな人類に多大な恩恵と害悪とをもたらしてきた。このうち最も古い歴史を持つクルマは、後から登場してきたテレビやコンピュータにはない独特の顔や性格を持っている。ホスト、端末、ネットというシステムの中でデジタル的に機能するテレビやコンピュータと異なり、クルマは一台一台が独立して動くアナログ的機械であり、本質的にどこか限りなく生身の人間に似ている。現在のようにそれが高度にコンピュータ制御化されていなかった時代にあってはなおさらである。エンジンという心臓を持ち、サスペンションという足腰を備え、二つの大きなヘッドライトという目玉を装備し、ボディーには血管さながらの大小無数のパイプと、神経さながらの電気コードの束が、すみずみまで縦横に張り巡らされている。歳をとれば夏の暑さがこたえるし、冬の寒さは致命的ともなる。またクルマは一台一台がけっこう個性を持っている。一万数千点に及ぶ部品の集合体であるクルマは、それらが組み上がって一台のクルマとなった時点では、たとえ高度の品質管理下で大量生産される同一メーカー、同一車種のクルマであっても、個体間格差が少なからず生じてしまい[9]、少しオーバーに言えば、一台一台に自ずと「先天的」個性が備わっているのである。そのうえ、運転の仕方、保守整備の状況という「後天的」要因が加わって、個体間にさらに大きな差異を加速度的に生ぜしめる。個々のクルマは乗り手の性格を強く反映するようになり、クルマを見れば乗り手の性格が分かるほどにもなる。また人間はクルマを選ぶが、同時にクルマのほうでも人間を選ぶ。両者の間には自ずと成立する一種の整合性があって、その整合性が欠けると大きな不幸を招くことすら稀ではない。

一九二〇年代以降、クルマが社会に浸透してゆくにつれ、少しでも他人と違うクルマを求めようとする消費者心理により、当初は無骨で見栄えのしない、単なる機械に過ぎなかったクルマが、次第に外見においても性能においても、他車との差別化を主張し、所有者の社会的地位を誇示する「ステータス・シンボル」と化し、人々の欲望、虚栄心、競争心を煽り立てるようになった。クルマは、その普及とともに、人間との間に複雑な双方向的影響力を持つ、一種の生き物のごとき存在へと変化、進化を遂げてきたと言えよう。そして現代社会にあって、クルマは人間が演じる数々のドラマを支える名脇役となり、主役たる人間や、ドラマの舞台となる人間社会の性格、本質を鮮やかに映し出す役割を果たしてきたのである。

これからわれわれは、一九二〇年代以降六〇年代中葉にかけて発表された七編のアメリカ小説において、そこに登場するクルマがどのように表象され、作品の主題とどのように関連づけられているのか、各章で具体的に、できるだけ詳しく検討してゆく。作品の選択は恣意的と言うほかないが、それぞれにクルマというものにまつわる問題のエッセンスが折り込まれているのは確かである。七人の作家たちがそれぞれの作品に描き込んだクルマは、その作品の主題と関わる重要な事柄を、物言わずして雄弁に語っているのだが、それを逐一確認してゆくことにしよう。

その前にまず一章を割き、二十世紀アメリカ小説を読む際に必要となるクルマについての常識を、主としてアメリカの場合に絞りつつ、ごく簡潔に要約しておきたい。従来こうした知識は、社会史、文明史、産業史など、文学以外の分野に属するものとして捉えられ、文学研究の場では「常識」の名のもとに、割合おざなり、あいまいにされてきた恨みがあるように思われる。加えて、このことに関しては奇妙にも日米でほとんど差がない。この少々怪しげな「常識」をいま少し強固なものとし、実際のところクルマには相当うるさいアメリカ小説を、クルマという重要な視点から再考する試みの基礎としたい。なお本書の記述中に表れる各種の数字や統計は、この種の事象の常で、参照資料によって必ずしも一定せず、あくまでひとつの目安である。

挿絵 1
Nicholas Cugnot の「蒸気三輪車（steam tricycle）」
（Microsoft, *Encarta Encyclopedia* による）

第一章　クルマあれこれ

（一）はじめクルマは蒸気で動いた

世界におけるクルマの歴史は十八世紀後半のフランスで、キュニョー（Nicholas-Joseph Cugnot: 1725-1894）という陸軍技師を務めた人物が、重い大砲を運ぶために考案し、パリの街路を走った（動いた）という「蒸気三輪車（steam tricycle［英］/ *Fardier à vapeur*［仏］）（挿絵1）に始まる。一七六九年のことであった。これはかのナポレオン一世（Napoleon Bonaparte: 1769-1821）が地中海のコルシカ島で生まれた年に当たり、同年イギリスではワット（James Watt: 1736-1819）が、産業革命の推進役となった「改良型蒸気機関（蒸気を圧縮する「復水器」を備えたもの）」を発明している。この時アメリカは独立革命前夜の緊迫した状況にあり、翌年には駐留英軍と植民地人が衝突した「ボストン大虐殺（Boston Massacre）」[10]が起こっている。日本は江戸中期、いわゆる「田沼時代」初期に当たる頃であった。

このキュニョーの「蒸気三輪車」は、三輪の荷車の前部（一輪の前輪部分）に大きな釜（ボイラー）と蒸気機関とを取り付け、ピストンの往復運動をクランク（crank）で回転運動に変えて前輪を駆動するものだった。イギリスのトレヴィシック（Richard Trevithick: 1771–1833）やスティーヴンソン（George Stephenson: 1781–1848）による鉄道用「蒸気機関車（steam locomotive）」が登場するのはこれより三十年ほど後の、世紀も十九世紀へ転じてからのことである。路上を行くキュニョーのクルマは、鉄路を行く汽車よりもはるかに早いお目見えだった。一般にわれわれは、鉄道のほうがクルマより古い歴史を持つと考えがちだが、それはあくまでもガソリン自動車を基準にした話で、蒸気自動車もまたクルマだということになれば、実はクルマの歴史のほうが汽車のそれよりもずっと古い。

クルマの歴史に関してわれわれが確認すべきことのひとつは、このキュニョーに始まって二十世紀初頭に至るまでの百数十年間、クルマの主たる動力ユニットは蒸気機関だったという事実である。キュニョーに遅れること十五年の一七八四年、イギリスではマードック（William Murdoch: 1754–1839）とワットによる実験用蒸気自動車「蒸気の悪魔（Steam-Devil）」号が、イングランド南西部のコーンウォールに登場した。後に鉄道用蒸気機関車を開発し、鉄道の祖とされるトレヴィシックも一八〇一年、ロンドンで蒸気自動車の試運転をし、これを三年後に鉄路へと応用している。[11] イギリスではさらに二九年、医師のガーニー（Sir Goldsworthy Gurney: 1793–1875）が考案した「蒸気乗合バス（steam coach）」がロンドンとバースの間に登場し、時速十五マイル（二十四キロ）で走行したが、「ラッダイト（Luddite）」と称する機械打ち壊し運動家たちの妨害や、馬車組合の猛反発により、ガーニー自身は早々と事業から撤退してしまった。またその後、彼に続いてイギリス各地に現れた蒸気乗合バスもあまり長続きすることなく消えていったという。[12] しかしながら、その後も、ガソリン車

挿絵２
Steam Tractor（1920 年式）年式がかなり異なるがイメージはほぼ同じ。
（Forney Museum of Transportation, Denver, Col. HP による）

が普及するまでの長い間、ヨーロッパ、アメリカの双方で、蒸気自動車はクルマの主流であった。「自動車王」フォード（Henry Ford: 1863–1947）をクルマ作りへと向かわせたきっかけのひとつ[13]も、父親といっしょに馬車でデトロイトへ向かっていたある日のこと、偶然道の向こうから煙を吐き、シューシューと大きな音を立ててやってきた「蒸気トラクター（steam tractor ＝ 農機具等を引っ張るための車両）」（挿絵２）との遭遇だったという。

　また今からほぼ百年前、ちょうど「世紀の変わり目（これを普通、歴史の分野では“the turn of the century”と呼んでいる）」に当たる一九〇〇年のアメリカに話を移すと、当時かの国にあっては、まだまだ馬車が圧倒的多数を占めていたとはいえ、国内にはすでに自動車メーカーなるものが七十二社あり、一九〇三年までにはそれが急増して二百四十六社を数えるまでになっていた。その二百四十六社の内訳は、蒸気機関を動力ユニットとするクルマを作っていたのが百六社、ガソリン・エンジンを動力とするものが九十九社、電気車が四十一社だったという。[14] また別の報告によれば、二十世紀初めのアメリカでは、クルマの三分の一が電気自動車であり、それより多かったのが蒸気機関を動力とする蒸気自動車だったともいう（Bachelor, *The 1900s*, 209–10）。いずれにせよ、当時の最大勢力は蒸気自動車だったことになる。その頃、ガソリン車は騒音が甚だしく、ガソリン臭が耐え難く鼻を突くという代物だったので、蒸気自動車は電気自動車ともども、ガソリン車に比べれば割合上品な存在として、それなりの強い支持を得ていたらしい。二十世紀のアメリカ文学を代表する作家フォークナーが最晩年に残した自伝的回想小説『自動車泥棒（*The Reivers*）』（1962、映画『華麗なる週末』［1969］の原作）では、第二章で、ガソリン臭くてたまらぬと言う老夫人（つまり主人公の少年ルーシャス［Lucius］の祖母）の意見を入れて、夫（つまり主人公の祖父）がガソリン車をわざわざ蒸気自動車に取り替えた話題が出てくるが、それは二十世紀初頭、一九〇五年のことだったとされている。[15]

その蒸気自動車の生産は、アメリカの場合、十九世紀末から二十世紀初めにかけて、コーツ（Coats）、デトロイト（Detroit）、ドーブル（Doble）、レーン（Lane）、ロコモーティヴ（Locomotive）、マクドナルド（MacDonald）、ミルウォーキー（Milwaukee）、モービル（Mobile）、プレスコット（Prescott）、ホワイト（White）、それにスタンレー（Stanley）などのメーカーが主として担っていた。中でも一八九七年創立で通称「スタンレー兄弟社」の名で知られたスタンレー（正式名称は Stanley

Motor Carriage Co.）は、蒸気機関の可能性へのこだわりでその名を馳せた。同社製の蒸気自動車は一九〇六年一月、フロリダ州デイトナ・ビーチで時速百二十七マイル（二百三キロ）という、まさに新幹線並みの驚異的なスピード記録を打ち立てている。

ところで蒸気機関は、動力を得るための燃焼プロセスがシリンダー（気筒）の外で行われることから「外燃機関（external combustion engine）」とも呼ばれる。燃焼は、シリンダーから離れた位置にあるボイラーを熱するために行われ、ボイラーで発生する高圧蒸気がシリンダーに送られてピストンを動かすという構造になっている。これに対し、ガソリン・エンジンやディーゼル・エンジンでは、燃焼がシリンダーの内部で直接行われるため、「内燃機関（internal combustion engine）」と呼ばれる。燃料と空気の混合気をシリンダーに送り込み、そこで発火・爆発させてピストンを動かす。「内燃機関」は、ディーゼルをも含むが、一般的にはガソリン・エンジンの代名詞と言ってもよい。本書第六章で扱うウォレン（Robert Penn Warren: 1905–89）の『すべて王の臣（*All the King's Men*）』（1946）冒頭部には、アメリカ南部の公序良俗が侵されてきた理由として、「この地方に内燃機関の時代が到来した」からだという記述がある。それは、この小説の背景を成す時空としての一九三〇年代のアメリカ南部に、「遅ればせながら本格的なガソリン自動車（蒸気自動車や電気自動車でなく）の時代が到来した」という意味に他ならない。

話を戻すが、蒸気機関は電気モーター同様、クルマにとって最も大きな力が要求される発進時、つまり低回転時に、強力な軸回転力（これを「トルク（torque）」という）[16]が得られる特徴を有し、「内燃機関」のガソリン・エンジンやディーゼル・エンジンでは不可欠なクラッチや変速機（ミッション）を必要としないメリットを持つ。つまり蒸気機関では蒸気圧を強めたり弱めたりするだけで、また電気モーターでは電圧を上げたり下げたりするだけで、基本的には速度をコントロールできる。これに対し、「内燃機関」のガソリン機関やディーゼル機関では、回転数を相当上げてやらないと発進時や加速時に十分な軸回転力が得られない。そこで、クラッチや変速機などの動力伝達装置を用いてエンジン・トルクの大きな回転ゾーンに合わせ、その欠陥を補わねばならない。ガソリン車を下手に操作すると「エンスト」が起こるのもそのためである。低速時のトルクが大きいという点で、蒸気機関はガソリン機関やディーゼル機関よりも、発進・停止を繰り返すクルマの動力としては適した動力ユニットと言える。しかし蒸気機関は、外燃機関の宿命と言うべく、シリンダー部分以外に燃焼装置としてボイラーを必要とし、なおかつ蒸気発生用に薪や石炭など重くてかさばる燃料と多量の水をも必要とするので、重量や体積に比較的寛容な鉄道車両用の動力とするにはあまり問題ないが、軽量かつコンパクトという要件を満たさねばならないクルマにはきわめて不利、不向きであるうえ、蒸気のために各部分が錆びやすく、メンテナンスも厄介である。また何よりも、水を暖めて蒸気が発生するまでにかなりの時間がかかるので、いざというときにすぐクルマをスタートできないという大きな弱みも抱えている。それゆえ、後発の内燃機関、とりわけガソリン機関が長足の進歩を遂げるとともに、クルマの動力としてはその使命を終えていった。先述のフォークナーの小説『自動車泥棒』で言及される「ホワイト・スティーマー（White [s]teamer）」[17]を生産していたホワイト社は一九一八年で蒸気乗用車の製造を中止してガソリン車へと移行し、これまた先述のスピード記録を残したスタンレー社も、蒸気一本で最も遅くまで孤軍奮闘したが、一九二三年までには倒産し、後継の会社も二〇年代後半には製造を打ち切っている。

(二)電気自動車について

クルマの黎明期、すなわち十九世紀末から二十世紀初頭には、電気モーターを動力ユニットとする電気自動車も一定の条件下でけっこう活躍した。電気自動車は蒸気自動車に次いで古い歴史[18]を持ち、世紀末のヨーロッパやアメリカでは、蒸気自動車、ガソリン自動車とともにクルマの動力のほぼ三分の一を担当していたのはすでに見た通りである。

アメリカの主たる電気自動車メーカーには、ベイカー(Baker)、ブロック(Broc)、コロンビア(Columbia)、デトロイト・エレクトリック(Detroit Electric)、ミルバーン(Milburn)、ライカー(Riker)などがあった。中でも有名なのはベイカーで、電気自動車の代名詞とも言われた。この会社は史上最も早い時期に、女性をターゲットとしてクルマを売り込もうとしたと言われている(Bachelor, *The 1920s*, 211)。比較的静かで清潔、それに運転も容易な電気自動車が淑女向きだったからでもあろう。フィッツジェラルド(F. Scott Fitzgerald: 1896–1940)の『偉大なるギャッツビー(*The Great Gatsby*)』(1925)に登場するプロ・ゴルファーのジョーダン・ベイカー(Jordan Baker)という女性は、姓がこの電気自動車メーカーのベイカーから、名がガソリン車メーカーのジョーダンから取られたという[19]。一八九九年創業で、その初期モデルを発明王エジソンが愛用したことで知られるベイカー社は、一九〇六年の時点で電気自動車を八百台生産し、世界最大の電気自動車メーカーとなった。

ちなみに十九世紀末の一八九八年、ニューヨーク市に初めて登場したタクシーも電気自動車であった(本章第七節参照)。ヨーロッパに比べてクルマの普及がかなり遅れていた当時のニューヨークにあって、電気タクシーは、数の上で圧倒的に勝る馬車の群に埋もれそうになりながら、ブロードウェイの観劇客などを運んだという。また、わが国で最初に走ったクルマも電気自動車で、明治三十三年(1900)、当時の皇太子(後の大正天皇)のご成婚発表に喜んだサンフランシスコ日本人会が、領事を通じてお祝いに献上したクルマであった[20]。

往復運動をするピストンを持たず、円運動から直接力を引き出す電気モーターは、あらゆる動力ユニットの中で最も理想的な存在である。なにしろ静かで振動が少なく、しかも力強い。もちろん煙や嫌な臭いも出さない。ピストンの往復運動を基本とする機関では事実上必須となる重い「はずみ車(flywheel)」――慣性力を応用して回転を滑らかにする工夫――を必要としないのでその分だけ軽くできる。もちろんエネルギー効率も蒸気やガソリンに比べて格段に優れている。構造も比較的単純なので故障が少なく、メンテナンスも楽である。架線あるいは第三軌条(地下鉄等で用いる)からいくらでも動力源の電気を供給できる鉄道車両の場合、これ以上のパワー・ユニットはない。しかしその電源を搭載バッテリーに頼るほかないクルマの場合、話はまったく異なってくるわけで、その性能はバッテリー次第となってしまう。クルマの黎明期には――ある意味では現在でもそうだが――車載バッテリーの性能が十分とは言えなかったうえ、たえず充電を迫られ、電気自動車本来の利点を十分発揮させることができなかった。したがって、電気自動車は都市部などで近距離の荷物配達用などに用いられるか、あるいは文字通り「富裕階級の玩具（play toys of the rich）」というような存在で、悲しいかなその実用性には自ずと限界があった。しかし重い鉛蓄電池に代わるリチウムイオン電池など小型軽量で高性能なバッテリーが登場してきた今日、厳しさを増す環境問題とも相俟って、排気ガスをまったく出さず、力強くて運転音も静かな電気自動車がふたたび見直されつつある。今日最先端のクルマとされる「燃料電池車（fuel-cell car）」――水素を燃料とし、空気中の酸素と反応させて電気を起こし、その電気でモーターを回して走る――も基本的には電気自動車であるし、いわゆる「ハイブリッド・カー（hybrid car）」も、ガソリン・エンジンとモーターの二人三脚で走るもので、さながら充電しつつ走る電気自動車という趣を持つ。しかし「ハイブリッド」は読んで字のごとくガソリン自動車と電気自動車の融合形態であり、メカニズムが複雑なうえ、モーターと組み合わされるガソリン・エンジン（もしくはディーゼル・エンジン）が二酸化炭素（CO_2）や窒素酸化物（NO_x）を排出することに変わりなく、環境にやさしいとはいっても、あくまで程度の差でしかない。また燃料電池車は、現在までのところ車両価格が非現実的なまでに高く、燃料となる水素の安定した供給方法に難があるため、今後の発展は少々望み薄と思われる。そこで、近い将来バッテリー性能そのものがもっと向上すれば、すべてのクルマは――燃料電池車やハイブリッドカーも含め――けっきょく純粋な電気自動車に取って代わられてゆく可能性が高い。電気自動車はバッテリーさえ優れていれば、動力性能、コントロール性能[21]、静粛性、経済性、環境性能など、すべてにおいて他を確実に凌駕する。何よりも今後、地球環境保全の緊急性が加速度的に高まるにつれ、もはや電気自動車以外のクルマは許容されなくなる日が遠からず来るかもしれない。

（三）ガソリン車の時代

話が少し横道にそれたので元に戻し、クルマの本流、ガソリン車の話に移ろう。ここまで述べたように、蒸気自動車も電気自動車も、二十世紀初頭までは立派にクルマの一翼を担っていたのであり、これは十分記憶されるべき事実である。しかし、やはりクルマの歴史は大筋で内燃機関、それもガソリン・エンジンを動力とするクルマ、つまりはガソリン車の歴史といってよい。

ところで、ガソリンを燃料とはしていないが、内燃機関という範疇に収まる最古のものは、一八五九年、ベルギー人のルノワール（Jean-Joseph-Étienne Lenoir: 1822–1900）が発明した石炭ガスと空気を混ぜ合わせたものを燃料とする機関であった。ルノワール考案のこの機関は、形態上、蒸気機関に似ていたが、点火に用いるバッテリーと、吸排気用のすべり弁が装備されており、その限りではガソリン・エンジンに似てもいた。ルノワールは六二年、これを小さな荷車に装着して走行し、「馬なし馬車（horseless carriage）」と呼ばれたという。内燃機関が外燃機関（蒸気機関）に比べて優れている点は、読んで字のごとく、燃焼がシリンダー内部で直接行われるため、蒸気発生用の大きなボイラーが不要となり、全体が小型化できることと、シリンダーに気化したガスを送り込んで圧縮・点火すれば、すぐ動力が得られ、蒸気機関のように蒸気が出て来るまで待つ時間の無駄がないことである。こうした機関の構想それ自体はかなり早くから存在したが、最大の問題は、何からその気化ガスを得るかであった。構想を初めて実現したルノワールはそれを手近なところにあった石炭ガス（コークスを作るときに出るガスで、当時ガス灯などに用いられていた）でやってみたのだが、燃焼効率がきわめて低く、大量の石炭ガスを必要としたために、クルマの動力としては成功しなかった。しかしフランスやイギリスなどでは、小さな工場の常用動力源として重宝され、千五百台ほどが稼働していたという。動力が外燃機関しかなかった時代に、とにもかくにも実用に耐え得る内燃機関を作ってみせたという点で、ルノワールの功績は大きかった。

ガソリンという液体燃料を用いた内燃機関を史上初めて完成させたのは、ドイツのオットー（Nikolaus A. Otto: 1832–91）で、一八六一年のことであった。アメリカでは南北戦争が勃発した年であり、日本では幕末、桜田門外の変の翌年に当たる。当時はまだガソリンと空気とを混ぜてシリンダーに送り込む「気化器（carburetor）」が考案されていなかったため[22]、オットーのエンジンは予め「気化ガソリン」を作っておき、それをシリンダーに送り込むタイプのものだった。

このオットーの「内燃機関」は、ピストン一往復（二ストローク）のうちに吸入から燃焼を経て排気に至るすべてのプロセスを完了する、いわゆる二サイクル型エンジンであった。それから十五年後の七六年に、オットーは初の四サイクル型（二サイクル型と異なり、吸入、圧縮、爆発、排気の四行程を、それぞれ独立して、ピストン二往復すなわち四ストロークのうちに行う）のエンジンを完成している。二サイクル型も四サイクル型も今日に至るまで使用されているが、二サイクル型はサイズの割に強力である——ピストン一往復で四サイクル機関の二倍の回数爆発が起こるので、ごく単純に考えればパワーは四サイクル機関の倍になるはず——とはいえ、燃焼効率が悪く、音もうるさい。またあまり大きなものは作れない。後に「セルダン特許」に言及する際に触れることとするが、ガソリン・エンジンの場合、二十世紀に入ってからは四輪自動車のほとんどで四サイクル型エンジンを搭載するのが常識となり、二サイクル機関の活躍場所は事実上オートバイに限定されていった[23]。

オットーが一八六九年にケルン近郊に設立した工場の工場長を務めていたのがダイムラー(Gottlieb Daimler: 1834-1900)だが、その彼はオットーとの意見対立から、八二年、同僚のマイバッハ(Wilhelm Maybach: 1846-1929)と連れ立って退社し、八三年、軽量で高効率のガソリン・エンジンを開発した。八五年には自転車にこれを装着してオートバイを製作し、八六年には四輪自動車を製作した。八七年には高速、高出力の四サイクル単気筒エンジン、八九年には二気筒V型エンジンの開発にも成功した。

単気筒エンジンとは、エンジンの原型とも言うべく、ピストンの往復が行われる気筒(シリンダー)がひとつしかないエンジンのことである。このピストンの往復運動はクランクによって回転運動に変えられるのだが、気筒がひとつだけの場合、回転がなかなか安定しないため、「はずみ車」を回転軸に装填することで文字通り弾みを付け、回転を安定させている。この気筒の数を二つにし、クランクの回転軸を共有する形でくっつけたのが(直列)二気筒エンジンで、一方の気筒ともう一方の気筒とでピストンが互い違いに動くようにしてあり、単気筒型よりもその分だけ安定した回転が得られる。二気筒よりは四気筒、四気筒よりは六気筒や八気筒などと、くっつける気筒の数を増やし、同時にピストンの位相を適宜変えて配置することで、回転はさらに安定してゆく。理想を言えば、気筒の数は多ければ多いほどよいのだが、その分だけエンジンが長く、重くなるのは当然で、もちろん燃費も悪化する。そこで、そういう現実的制約との妥協点として、今に至るまで大半のクルマは四気筒ないしは六気筒のエンジンを採用している。カネに糸目をつけない高級車の中には、十二気筒、十六気筒などという多気筒エンジンも採用されてきた。

また「V型」エンジンというのは、ふたつのシリンダーを横から見るとVの字を描くように互い違いにずらして組み合わせ、ふつうの直列型に比べると若干エンジン高を低く、また多気筒になればなるほどエンジン長を短くできるメリット(24)を持つエンジンである。濃密な機械精度が要求されるため、ふつうの直列型よりも製作は難しいとされるが、技術が向上した現在、そのメリットゆえに、六気筒以上の多気筒エンジンの多くに採用されている形式である。

もうひとりのドイツ人技師、ベンツ（Karl Benz: 1844–1929）も、オットーのガソリン・エンジンの改良から出発した。七八年には二サイクル・エンジンを完成し、八五年には四サイクル・エンジンを完成し、後者は三輪自動車「モートルワーゲン（Motorwagen）」（**挿絵3**）に搭載され、八六年にミュンヘン市街を

挿絵３
Benz の "Motorwagen"（Eyewitness Guide *Car* による）

走った。ベンツは一八九四年、四輪自動車の生産を開始している。ダイムラーとベンツは、ともに会社を設立してクルマ作りに当たり、一九二六年に合併し、ダイムラー・ベンツ社となってゆく。

先にルノワールが内燃機関を考案していたフランスでは、ルヴァソール（Emile Levassor: 1844?–97）が、ダイムラーの改良型エンジンと自ら開発した変速機を搭載したクルマを一八九一年に完成させた。四年後の九五年、パリ・ボルドー間の自動車レースで、ダイムラーのガソリン・エンジンを搭載したルヴァソール車が、蒸気自動車を含む二位以下のクルマに大差をつけて優勝した[25]。蒸気自動車に代わってガソリン車が脚光を浴びるひとつのきっかけとなったのは、このレースでルヴァソールのガソリン車が優勝したことだと言われる。また、この時のルヴァソール車は、その動力伝達（power train）が、フロント・エンジン、クラッチ、変速ギヤ、プロペラ・シャフト、ドライブシャフト、リアの駆動輪という順に行われる構造を持っており、今日のクルマの標準方式を早くも確立したものであった。

さて、アメリカでは一八九三年、デュリア兄弟（Charles Duryea: 1861–1938, J. Frank(lin) Duryea: 1869–1967）が、エンジンを兄、変速機を弟が担当して最初のガソリン車を完成させ、これをマサチューセッツ州スプリングフィールドで走らせている。四輪馬車に単気筒エンジンを搭載したもので、当時ヨーロッパで呼ばれたのと同様、アメリカでも「馬なし馬車」と呼ばれた。このデュリア兄弟のガソリン車が登場し、クルマの時代が産声を上げたアメリカの一八九〇年代は、各地で都市が急成長を遂げ、かつてのフロンティアが（緑の）森から（灰色の）都市へと変わった時代である。電気が普及し始め、それとともに近代的なエネルギー源として石油が脚光を浴び始めてもおり、産業の伸展が著しい時代でもあった。その中で人間は自分が作り上げた巨大な産業機構をコントロールしきれず、逆に産業機構の奴隷と化し、やがては滅ぼされるのではないかという不安を抱えるようになった。人間は卑小化し、人間を取り巻く物質的、機械的環境が著しく肥大化したのである。

一方、一八九〇年代のアメリカでは、文学界においてある顕著な運動が耳目を集めていた。実証主義哲学やダーウィニズム、そして何よりもフランスの作家ゾラ（Émile Zola: 1840–1902）の影響を受けた若い文学者たち、特にクレイン（Stephen Crane: 1871–1900）とノリス（Frank Norris: 1870–1902）による「自然主義（Naturalism）」がそれである。これは十九世紀後半の主な文芸思潮だったリアリズム（Realism）のそのまた一支流とも言えるもので、人間が「環境（遺伝も含む）」の力によって不可避的に滅ぼされてゆくとする「科学的決定論（scientific determinism）」をイデオロギーとして内包する文芸である。この自然主義の文芸運動は、さらにロンドン（Jack London: 1876–1916）やドライサー（Theodore Dreiser: 1871–1945）らへと引き継がれ、二十世紀初頭から前半にまで命脈を保つこととなったが、奇しくもそれはクルマの誕生期から成長期と重なっている。

さて、十九世紀末のアメリカにおけるガソリン自動車開発競争には多くのエンジニアたちが関わっていた。デュリア兄弟の他、ヘインズ（Elwood Haynes: 1857–1925）、オールズ（Ransom Olds: 1864–1950）、ダッジ兄弟（John Dodge: 1864–1920、Horace Dodge: 1868–1920）、ビュイック（David Buick: 1854–1929）、ウィントン（Alexander Winton: 1860–1932）、それに後の自動車王フォード（Henry Ford: 1863–1947）らも加わり、熾烈な開発競争を展開していた。[26] 地域的にみるとこの時代は、現在のようにデトロイトなど五大湖沿岸の中西部が中心だったのではなく、ニュー・イングランド地方など東部が中心であった。[27] アメリカの自動車産業がデトロイト中心になったのは、もちろん、フォードがここ（正確にはデトロイト郊外のディアボン〈Dearborn〉で、彼の父親が一八四〇年代にアイルランドから「ジャガイモ飢饉（the Potato Famine）」を逃れて来て定住した場所で、肥沃な土壌の土地だった）に生産の本拠を置いて本格的なクルマ造りを始め、他のメーカーもそれに追随した二十世紀以降のことである。

ところで、そうした開発競争のさなかの一八九五年のこと、ニューヨーク州北部ロチェスターに住む弁護士セルダン（George Selden: 1846–1922）が、七九年に自ら申請していたガソリン車一般の特許を認可された。セルダン自身は実際にクルマを作った経験をまったく持たなかったが、理論と想像力を駆使し、かくも早い時期に――オットーの四サイクル・エンジン開発からほど遠からぬ時期で、ベンツやダイムラーがエンジンを制作した時期よりもはるかに早く――今日のクルマの基本構造のほとんどすべてを網羅した青写真作りを完成させていた。申請から十六年の長きを経てセルダンが獲得した特許により、これ以後自動車メーカー各社はセルダンに特許料を払ってクルマの生産を続ける必要に迫られることとなった。この特許認可の遅れには、申請者セルダンの法律家としての抜け目ない計算が働いており、認可が遅くなればなるほど、特許料を請求できる対象が増えるので、したたかな彼はそこを見越していたわけである。しかしもとより、クルマの開発はセルダンが特許を取得する以前から実際に多くの人間が手がけてきている。このセルダン特許を無効と考えたウィントン社――当時アメリカ最大の自動車メーカーだった――は提訴したが敗訴となった。そこでクルマ・メーカー各社が同盟を作り、セルダンに特許料を払ってクルマを製造することが一般化したのだが、フォードはこの後も頑としてセルダンへの特許料支払いを拒否し続けた。当然彼は提訴され、長い法廷闘争を繰り広げてゆくことになる。結局一九一二年、つまりはフォードが「T型」の大量生産に入る前年、最終的にフォードが敗訴し、セルダンの勝訴とはなったものの、この時の判決文がセルダン特許の有効性を認めつつ、同時に特許の有効範囲を、セルダンが申し立てていた「二サイクル機関搭載の自動車」に限定したことから、当時既に「T型」も含め四サイクル機関搭載のクルマ作りを手がけていたフォードなど大半のメーカーは、事実上この判決以後、セルダン特許に縛られることなく、自由にクルマを作ることができるようになった。法廷闘争は事実上、頑固者フォードの勝訴に終わったのである。

こうした法廷闘争のきっかけとなったセルダンへの特許認可が行われた一八九五年は、『オックスフォード英語辞典（ＯＥＤ）』によれば、今日英語でクルマを表す最も普通の言葉、"automobile"という語がはじめて英語として用いられた年だったが、この語は言うまでもなくフランス語（「自分で動ける」もの、の意）からの借用である。この年は先述のごとく、パリ・ボルドー間の自動車レースでルヴァソールのガソリン車が優勝した年であり、それを多としたフランス学士院が"automobile"という語の採用を正式に認めている。ちなみにフォードが自分で九九年に設立した会社を「デトロイト自動車会社（Detroit *Automobile* Company）」［斜字体筆者］と命名したのは、彼の新しもの好きという一面を示す事実として興味深い。なおセルダン特許認可の翌年、九六年にはフォードの手作り自動車「クワドリサイクル（Quadricycle）」（挿絵４、乗っているのはフォード本人）が登場したが、これは馬車のボディーと自転車の車輪を流用し、それより三年前に自ら試作に成功したガソ

挿絵 4
"Quadricycle" を操る Henry Ford（*Record of America* による）

リン・エンジンを搭載したクルマであった。この時フォードはまだ「エジソン照明会社（the Edison Illuminating Company）」で働いていたが、九九年にはその「照明会社」を退社し、自分で作った自動車製作所「デトロイト自動車会社」で「アロー（the Arrow）」や「ナイン・ナイン（the 999）」（挿絵5）などのレーシング・カーの名車[29]を生み出すに至る。しかし会社はフォードと株主との意見対立からわずか二年で倒産してしまったため、彼は一九〇三年[30]、資本金二万八千ドルで「フォード自動車会社（Ford Motor Company）」、つまり現在のフォード社を設立している。この新会社は操業開始十五ヶ月で「A型フォード（Model-A）」を千七百台生産、販売し、好評を博した。以後わずか五年で「B型フォード」から「S型フォード」までアルファベット順に名前を付けたクルマを製作し、このうち「N型フォード」（四気筒エンジン搭載モデル、五百ドルで販売）がとりわけ好評だったという。

十九世紀末から二十世紀初めにかけて製造されたクルマ、いわば黎明期のクルマの外観上の特徴も記憶すべきであろう。ひと言で言えば、それは「屋根なし」から「幌付き」へ、そして完全なキャビンを備えた「箱形」へと、かなり明確な形で変化を遂げたのである。初期のクルマには屋根がまったく装備されておらず、文字通り「オープンカー」の形状をしていた。馬車には完全な「箱形」キャビンを備えたものもすでにあったが、「馬なし馬車」は、「屋根なし」ばかりだった。その大きな理由としては、登場したばかりのエンジンが非力で、屋根付きでは荷が重かったことがある。また当初はクルマに乗ること自体がスポーツあるいは冒険行為であり、道路状況も非常に悪かったことから、乗り手たちも戦闘機のパイロットさながら、頭巾やゴーグル、それに専用の上着（すなわち「ダスター

挿絵 5
Ford のレーシングカー “999” と Barney Oldfield
（*Record of America* による）

コート」）を着用して風よけ、埃よけとしていた（挿絵23を参照）。こうしたまったくの屋根なし車を形式的には「ランナバウト（runabout）」という。雨天の際は走れないだけでなく、濡れないようにきちんと車庫に入れておく必要があった。一九〇〇年代中頃までは、ごく一部を除いてクルマはたいていこの「ランナバウト」であった。その後一九〇〇年代後半から第一次世界大戦を経て一九一〇年代末あたりまでは、屋根代わりに折りたたみ式の布製幌を備えたタイプ――これを「ツーリング・カー（touring car）」という――が主流を占めるようになる。そして一九二〇年代に入る頃から、屋根も両サイドも金属（窓部分はむろんガラス）で覆われた「箱形車（closed car）」という形式が登場し、はじめは高級車中心だったものが二〇年代末には一般車にも広く採用されるようになった。但し、当初の「箱形車」は角張った不格好な箱という出で立ちだったが、これが三〇年代に入ると、折からの「流線形（streamline）」の流行や溶接技術の発達とも相俟って、丸みを帯びた洗練された形状になり、構造的にも強固になった。今日、各地の自動車博物館などに展示されている二〇年代のクルマと三〇年代のクルマとを見比べれば、同じ「箱形車」でもその完成度の違いは歴然たるもので、素人にもはっきりみてとれるはずである。

　こうした時代のクルマの外形で、最も人目を引くのが巨大なヘッドライトであろう。形は巨大だが、こうしたヘッドライトはその能力が低く、不安定で、夜間走行にはほとんど役立たなかった。加えて、道路整備もクルマの普及速度に追いつかず、暗闇の中を暗い明かりでドライブするのは無謀とも言えた。夜間走行を可能にする明るい電気式のヘッドライトが普及したのは、クルマのボディー形状が向上した前述の一九三〇年代以降(31)であり、それ以前は電気の代わりに、今では信じられないが初めはローソク、次に石油、それからアセチレンガスが用いられ（*Car*, 20–21）、形だけは異様なまでに大きかったものの、前方を十分照らすことはできず、極論すれば、他のクルマや通行人が視認してくればよいという程度のものでしかなかった。また警笛（クラクション）はふつう車体側面にホルンのような形をしたものが装備されていたが、構造的には、ゴム製の風船部分を押して音を発する方式で、我が国の豆腐屋でお馴染みのゴムのラッパを大きくしたようなものであった。

（四）超ヒット作「T型」について

二十世紀が本格的に始動すると、ガソリン・エンジンを動力とするクルマの時代も本格的に動き出した。この時期に登場したあるひとつのガソリン車が、その後のクルマの歴史に巨大な足跡を残すこととなった。そのクルマこそ、フォードが一九〇八年十月に製造を開始した「T型」（挿絵6）である。またこの「T型」製造のため、翌年デトロイト郊外ハイランド・パーク（Highland Park, Michigan）に建造され、一九一〇年に稼働を開始した巨大工場が、歴史にその名を留める「ハイランド・パーク・フォード工場（Highland Park Ford Plant）」（挿絵7）である。採光用にガラスを多用した画期的デザインで、「水晶宮殿（the Crystal Palace）」などとも呼ばれたこの壮麗な赤煉瓦の工場は、最盛期には日産千台をこなしたという。[32]

「S型」の次に作られたために「T型」と呼ばれ、[33]自動車史上に燦然と輝くこの世紀のヒット作は、「N型」と同じ四気筒エンジン搭載モデルで、形状としては二人乗り（二形式）、五人乗り（一形

挿絵 6
Ford の「T 型」車二種と特許の「遊星ギア」
（*American Car Spotter's Guide 1920–1939* による）

挿絵 7
Highland Park Ford Plant
（*Record of America* による）

式）、七人乗り（二形式）の三種類五形式があり、これらは見た目ではそれぞれかなり異なるが、車台（シャシー）は同一で、前後の軸間距離（ホイールベース）も同一であった。生産開始時点では車体の色はいくつかあったのだが、興味深いことに、大量生産が本格化した一九一四年から二五年までは、完全に黒一色で生産され、次第にユーザーの「T型」離れを誘う一因ともなった。エンジンは排気量が二千八百九十六ｃｃで機関出力は二十馬力（この出力は、一九一三年の大量生産制採用を経て、最終モデルとなった二七年型まで不変）であった。最高時速は四十五マイル（七十二キロ）で、今日からみるとエンジン排気量の割には実に地味な性能ながら、悪路に強い堅牢さ、修理のしやすさ、クルマ以外の機械の動力として使える汎用性[34]を売り物にし、当初は最も安い二人乗りタイプで一台八百二十五・五ドルという価格で売られたが、一三年から歴史的な「流れ作業方式」による生産が開始され、それとともにその後どんどん価格を下げて、一九一六年には三百五十ドル、二四年には最廉価モデルで二百六十ドルにまで値を下げた。二七年の生産打ち切りまで十九年間にわたり、全部で千五百万台以上が売られた[35]という。

「T型」生産のため導入された「流れ作業方式」は、フォードの創案と思われているふしもあるが、実はそうでなく、アメリカにはれっきとした前例がすでにいくつもあった。たとえばフォードより一世代前、コルト（Samuel Colt: 1814–62）が、自動六連発拳銃、通称「リボルバー（revolver）」の製造に際して部品の「規格化（standardization）」と生産ラインの構築という手法をすでに採用し、成功を収めている。コルトはそうした手法を、「綿繰り機（cotton gin）」の発明で知られるホイットニー（Eli Whitney: 1765–1825）のマスケット銃（現在のライフルの前身）大量生産（1798）の技法から学んでいた。またそのホイットニーよりもさらに早く一七八四年、エヴァンズ（Oliver Evans: 1755–1819）という青年は自分の工場に水車で稼働するコンベアーやエレベーターなどから成る完全自動の製粉機を作り上げていた。

部品を「規格化」することとはどういうことか。それはたとえば百種類の部品から出来ている家電製品を想定した場合、その製品を構成する百種類の部品のひとつひとつについて、その大きさ、形、重さ、強度などを完全に同一化することを意味する。こういう方式、つまり完全なる互換性を持つ部品を大量に供給できれば、その家電製品は部品の供給が続く限り、何台でも生産できるし、たとえ使用中に故障が発生しても、その部分の部品だけ取り替えて素早い修理が可能となる。現在では常識となっている考え方であるが、製品をひとつづつ手作りで生産していた時代にあっては、物の製造は、たとえば特殊な楽器などが今でもしばしばそうであるように、どれも部品ひとつひとつから手作りで行われていたのであり、部品に互換性を持たせるなどは考えられないことであった。部品の規格化が実現すれば、そこからライン生産までは自ずと進んでゆく。この規格化こそ、アメリカを大量生産、大量消費、そして大衆文化の社会へ導いた基本概念であった。

流れ作業による物品の大量生産を初めて実施したのがフォードでなかったように、流れ作業によるクルマの大量生産を初めて実施したのも実はフォードではなかった。これを行ったのはオールズ（Ransom E. Olds: 1864–1950）で、一九〇一年から一九〇四年までに、有名な「量産車」である「カーヴド・ダッシュ（Curved Dash）」を五千台もこの方式で製作・販売している。このクルマは誰でも簡単に運転できたとされる一方で、作りが脆弱ですぐ壊れたと言われ、さらにオールズ自身が、資金提供者との意見対立から、せっかく始めたクルマの量産を早々に止めてしまった。また「キャディラック（Cadillac）」生みの親として知られるリーランド（Henry M. Leland: 1843–1932）は、一九〇八年にイギリスで、均一部品を用いて組み上げられた「キャディラック」三台を分解し、部品を入れ替えた後で組み直し、再び五百マイルをトラブルなしで走らせる実演を成功させて、見る者たちの度肝を抜いたという。[36] これも部品の規格化なしには到底果たし得ない離れ業だった。フォードの「T型」大量生産開始は、時期的にはオールズやリーランドよりもかなり後になる。しかし後発の「T型」が前任者たちの影を薄からしめるほどに大成功した理由は、何といってもそれが安くて、丈夫で、高品質だったことにある。そして、クルマは一部の富豪たちの玩具であるべきでなく、ごく普通の人々が無理せずとも購入でき、生活を豊かにする実用品であるべきだという独自の考え方に最初から立ち、その実現のために「流れ作業方式」を導入したこと、すなわち、大衆車の普及のために「流れ作業方式」を導入したことこそ、フォードの功績であり、フォードのフォードたるゆえんであった。

またさらに、あまり知られていない重要な事実として、一九一三年に導入した「流れ作業方式」をわずか一年で撤回し、同じ「流れ作業方式」ではあっても、翌一九一四年からは発想を百八十度転換させた新方式へと即刻改めた点もフォードのフォードたるゆえんと言える。つまり、一三年に始めた当初の「流れ作業方式」は、ベルト・コンベヤー上に「部品（パーツ）」を流し、「車体（シャシー）」は固定したままで、工員たちが流れてくる「部品」を止まっている「車体」に次々と取り付けてゆくやり方であった。この方式では「T型」一台の完成に十三時間弱を要した。しかし、後にE・M・F

社（Everitt–Metzger–Flanders Co.）を設立した有能な技師フランダーズ（Walter E. Flanders: 1871–1923）の意見を入れ、「部品」は固定したままで「車体」の方を流すという逆の方式、つまり工員たちは流れて来る「車体」に絶えず自分が担当する同じ「部品」の装着を繰り返す方式へと転換したところ、この方式の方がはるかに速くクルマを生産できることが分かった。フランダーズの手法では、「T型」一台の完成にわずか九〇分、つまり前年の方式の八分の一以下の時間しか要しなかったのである（McCarthy, Vol.7, 166）。「車体」を流してゆくフランダーズの方式こそ、真の意味での「流れ作業方式」と言うべきであろう。現在では常識化しているが、当時にあってはまさに革命的なこの生産方式によって「T型」は一九一四年以降、文字通り大量かつ高速での生産が可能となり、フォードの屋台骨を支えるとともに、アメリカの隅々、いや世界の津々浦々まで、「T型」が浸透してゆく基礎が築かれたのである。

「T型」は、生産開始から十六年（大量生産の開始からは十一年）を迎えた一九二四年の時点で、アメリカにおいて生産されるすべてのクルマの五十五パーセント強を占めるに至り、「T型を追い抜くことは絶対できない。なぜなら一台追い越してもその前に何台ものT型がいるからだ」という有名なジョークが生まれるまでになった。この「T型」については、早くも第一次世界大戦前後から「ブリキ製の雌馬（Tin Lizzie）」——Lizzie とは Elizabeth のことで、当時雌馬の名に多かったからという。クルマを性的な意味合いを込めて女性に喩えるのは今も昔も同じである——あるいは「フリッヴァー（Flivver: 安物グルマ、fliv とは ＜ドジを踏む＞ という俗語）」という軽蔑混じりの渾名が一般に定着し始めており、製造開始から五年を経て始まった大量生産による爆発的普及は、必ずしも好意的に受け止められていたとは限らないことが窺われる。

ところで、驚異的普及を果たした「T型」は、今日の常識からすればもちろん、また当時の常識からしてさえも、かなり異色で、扱いにくい部類のクルマだったようである。アメリカの作家で「T型」と最も付き合いの深いスタインベック（John Steinbeck: 1902–68）は、このクルマに言及して次のように述べた。

そいつ（T型車）は現在の我々が知るようなクルマではなかった――それは一個の人格を持った存在であり、偏屈で意地悪で、はしゃぎ屋で冗談好きだった。人が死のうとすると、そいつは五マイルの道をまったくガソリンなしで走った。私はそいつのことを分かってやったが、前にも言ったとおり、そいつも私を分かってくれた。そいつは私の欠点の一部をやけに拡大してくれたが、他の欠点は正してくれもした。そいつは短気という罪には薬となったが、虚栄という罪は徹底的に打ち滅ぼした。そしてそいつはほとんど東洋的と言ってもよい受容の哲学を身につけるのに役立ったのだ。

――「そいつという名のT型車（A Model–T Named "It"）」(37)――

要するに、短気な人間には付き合い切れず、虚栄心の強い人間はとても乗れたものでないような、忍耐と寛容の精神を養うのに向いたクルマだ、と作家は皮肉混じりに言っているのである。

「T型」でしばしば語り草となってきたのはエンジンの始動性が悪く、多分に気紛れで時間がかかったこと、それに運転方法が他車のそれとは大きく異なるユニークなものだったことである。この事実を確認するために、アレン（Frederick L. Allen: 1890–1954）の名著『オンリー・イエスタデイ

（*Only Yesterday: An Informal History of the Nineteen-Twenties*）』（1931）の冒頭部分をみてみよう。ここには「スミス氏」という、当時のひな形的人物がこの「T型」で出勤するくだりがあり、少し長いが、このクルマの始動から運転までを面白く記述しているので引用してみる。時は一九一九年五月のことだというから、「T型」製造開始からは十一年、流れ作業による製造開始からは六年がそれぞれ経過しており、このクルマの工業製品としてのクォリティーは十分安定した時期に該当する。

スミス氏のクルマが、背は高く不格好だが効率のよい当時の「T型」の一台だとして、彼の様子をしばらく見守ってみよう。彼は右側のドアから（前席左側にはドアがない）クルマに這うようにして入り込み、ハンドルに手を伸ばし、スパーク・レバーとスロットル・レバーを、二時五〇分の時計の針の形に持ってゆく。それから、特別にカネを払ってスターターを装備していないとすれば、いったん降りてクランク棒を回すことになる。右手にクランク棒を握り（慎重にだ、なぜなら彼の友人が以前これを回しているうちに〈キック・バックで〉腕を骨折したことがあるから）、左の人差指をチョーク制御用のループ状ワイヤーに通す。彼はワイヤーのループ部分を引っ張り、力強くクランク棒を回し、エンジンがやっとのことで轟音をあげて回りだすと、振動する泥よけ板に飛び乗り、運転台に入り込んで、スパーク・レバーとスロットル・レバーを一時三五分の形に持ってゆく。ふつうはエンジンが止まってしまわないうちにスロットル・レバーに手を届かせられるだろうが、寒い朝にはそうもいかない。そうなると、またクランク棒を回してループ状のワイヤーを引くところまで戻ってやり直さねばならない。スミス氏は夫人が外に出てきて、運転席に座り、エンジンが止まらないうちにスパーク・レバーを引き下ろしてくれればいいのにと思う。

やっとエンジンが所期の轟音をあげると、彼はハンドルを握る。非常用ハンド・ブレーキを解除し、左足で低速ペダルを踏みつけ、クルマが大きな音を立てて表通りに走り出ると、彼は左足を緩め、高速ギヤに入れ、出発となる。こうなると彼のただひとつの心配は、表通りの長い下り坂である。昨日彼はそこでブレーキを焼き切ってしまったので、今朝は後退用ペダルまたは低速ペダル、あるいはその両方を踏むか、つまりは三つの方法を代わる代わる用いて、忘れずブレーキをかけねばならない。（三つのペダルのどれでもいいから強く踏めば、クルマのスピードは落ちる。）

近所迷惑な騒々しいクルマだったらしいことは一応措くとしても、ここで「スミス氏」が行っているエンジン始動法、運転法は、現代の人間にとって、なかなか容易に理解できるものではあるまい。しかしここには「T型」の特徴がはっきり出てもいる。

　まず始動がいかにも大変そうな様子が分かる。先のスタインベックが「東洋的な受容の哲学」を身につけるのに役立つと言ったのも、ひとつにはこの始動性の悪さに言及してのことであったと思われる。ただ、敢えて言えば、始動の困難さは必ずしも「T型」に限ったことではなかった。これが「T型」とよく結びつけて語られるとすれば、それは一時期世界中のクルマの半分以上を占めたという「T型」の異常なまでの普及ぶりによるところが大きいに相違ない。後にGMに吸収されるデルコ社（Delco: Dayton Engineering Laboratories Company）を創始したケタリング（Charles F. Kettering: 1876–1958）がセルモーター（スターター）を考案した[38]のは一九一二年、それが一般化するのは大体一九二〇年頃であるから、一九二〇年よりも前に生産されたクルマであれば、「T型」に限らず、まずどんなものであれ、大なり小なりエンジン始動は厄介で、下手をすればエンジンの反動によって（文字どおり本当に）骨が折れる作業だったに相違ない。スターターが常識となった現代にあってさ

挿絵８
「Ｔ型」車の運転席　ハンドルから突き出た二本の長いレバーは左が点火用、右がスロットル（アクセル）。ペダルは左から、前進用、後進用、ブレーキ用となっている。
（Ford Motor Co. HP による）

え、冬場はバッテリー機能が低下し、エンジン・オイルの粘度も上がるため、特に寒冷地（冬期のアメリカは北から南までその大半が寒冷地、一部は極寒冷地と化す）などでは始動が困難になることを思えば、これは容易に想像がつくことである。

さてところが、スミス氏が行う運転操作は、当時にあってさえ、他のクルマにはまずみられない「Ｔ型」独特のものであった。「Ｔ型」の場合、普通のクルマと異なり、手で操作するシフトレバーがなく、ギア切り替えに伴うすべての運転操作が足だけで行うようになっていたのである。

「Ｔ型」（一九〇九年以降型）[39]のペダルは運転席下部の床から三つ、上からみると逆三角形を描くように並んで突き出ている（**挿絵８**）。いちばん左側のペダルが、踏むたびごとにロー、ニュートラル、ハイ（といってもセカンド）と切り替わる変速用でクラッチを兼ね、床まで踏みつけた状態がロー、半分だけ踏むとニュートラル、足を完全に離せばハイ、すなわちセカンドの状態となる。中央のペダルは（これが何とも奇妙だが）バック用であり、右側のペダルはブレーキであった。もっともブレーキとはいっても、今日のクルマのように、油圧の力で四輪すべてに均等に利くものではなく、後輪のみをベルトで締め付けて止めるタイプのもので、スミス氏がやってしまったように焼け切れやすいものであった。それではアクセルはどこにあったのかと言えば、それはペダルという形ではなく、アクセルに相当するものがハンドル軸（steering column）に（「スパーク・レバー」なるものと一緒に）「レバー」の形でくっついていた。その他、駐車用ハンドブレーキも床から突き出す格好で備わっていた。中央のペダルは「バック用」でクルマが走っているときに踏めば、ブレーキとしても使用できた。また「T型」の変速ギア・レシオはバック時に最もエンジンパワーを活かせる設計になっていたので、急な坂に遭遇した場合、この中央ペダルを踏みながら、わざわざバックで登ったと言われる。

アクセルレバーを引かなければ自然とエンジンブレーキがかかるため、その場合は、たしかに「三つのペダルのどれでもいいから強く踏めば、クルマのスピードは落ちる」ことになる。すなわち、走行中はハイにギアが入っているため、きつく左ペダルを踏めば、ギアはローに入ってスピードが落ちるし、バック用の中央ペダルを踏めば力が相殺されてスピードが落ちるし、右ペダルは本来ブレーキなので、それを踏めば当然スピードは落ちる、というわけである（但し、スミス氏はブレーキを焼き切っているわけだから、一番右のペダルだけを踏んでも、彼の「T型」は止まるまい）。こうした独特のペダル配置を有する「T型」は、現代の、右からA、B、C、つまりアクセル（Accelerator）、

Brake（ブレーキ）、クラッチ（Clutch）という順に並んだ合理的なペダル配列に慣れた（最近ではCすらないのが大多数を占めるので）われわれには、今突然「さあ運転してごらん」と言われても、面食らってしまい、とてもまともには運転できそうにない代物だったと言えよう。

この「T型」独特のペダル配置は、「遊星ギアシステム（planetary transmission system）」（挿絵6を参照）というギア装置を採用したことに基づく。これは「太陽ギア（solar gear）」という固定された歯車と「遊星ギア（planet gear）」という、太陽ギアの回りを回る小歯車とを組み合わせた「太陽系ギア装置（sun-and-planet gear）」を利用した変速機構で、これ自体は特に珍しいものではないが、「T型」ではこの変速機構がエンジンはもとよりペダルとも完全一体化されており、これがフォードの特許（一九一一年認可）となっていた。ふつうのクルマの場合、ギヤ操作（変速）は、クラッチ・ペダルを踏みながら、片方の手でシフト・レバーを動かし、ギアをロー、セカンド、サードと入れ替えて（機械的にはこうすることでギアをスライドさせて）行う。ところが、「T型」はシフト・レバーがないので、変速機から直接床上まで伸びた数本の「ペダル」を足で「踏み分ける」ことにより変速を行い、その一方手でアクセル・レバーを操作しつつ、クルマを走らせていたのである。

それでは「T型」の取り扱いは厄介だったのだろうか？　確かにエンジンの始動は難しかったかもしれない。ただそれは必ずしも「T型」に限ったことではなかった。運転法が難しかったともいい切れまい。一見複雑そうなペダル操作も、われわれが現代の視点から見るので難しく思われるだけのことなのであろう。逆に「T型」以外の「標準式ギアシフト（standard shift）」のクルマは、形こそ大文字Hの形をしていて、Hの四隅がロー、セカンド、サード、バック、Hの中心がニュートラルとなっている点では現代のものと同じだが、機構的には今日お馴染みのシステムとは異なり、ミッション部分にいわゆる「シンクロ（synchromesh ＝ 同期噛み合い）」装置が効いていなかったため、シンクロ操作をドライバー自らがせねばならず、ギアを入れ替える操作が今よりずっと厄介で、端的にいってクラッチを踏む回数が今の二倍に及んだし、その間、それに呼応したアクセル操作も必要だった[40]。そうなるとむしろ、複雑なクラッチ操作が要らず、簡易型オートマチックのように働く「T型」の「ギアシステム」は、それなりに便利な、昔も今もマニュアルシフト嫌いのアメリカ人[41]が歓迎するメカニズムだったとさえ思われ、この独特にして奇妙な変速メカニズムこそ、価格ともども、「T型」の驚異的普及の隠れた一因だったのかもしれない。

さらに「T型」で忘れてならないことのひとつは、既述のように汎用性が高く丈夫であったため、これをベースにしたバスやトラックが世界中で多数用いられたことである。わが国でも関東大震災（1923）の翌年、公共輸送用として東京（当時は東京都ではなく東京市）にお目見えした「円太郎バス」（挿絵9）が有名である。これは「TT型（T for Trucks の意味か?）」という、「T型」のトラック用シャシー八百台分を緊急輸入し、それに乗り合い用ボディーを架装したもので、定員十一人であった。しかし何しろ最大出力が一昔前のわが国の軽乗用車なみの二十馬力しかなかったので、大きくて重いボディーに十一人もの人間を乗せて運ぶのは、いかに低速トルクが大きなエンジンとはいっても、非常にきつい仕事だったと思われる。ちなみに「円太郎バス」という呼称は、明治時代の乗合馬車の「円太郎馬車」によく似ていたからであるが、その「円太郎」とは落語家の四代目橘家円太郎（たちばなや・えんたろう）を指し、高座で乗合馬車のラッパを吹いて人気を博した人物であった

挿絵９
円太郎バス
（毎日新聞『昭和自動車史』による）

(『昭和自動車史』、七九頁)。

あまりにも普及し、特にアメリカではごく一般的な日常風景の一部とさえ化してしまったことも原因かと思われるが、興味深いことに、「T型」をフィーチャーしたアメリカ小説の大作はたくさんあってもよさそうだが、実のところほとんどない。多くの場合「T型」は、ほとんど初期の時代のクルマの代名詞として機能していて、クルマそのものの個性はそれなりに十分あったのだが、何しろその数があまりに多すぎたため、個性が個性でなくなり、文学の場ではあまり言及されなかった恨みがある。例外的存在としては、先に挙げたスタインベックがおり、彼はいろいろな作品で「T型」に言及しているが、中でも『缶詰横町(*Cannery Row*)』(1945)では、このクルマのバック・ギアの効用――ブレーキ代わりに使えることや、急な坂は後ろ向きに登ればよいことなど――に触れた後、「T型」がアメリカ人およびアメリカ人の生活に与えた甚大な影響について、誇張と皮肉を込めて次のように述べている。発言の中で「アングロ・サクソン」となっている部分は「アメリカ」と置き換えて読んでも差し支えあるまい。「T型」の大きな特徴である「遊星(プラネタリ)ギアシステム」を「太陽系の星々」と引っかけているところが面白い。

T型フォードのアメリカ国民に対する精神(道徳)的、身体的、美的影響については誰かが学殖豊かな論文を書くべきだろう。二世代にわたり、アメリカ人はクリトリスのことよりもフォードのコイルについてよく知っているし、太陽系の星々(the solar system of stars)のことよりも遊星ギアシステム(the planetary gear system)についてよく知っている。(中略)この時期に生まれた赤ん坊のほとんどはT型フォードの車内で身籠もられたし、多くは車内で出産されたのだ。アングロ・サクソンの家庭がどうあるべきかの規律は著しく歪んでしまい、完全には元通りにならなかった。（第十一章）

（五）ステータス・シンボルとしての高級車と「自動車王」の限界

ところで十九年間に全部で千五百万台以上を売った「T型」の生産が一九二七年に終焉を迎えた理由も十分記憶されるべきだろう。初期のクルマは、この「T型」に代表されるように、大体どれも無骨、無粋な動く機械という存在だった。ところが二〇年代になって、クルマがある程度の普及をみると、ドライバーたちは早くも他人とは違うクルマ、より高性能でファッショナブルなクルマを求め始めた。しかしフォードは、クルマというものはそこそこの性能を持ち、壊れず長持ちし、安価であればよいという、彼独自の理念に基づき、黒一色の[42]「T型」を延々と作り続けた。黒一色にした理由は、フォードに「黒が良い」という信念があったからでは必ずしもないようである。むしろひとつの止むに止まれぬ事情から黒にせざるを得なかったらしい。その理由とは、生産性向上のため、流れ作業のスピードを極度に上げたため、そのスピードに見合う「速乾性塗料」が当時は、黒の膠（japan black enamel）しかなかったからだという（*Beaulieu*, 1, 560）。スピードを下げれば、他の色も十分可能だったわけで、要は作業スピード（コストダウン）か見栄えかの問題だったことになり、他の経営者であれば別の選択もあったかもしれないが、フォードは前者を選択し、しかもその選択を長期にわたって変えようとしなかった。そういう意味で彼は頑固だったと言える。

そうした一見良心的で大衆的とみえるフォードのクルマ作りの姿勢も、少し見方を変えれば、市場の声を無視して一生産者の価値観を市場全体に無理矢理押しつけるという意味において、封建君主あるいは独裁者の姿勢とさえ重なってしまう。後に第三章で詳述するフィッツジェラルドの『偉大なるギャッツビー』には、あるビール製造業者が、近隣一帯の民家の屋根を中世ヨーロッパ風に茅葺きで統一しようと思い立ち、住民すべての税金五年分を肩代わりするという条件で、強引に自分の夢の実現を図ろうとしたところ、近隣住民から猛反発を受け、結局は廃業にまで追い込まれたというエピソードが紹介されている（第五章）。このエピソードは、カネのために自分の主体性を売ることが大嫌いなアメリカ人魂に言及していると思われるが、さらに時代背景を勘案すると、これがフォードによる黒一色で無骨な「T型」押しつけへの巧妙な揶揄であるようにも筆者には思われる。二〇年代の進行とともに、ユーザーの一部は、画一性と物足らなさが顕著になってきた「T型」にうんざり感を強め、もっと高性能かつ個性的、そしてステータス・シンボルとして機能するクルマを求めるようになっていた。『偉大なるギャッツビー』におけるこのエピソードは、長年にわたる「T型」押しつけに表れた、市場におけるフォードの「専制君主」ぶりを皮肉るとともに、来るべきフォードの挫折、没落をも暗示するものだった可能性がある。実際、このビール製造業者には、「歴史はでたらめ（History is bunk）」などと公言しながら、(43) 古い時代の建築や村落の忠実な再現・保存に異常なまでの個人的情熱を燃やしていたフォードをどことなく思い起こさせる部分がある。

興味深いことだが、クルマには今も昔も、人間に必要以上の見栄を張らせ、互いの競争心を煽り立てる魔力が宿る。他人が自分よりも立派なクルマを所有していたり、自分より速く走り去るのを見ると、人生の競争に負けたように感じてしまう。そこで当時の自動車メーカー各社は、そうしたユーザーの競争心理、欲求に応え、走行性能面でもデザイン面でも、「T型」よりハイレベルな、「ステータス・シンボル」として機能する高級車、高性能車の生産に本腰を入れる態勢を取り始めた。既述のように、二〇年代になると金属の屋根を装備した「箱形車」が登場し、それとともにスタイルも色もファッショナブルになっていった。二二年のニューヨークという具体的な時空を背景とする先述の『偉大なるギャッツビー』でも、すでに「ラベンダー色のタクシー」が駅で客待ちをしている（第二章）。フォードの息子エドセル（Edsel Ford: 1893–1943）[44]や側近社員の中にも、当然そうした変化やユーザー心理に応えたクルマ作りを強く進言する者がいた。なにしろ二五年から二六年にかけては、先に引用したアレンによれば、「メタノール仕上げが発明されて、フローレンス風クリーム色からヴェルサイユ風紫色まで、虹の七色が出揃った。車体は低くなり、カー・デザイナーは新しいラインの組み合わせを追求し、バルーン・タイヤ（風船のように膨れてみえる低圧タイヤ）が出回る」（Allen, 162）という事態が巻には現出していたのである。

一九二七年、フォードはとうとうGM（General Motors）に自動車販売高首位の座を明け渡す事態に追い込まれた。ここに至ってフォードも、クルマは安くて丈夫ならそれでよいという自分の哲学に固執していられなくなった。やむなくその年工場を半年にわたって全面閉鎖し、ラインを入れ替え、「新A型フォード（New Model–A）」の生産へと転じた。「T型」に比べればある程度洗練されたスタイルを持つ六つのタイプ（二ドアセダン、四ドアセダン、フェートン、ロードスター、クーペ、スポーツ・クーペ）があり、塗色も四色のヴァリエーションから選べ、性能（四十馬力、最高速度百四キロ）も「T型」のそれより大幅に高められたほか、充実した標準装備（スターター、油圧型ショック・アブソーバー、速度計、油圧計、燃料計、自動ワイパーなど）を持つこの「新A型フォード」――「A型フォード」とのみ称されることもあるが、正しくは二度目の「A型」（初代「A型」は前節で述べたように一九〇三年の登場）である――の発売は当時全米の一大事件とさえなって、人々は熱狂的な歓迎を示したという。[45]しかし大局的にみれば、その時点までにフォードは、ユーザー心理を巧みに捉える斬新な経営手法で業績を挙げてきたGMや、新興勢力ながらはじめから「安価な高級車」という魅力的なコンセプトで殴り込みをかけてきたクライスラー（Chrysler Corporation）などのライバル社に、高級車、高性能車の製造において――またさらに言えば、多様な階層のユーザーに応じた多様なクルマ作りという点でも――大きく遅れを取ってしまい、その後もこの遅れはついに取り戻せなかった。フォードはマーケティング戦略で決定的な失策を犯したことになる。「フォードは安グルマ」という今日もなお根強く生き続ける世評[46]は、創業者自らの頑迷さが祟り、皮肉にも彼の存命中の比較的早い時期に定まってしまったのである。

一介の機械工から世界の「自動車王」の座へ独立独歩で登り詰めた「セルフ・メイドマン（self-made man）」の典型フォードは、まさしく「アメリカン・ドリーム（the American Dream）」を地で行く人物ではあった。しかし、傑物にあっては決して珍しいことでないが、彼は数々の矛盾を内包してもいた。驚くほど革新的な考えを実行に移すかと思えば、古めかしい観念に縛られてテコでも動かぬところがあった。クルマという複雑で高価な工業製品の製造に「流れ作業方式」を導入すること（これをフォーディズム［Fordism］という）自体、非常に革新的な英断であり、その効率一本槍の作業方式を嫌った社員が次々と退社してゆくのを見るや、日給をそれまでの二・三五ドルから一気に五ドルへと倍増し、労働時間も八時間に限定するという思い切った対処法を講じたことも同様に革新的であった。さらに「プロフィット・シェアリング（profit–sharing）」という、会社の利益の一部を労働者にも還元し、その間自社のクルマの価格を下げる努力を払い、社員全員が自分の作るクルマを所有できるよう企てるという経営方法（これをも「フォーディズム」ということがある）も、当時の労使上の常識からすれば、きわめて斬新なものだった。彼は記者会見でこう言ったとされる。

産業はその義務として、賃金は高く、価格は低く保つことが必要だ。そうでないと顧客の数が制限されてしまう。わが社の社員たちがわが社の最良の顧客でなければならない。

（Holbrook, *The Age of the Moguls*, 216）

フォードは、前にも触れたように、初期の段階からクルマを好事家向けの精密機械でも工芸品でもなく市場で商う大衆向けの「商品（コモディティー）」として生産する体制を取った人物であり、「流れ作業方式」の導入後は特に、クルマは大量に生産し、大量に出回らせるべき大型の「耐久消費財（consumer durables）」とみなしていたのだった。まさしく大量消費時代の旗手と言えよう。フォードはまた平和運動にも情熱を燃やし、反戦を訴えた（但し失敗した）ほか、早い時期に巨大な財団を設立し、開発途上国援助に貢献したり、先述のように、古い時代のアメリカの村落再現に尽力して歴史への市民の関心を高めようともしている。

しかしフォードはその一方で、たとえば、自社には長年労働組合の結成を断固認めようとしなかったし、他社が導入して成功した割賦販売制を毛嫌いして拒否したし、「T型」という単一車種の生産にあまりに長く拘り続け、時代の変化やニーズにもっと柔軟に対応すべきだとする息子エドセルや側近たちの忠告を無視し続けた。またユダヤ人に対する根強い偏見ゆえに物議を醸したりもした[47]。これらの独断専横ぶりは、徒弟制度下での頑固な親方には許容されたものかもしれないが、近代的大企業のトップとしては、およそふさわしくないものであり、経営者としてのフォードの資質上の限界を物語るものと言えよう。

しかしもとより、そうだからといってフォードの功績が割り引きされるものでは決してあるまい。誰が何と言おうと、今日のクルマ社会の構築に最大の貢献をしたのはフォードに他ならず、世界の「自動車王」の名にふさわしい。さらに言えば、フォードの貢献はクルマの製造、普及に留まらない。良いものを安く大量に消費者に提供し、人間の暮らしを便利で豊かなものにするというフォードの思想は、アメリカのみならず全世界のあらゆる産業分野で受け入れられ、今日の文明世界を支えているのである。

(六) ディーゼル・エンジンについて

ガソリンではなく安価な軽油を燃料とし、シリンダー内で高圧縮（ガソリン・エンジンの場合の二倍超）による自然点火を行い、点火プラグを必要としないディーゼル・エンジンは、ドイツのディーゼル（Rudolf Diesel: 1858–1913）によって一八九三年に開発された。これは改良型ガソリン・エンジンの発表とほぼ同時期に当たる。つまり、人類は十九世紀末、二つの異なるタイプの「内燃機関」を一度に手に入れたのである。

ディーゼル・エンジンは、シリンダー内で圧縮され摂氏五百度以上の高温になった空気の中へ軽油を霧状にして注入し、自然発火させることで動力を得る「内燃機関」である。当初ガソリン・エンジンは技術上、電気を用いた点火が最大の泣き所だったので、点火装置不要の内燃機関ディーゼルは大きな魅力であった。しかし点火装置が要らない代わりに、ガソリン・エンジンの二倍という高圧のシリンダー内部へ正確に燃料を噴射することが非常にむずかしく、この技術がディーゼル最大の泣き所となった。後にドイツのボッシュ（Robert Bosch: 1861–1942）が安定した噴射技術を開発するまで、その普及は大幅に遅れ、一般車両に広くディーゼル・エンジンが使用されるようになったのは、発明から実に四十年も経過した一九三〇年代以降のことであった。三〇年代半ばにはアメリカでも、「ウィントン・エンジン会社（Winton Engine Corp.）、つまりGMの軍門に下った名門メーカー「ウィントン（Winton Motor Carriage Company）」の一部門が、ディーゼル・エンジンの生産を本格化している。この間、一九一三年、すなわち第一次世界大戦勃発の前年に、発明者ディーゼルが、ドイツからイギリスへ航海中に、船から落ちて死ぬ事故（あるいは事件？）が発生し、彼を巡る様々な憶測――特に、ドイツ秘密警察による暗殺説――が飛び交うことにもなった。ディーゼル技術は、潜水艦や戦車などの動力ユニットとして、それだけ軍事上の重要性、優位性があったことを窺わせる。

ディーゼル・エンジンの美点は、言うまでもなく、その経済性にある。ガソリン・エンジンよりもはるかに高い圧縮比[48]で燃焼を行うため燃焼効率が良く、燃料リッター当たりの走行距離は、同一排気量同士で見れば、ディーゼル車の方が長い。またもともと軽油の価格はガソリンより大幅に安い[49]。これらふたつの理由が重なって、多くの場合、ディーゼル車のランニング・コストはガソリン車の半分ぐらいで済む。また高圧縮に対応してシリンダー・ブロック等が頑丈に作られているので、エンジンとしての耐久性にも優れる。さらに、点火装置が不要なためにその分故障も少ない。ガソリン・エンジンと比べシリンダー内での燃焼が緩やかに起きるため、低回転時に比較的大きなトルクを発揮するのもディーゼルの特徴で、車重が大きい車両、重量物を運搬するクルマに適している。なお、付言すれば、燃料の軽油がガソリンより引火性が弱いため、車体（燃料タンク）を大きく損傷するような事故が発生した場合、車両火災発生の確率はガソリン車より明らかに低い[50]。

半面、ディーゼルの短所も数々あり、昔からよく「ディーゼル四悪」などと言われてきた。つまり、騒音、振動、非力、黒煙の四つである。ガソリン・エンジンと比べると、構造上（圧縮比が高いため）どうしても騒音と振動が大きい。エンジンが暖まるまでのアイドリング時と加速時にはそれが顕著に現れる。低回転が得意な反面、高回転は不得手なので、同じ排気量同士でみた場合、ディーゼル・エンジンが発生する最大馬力はガソリン・エンジンの六割から七割程度でしかない。なぜなら、一般にエンジンが発生する馬力は回転数に比例するからである。実際ディーゼル・エンジンの最大回転数はガソリン・エンジンのそれの六割から七割程度に留まる。従ってディーゼル・エンジンはガソリン・エンジンに比べ、同一排気量であれば明らかに非力で、もしガソリン・エンジンと同程度の馬力を得ようとすれば、相当大き目の排気量を必要とする。しかしディーゼルは基本的に高回転が苦手なため、排気量をある程度上げて馬力を稼ぐにしても自ずと限界があり、トルクは大きくなっても、馬力の方はそれほど増えない。ディーゼル車が、発進は比較的得意なのに、高速道路などでなかなかスピードが上がらないのはこの理由によるのである。さらにディーゼル・エンジンでは、排気中に含まれる窒素酸化物（NO_x）や黒煙（diesel particulate）が以前から酸性雨や大気汚染など公害の元凶とされてきた。ドイツのシュヴァルツ・ヴァルト（Schwarzwald＝黒い森）の森林破壊や、わが国の四日市公害の一因は、そばを走る自動車道路にひしめくトラックであった。ディーゼル・エンジンでは、ガソリン・エンジンに比べて、吸入空気不足による不完全燃焼が起こり易く、これが黒煙発生の大きな原因なのだが、エンジンから出る黒煙はガソリンでもディーゼルでも不完全燃焼の証に他ならず、それだけ燃料を無駄にしている証でもある。この黒煙を減らせれば、つまり不完全燃焼を改善すれば、ディーゼルの効率はさらに良くなる。それにはいわゆる「ターボ（チャージャー）」を装填し、絶えず多めの空気を強制的にシリンダーへ送り込んでやるのが一法である。それでも抑え切れない不完全燃焼については、マフラー部分にプラチナなどの触媒を取り付け、そこで再燃焼させる必要がある。だがいずれも少々費用がかさむので、ディーゼルの経済性を損ねてしまう。また基本的にディーゼル・エンジンは、全回転域で回転上昇性、いわゆるレスポンスが悪く、アクセル操作に敏感に反応しないため、ドライバーには多くの場面でそれだけストレスと不安感を与える。

こうした特性を持つディーゼル・エンジンは、長時間一定速度で、重量物を運搬して走行する車両や、過酷な条件下での使用を前提とする車両に適したエンジンと言うことができよう。すなわち、トラックやバス、あるいはブルドーザーやパワーショベルなどの建設工事用車両、それに戦車や装甲車など軍事用車両に向いたエンジンである。基本的には、運転してあまり楽しくない、鈍いフィーリングの内燃機関であるから、燃費効率でディーゼルに肉薄する優れたガソリン・エンジンが開発されてきた今日、少なくとも一般の乗用車ではディーゼルを搭載する意味、メリットはかなり小さくなっている。[51]

ただ、窒素酸化物や黒煙の排出で、公害発生型エンジンと見られがちなディーゼルだが、同一排気量であれば二酸化炭素（CO_2）の排出はガソリン・エンジンよりも少ない。二酸化炭素による地球温暖化が重大関心事となった現在、ディーゼル・エンジンがその観点から見直されることも十分あり得る。また実際、アメリカや日本ではあまり歓迎されてこなかったディーゼル乗用車[52]が、ヨーロッパでは全乗用車中の約五十パーセントを占めているという事実も注目に値しよう。ディーゼルは、逆説的にさえ思えるが、今日の環境問題を解決する救世主となる資質を備えているのである。

ところで、開発から四十年もの歳月を経て、一九三〇年代にこのディーゼルが普及した様子を端的に例証するもののひとつとして、スタインベックの『怒りの葡萄（*The Grapes of Wrath*）』（1939）が挙げられる。この小説では、ある意味では当然ながら、主人公一家がオクラホマからカリフォルニアへ移動するため鈴なりになって乗る「（改造）トラック」に読者の目が行きがちだが、実はもうひとつ、作家によってかなり意識的にディーゼル車への言及が行われていることにも読者は同程度の関心を払うべきであろう。冒頭部分で、刑務所を仮出所したジョード家の次男トム（Tom Joad）が家に戻るため「ヒッチハイク」する「巨大な、赤い、真新しいディーゼル・トラック」（第二章）が出てくるだけでなく、農地の地上げに動き回る不気味な「ディーゼル・トラクター」の群も大手を振って登場し（第五章）、ともに非人間的なまでに「効率（efficiency）」を追求する当時のアメリカ産業資本のシンボルとしての役割を十分に果たしている。小説の背景をなす三〇年代が未曾有の「不況」の時代だったことも、この時代におけるディーゼル車の普及を後押ししたのは想像にかたくない。これらについては『怒りの葡萄』を扱う第四章で詳述する。

（七）馬車かクルマか

十九世紀末から二十世紀初頭にかけての、「世紀の変わり目」と呼ばれた時代は、馬車からクルマへの「変わり目」でもあった。この時代にはヨーロッパでもアメリカでも、馬車とクルマが文字どおり混在、共存しており、文学作品でも場合によると、そこに出てくる“carriage”,“coach”,“[taxi] cab”,“driver”などの語が指し示すものがはたして「馬車」なのか「クルマ」なのか、「御者」なのか「運転手」なのか、英米による差もあるが、にわかには判断のつきかねるケースさえある。欧米における馬車の最盛期が十九世紀末から二十世紀初頭で、それがクルマの登場時期とまさにぴったり重なるのも話をややこしくする一因かもしれない。この問題を少し考えてみることにしよう。

「馬なし馬車」とはよく言ったもので、初期のクルマは文字どおり、馬車のボディーはそのままで、そこにエンジンを付けただけのものだった。この意味では、馬車とクルマとの境界線は非常にあいまいだったとも言えよう[53]。車体がもともと純然たる馬車なので、馬車用語がクルマの時代になってもそのまま用いられたのは当然である。トップ（屋根）、ダッシュボード（泥よけ→計器板）、シャシー（車台）、アクスル（axle: 車軸）などはその代表的な例である。クルマの重要な装備で意外なほど長く未整備だったものにブレーキがあるが、その理由はおそらく、馬車にはブレーキなるものがなく、クルマが馬車から遺産として貰い受けられなかったからであろう。逆に言えば、それほど馬車とクルマとは近しい関係にあったのだ。またフォード以前のクルマでは、アメリカ製のものであっても、ハンドルが右側についていたが、これも馬車時代の名残と言えよう。つまり、御者（ドライバー）が車体の進行方向右側に座り、大通りの左側を走る（キープレフトする）のは、御者が振り回す長い鞭が（左側の）舗道を行く歩行者に当たらぬための工夫だったといい、馬車時代の伝統に踏まえたものだったらしい。イギリスや（アメリカと接するカナダを除く）英連邦諸国、および日本などでクルマの左側通行が定められ、ハンドル位置も右になっているのは、往時の伝統――あるいはイギリスの影響力――が今も生きる例である。しかし世界的に見れば、周知のように、現在クルマは右側通行で左ハンドルという国が圧倒的に多い。その理由は必ずしも定かでなく、諸説まちまちであって、おそらく複合的要因が作用したものと思われる。第一次世界大戦以降のヨーロッパにおける英仏の張り合いのごときが関与していたかもしれない。それはイギリス（およびアイルランド）が左側通行であるのに対し、フランスを筆頭とする互いに陸続きのヨーロッパ諸国が一様に右側通行になっている事情から推察し得る。アメリカがイギリスと反対の右側通行になったのは、第一次世界大戦の結果、ある意味ではやっと前者が後者から真の意味で独立を果たした象徴的な出来事だったのかもしれない。世界経済の中心がロンドンのボンド・ストリートからニューヨークのウォール・ストリートへと転換したこととも恐らく関連していよう。

ただ、クルマの構造上の問題として考えると、これはクルマが当初「フロント・エンジン、後輪駆動、マニュアル・シフト」という動力伝達レイアウトで出発したことが一因だったのではなかろうか。標準的な縦置きフロント・エンジン車では、左ハンドルの標準マニュアル・シフト仕様を想定すると、ギアチェンジの際、左足でクラッチペダルを踏みながら、右手でシフトノブを握ることになる（ハンドルはもちろん左手で握る）。一方、右ハンドルでマニュアル・シフト仕様は、ギアチェンジの際、左足でクラッチを踏みながら、左手でシフトノブを握ることになる（ハンドルはもちろん右手で握る）。この二つの状況を比較してみると、大きな違いがあることに気づく。つまり、左ハンドル車ではクラッチを踏む左足とギアシフトする右手とに同時に力をかけることになるので、ドライバーは左右方向にバランスのよい、重心も安定した体勢を取り得るのに対し、右ハンドルのクルマでは、クラッチを踏む左足とシフトする左手に同時に力をかけることになって、その場合右手でハンドルを握っているとはいうものの、ドライバーは左右方向のバランスが取りにくく、体の重心が浮き上がった不安定な姿勢になりやすい。カーブが連続し、ギア・シフトを繰り返さなければならないような場合、両者の差はかなり大きい。このことが左ハンドル車優勢（右側通行優勢）を招いた原因だった可能性も考えられよう。もちろん現在のような「横置きのフロント・エンジン、前輪駆動、オートマチック」というクルマが全盛の時代にあっては、事情もまったく異なり、基本的には左右の差はないと言ってよい。ともかく、イギリスを除くヨーロッパやアメリカでは、馬車の衰退とともに、左側通行も衰退し、クルマは自然に右側通行、左ハンドルへと移行していった。フォードにあっても、現在博物館などで見かける「T型」の初期モデルは、アメリカ向けといえどもハンドル位置が右になっていたが、量産車以降はこれが左へとシフトされている。その後のアメリカ車が長い間左ハンドル一辺倒で、右ハンドル車の供給を行わず、たとえ輸入しても日本などでは使いにくく、しばしば貿易摩擦の種ともなったのは周知のとおりである。

話を本題に戻そう。既に見たように、「世紀の変わり目」と称される十九世紀末から二十世紀初頭にあっては、全米では東部ニューイングランド地方を中心に、二百五十ほどの自動車メーカーが存在していた。この数だけをみると、あたかもこの頃にはクルマがアメリカの津々浦々まで浸透していたかのような錯覚を覚える。しかし実際にはこの時期、アメリカではまだクルマの姿を見かけることはごくまれであった。その理由は、自動車「メーカー」とはいうものの、そのほとんどが個人の工房のごとき零細な作業場に過ぎず、まさに手作り同然で一台一台を膨大な時間をかけて製作していたため、メーカーの数の割には、クルマの生産台数がきわめて少なかったからである。最大のガソリン車メーカーだった「ウィントン」でも年産百台程度であった（*Beaulieu*, III, 1755）。後にも先にもたった一台しか製造されなかったモデルもあったに相違ない。当然クルマ一台の価格もきわめて高く、購入できたのはよほどの大富豪に限られた。

こういう状況であるから、「世紀の変わり目」のアメリカでは、たとえニューヨークやシカゴのような大都会であっても、馬車がまだ圧倒的多数派を形成しており、クルマはごく少数派にすぎなかった。アメリカの日常風景の中にクルマがふつうの事物として登場するのは、もう十年ほど先のことである。歴史家モリスン（Samuel E. Morison: 1887–1976）はその主著『アメリカの歴史（*The Oxford History of the American People*）』（1965）の中で次のように述べている。

……また「シャシー」、「ガレージ」、「運転手（ショーファー）それに「自動車（オートモビル）」という言葉からでも明らかなように、フランスが自動車の発祥地であった。一九〇〇年の万国博覧会においては、シャンゼリゼには自動車のせいで馬はほとんど見当たらなかった。しかし、アメリカにおいては、車はさらに八年から十年間というもの輸入玩具であり、裕福な人たちのなぐさみものであって、臭く、騒々しく、馬を驚かすという理由で嫌われた。自動車の運転は、テニスやゴルフをしたり、紙巻きタバコをすい、腕時計をはめるといった種類のことの一つであって、政治家たちは車に乗っているところを見られたがらなかった。セオドア・ローズヴェルトは、一九〇五年に次のように記している。大統領在任中に二度「自動車乗り」をやったが、二度目のときには運転手がスピードをあげることに熱中してしまい、好ましい宣伝効果はあがらなかったから、もう乗るつもりはないと。プリンストン大学学長のウッドロー・ウィルソンは、一九〇七年に自動車の運転のような「俗物的なこと」に熱中しないようにと学生たちに忠告し、「この国において富の高慢さを示す場面ほど社会主義的感情を刺激するものはない」と言った。(55)（傍線筆者）

つまり、「世紀の変わり目」（ここでは二十世紀初めの十年間）のアメリカでは、当時の自動車先進国フランスに比べると、クルマの普及が十年ほど遅れていたのみならず、大統領たちもまだクルマに対してははっきりとマイナス・イメージを持っていたということになる。ちなみに、アメリカの歴代大統領のうち、初めてクルマに乗ったのはマッキンレー（William McKinley: 1843–1901, 在任 1897–1901）で、一八九九年、オハイオ州カントンの自宅にて、「スタンリー・スティーマー（Stanley Steamer）」に試乗したと言われている（Carruth, *American Facts*, 387）。

アメリカでのクルマの普及の遅れは、写真家デイヴィッドスン（Marshall B. Davidson）による写真集『ニューヨーク（*New York: A Pictorial History*）』（Charles Scribner's & Sons, 1977）掲載の、世紀の変わり目のニューヨークを写した数枚の写真と、それらに付された「クルマ熱が到来したニューヨーク」という以下のような説明文によっても裏付けられる。

ニューヨーク市初のタクシーは一八九八年電気で動く車両を用いることで始まった。これ（挿絵10）はメトロポリタン・オペラハウスの外側にて撮影されたもので、電気と蓄電池について多少知識のある若い大学生たちが運転していた。一九〇〇年頃、たった一台のクルマが五番街へ冒険に繰り出したところを撮影された（挿絵11）。写真中央部右手にみえるのがそのクルマで、馬車が行き交う中でとりわけ小さくみえる。一九〇五年、スミス・アンド・マブリー社（Smith & Mabley, Inc.）がブロードウェイ北部にセールズ・ルームとガレージが一体となった「世界で一番立派な自動車店」（挿絵12）を開業し、輸入車を陳列した。(56)

これらの写真と記述から分かるように、「クルマ熱が到来した」とは言うものの、「世紀の変わり目」のニューヨークでは、五番街といえども、クルマはまだまだきわめて少数で、馬車の群の中を避けるようにして走っていた程度であり、しかもそれはガソリン車でなく、電気自動車であった。さらに、一九〇五年当時、ニューヨークの目抜き通りに登場したクルマ屋には、ヨーロッパのクルマ先進国からの輸入玩具としての外車が並んでいたのである。別の資料によれば、ニューヨークに初めて電気自動車のタクシーが走ったのは、一八九七年一月で、前年暮れにフィラデルフィアにお目見えした直後のことだったといい、一年のずれがあるが大体は符合する。同じ資料によれば、タクシー、すなわち辻馬車（taxi-cab）は、一九〇三年までロンドンでその数を増やし続けてきて、同年十二月、

挿絵 10
世紀末ニューヨークの電気タクシー
（Davidson の写真集 *New York* による）

挿絵 11
五番街を行く馬車の群と電気タクシー
（Davidson の写真集 *New York* による）

挿絵 12
ニューヨークに 1905 年開業の「自動車店」
（Davidson の写真集 *New York* による）

一万一千四百台の馬車タクシーが営業していたが、これを最後に増加はストップし、代わりに少しずつ自動車タクシーが増え始めたという。当初、世紀末から電気自動車のタクシーが登場していたが、一九〇三年には初めてガソリン車のタクシー（フランス製プルネル <Prunel> 車）がロンドンに現れ、その後も増加して、一九〇五年末には十九台、一九〇六年には九十六台になったというが、馬車に比べればまだ全体的には大した数ではない。ニューヨークの場合もロンドンと同じぐらいか、むしろそれより遅れていた可能性が高いので、一九〇〇年代前半であれば、せいぜい馬車百台に対してクルマ一台というような状況だったのではないかと推測される。繰り返すが、「世紀の変わり目」のニューヨークは、クルマもちらほら登場し始めていたとはいえ、まだまだ馬車が圧倒的多数を占めていた時代だったのである。

このことは、ドライサーの二つの名作を比較すると明らかになる。彼の処女作『シスター・キャリー（*Sister Carrie*）』（1900）は、主人公キャリー（Carrie [Caroline] Meeber）とその愛人で高級酒場の支配人ハーストウッド（George Hurstwood）が出逢い、駆け落ちし、上昇と下降の対照的な人生を送る物語で、その時空として十九世紀末のシカゴとニューヨークが描かれている。しかしシカゴでもニューヨークでも、いずれの街にも、クルマはまだまったく登場してこない。そこに登場するのは汽車や路面電車、それに（鉄道）馬車ばかりである。ところが二十五年を経て発表された彼の代表作『アメリカの悲劇』（1925）――次章で詳述する――になると、逆に馬車は既にすっかり影をひそめ、代わってクルマが大手を振って走り回っている。しかもそのクルマたるや、ただのクルマではなく、ステータス・シンボルとして機能する高級車ばかりと言ってもよい。ドライサーの二大傑作小説、

『シスター・キャリー』と『アメリカの悲劇』が生み出された二十世紀の最初の四半世紀の間に、アメリカの大都会における交通事情は完全に一変したのである。

そういう事態を招来せしめたのは、やはり二十世紀に入り、ガソリン車が驚異的な進化、普及をみせたことと、それを助長させた石油産業の伸展、それに第一次世界大戦の勃発がある。ガソリン車の爆発的普及は、一九一三年から開始された「T型」の大量生産によってもたらされたし、石油産業の台頭は一九〇一年のテキサス油田の発見、二〇年代のオクラホマ、カリフォルニア両油田の発見などによって招来された。第一次世界大戦は、近代兵器の実験場と化し、戦争という過酷な環境が軍事用車両の動力としての内燃機関の圧倒的優越性を実証することとなった。四輪駆動（4WD: Four-wheel Drive）、四輪操舵（4WS: Four-wheel Steering）をはじめとする数々の軍需技術が、戦後民間の自動車生産の場に導入され、クルマは格段の進歩を遂げることとなる。

一九二〇年代、アメリカは未曾有の好景気を迎え、石油、電力、鉄鋼などの巨大基幹産業が軒並み好調で、これらの産業へのかつてない投機ブームが起こった。いずれもクルマの生産と密接な関わりを有する産業部門であり、自動車産業もそれに支えられて急成長を遂げた。クルマは売れに売れ、もはや馬車はもちろんのこと、世紀初頭には活躍していた蒸気自動車や電気自動車さえも一気に影が薄くなり、時代は完全に「T型」を最大多数とするガソリン車の時代となっていた。第一次世界大戦が終わって四年、『偉大なるギャッツビー』に描かれた一九二二年のニューヨークでは、ニックとジョーダンが「逢い引き」に使うセントラルパークの観光用馬車（ヴィクトリア）を除き、馬車は一台も言及されていない。霊柩車さえクルマである。この物語の語り手は、戦後の投機ブームに乗って一旗揚げようと中西部から上京した証券マンなのだが、彼は「中古のダッジ（old Dodge）」の所有者という設定である。真面目で保守的な中流階級向けのの堅実なクルマ作りで定評のあった「ダッジ」と、現実主義的で堅物の語り手ニックとの間には明らかに照応関係が認められ、この時期すでにクルマの多様化が定着してきていたことの表れと受け止めることができる。これについては第三章で詳しく述べる。

（八）モデル・チェンジ、ビッグ・スリー、国策会社

クルマの製造に関わる事象で一九二〇年代から三〇年代にかけて――つまりふたつの世界大戦に挟まれた時代に――見られた顕著なものとして、モデル・チェンジ（これを「計画的旧式化［planned obsolescence］」または「組込み式旧式化［built-in obsolescence］」という）、およびそれがもたらした大メーカー三社による寡占体制の進行、それに国策会社の誕生がある。

モデル・チェンジは一九二三年、すなわち第一次世界大戦後の好況真っ只中のアメリカで始まった。わが国では関東大震災が起こった年に当たる。このモデル・チェンジが本格化したのは、大不況の三〇年代を迎えてからなのだが、大量消費時代の落とし子とも言うべきこの政策の導入は、数多くのメーカーが乱立する状況にあったアメリカの自動車産業界に激変をもたらした。つまり、この政策は資金力に乏しい大多数の中小メーカーにとって壊滅的打撃となり、それらを市場から閉め出す結果を招いたのであって、実施二年後の一九二五年には早くも「ビッグ・スリー」（The Big Three）

の誕生を見るに至った。これら三社だけで同年、市場占有率は何と八十パーセントにも達している。一九二三年時点で併せて百八社を数えたアメリカの自動車メーカーは、三年後の二六年には半分以下の四十三社にまで激減してしまい、そしてさらに約十年後の三五年になると、折からの不況も手伝って、生き残ったのはわずか十社のみになってしまった。こうした激変の嵐のなかで、蒸気自動車や電気自動車の生産に当たっていたメーカーや、ガソリン車メーカーでも多くのユニークなブランドが次々と消えていってしまったのは大いに惜しまれる。

「計画的旧式化」という言葉がいみじくも表すように、モデル・チェンジ（フル・モデル・チェンジとマイナー・チェンジの二種類がある）は、普及が進んで売れ行きが鈍ったクルマを、何とかもっと沢山売ろう――そしてそれを期に値上げも実施しよう――というメーカー側の販売戦略に他ならず、技術上の積極的必然性に支えられたモデル・チェンジなどは非常に少ないと考えられる。クルマ作りは本来エンジニアたちの夢が込められた、血湧き肉躍る、ロマンティックな営みであろう。しかしクルマ作りの業界が編み出したモデル・チェンジは、およそロマンティックとは無縁な、非人間的で罪深ささえもが臭う営みである。

たしかにモデル・チェンジは、メーカー間は言うにおよばず、メーカー内部での開発熱をも刺激し、クルマの性能改善を早める上でそれなりの効果はあったと思われるし、今もそうなのであろう。しかし総体的にみると、人類の福利にとっては、プラス面よりマイナス面のほうがはるかに大きい。モデル・チェンジが二年、三年というごく短い周期で、ただクルマを売らんがために行われるとなると――実際にはそうなっていることが多いが――何よりも資源の無駄遣いとなる。そもそもクルマの抜本的性能改善に繋がる新技術の開発などそう頻繁にはできるわけがないため、モデル・チェンジはふつう、ボディー形状を変えるとか、エンジンに少し手直しを施すとか、クルマ本来の機能と無関係な装備を取り付けるとかいう形で行われてきている。しかしながら、その程度の変化であっても、メーカーはあたかも新モデルが旧モデルより格段に優れているような幻想——新型車は旧型車よりもステータス性が高いという幻想——をユーザーに与え、年々新たな需要を作り出してゆくのにまんまと成功したのだった。

モデル・チェンジが生み出す弊害として見逃せないのは、煮詰めの甘い、危っかしいクルマが市場に出回りやすくなることだろう。販売競争が熾烈になると、メーカーはクルマの開発に当たって十分な構想（コンセプト）作りに時間を割けなくなり、しかも出来上がった新車を十分な実地テストも経ないで市場に送り出さざるを得なくなる。メーカーは、最も大切にしなければならないはずのユーザーに、最も危険なモルモット役を演じさせてしまうのである。今日短い周期で行われる「マイナー・チェンジ」なるものの実体は、多くの場合、モルモットにされたユーザーからの苦情によって明かるみに出た、本来ならメーカーが販売前に是正しておかねばならない不具合の修正を、クルマの購買者を犠牲にして行い、しかもその修正に要する代価を次の購買者に値上げの形で押しつけるという、ほとんど許し難い悪弊である。世間に流布して久しい「常識」、つまり、出たばかりの新車を買うのは極力控え、一回目の「マイナー・チェンジ」を経た時点で買うのがよいという「常識」は、その点を突いたものに他ならない。

モデル・チェンジがもたらす莫大な資源の無駄遣いについては多言を要しないであろう。何しろモデル・チェンジは、メーカー側には工場の生産ラインを作り替えるという大きな投資を迫る。ユーザー側には、まだ十二分に使えるクルマを下取りに出し、高い金を余分に払って、実質的には何ら進化もしていない新車の購入を迫る。モデル・チェンジは、「消費は美徳」と考えられたあの一九二〇年代という大量消費時代の産物であることを、われわれは今一度思い起こすべきだろう。現代はもはやそのような時代とはほど遠い。

モデル・チェンジがこまめに行われるようになって久しい。そのためクルマの中味はともかく外見は目まぐるしく変わってきたが、皮肉にも案外これが役に立つ場合がないではない。時代を特定する指標としてクルマは機能するのである。たとえば、ある写真の中に新しそうなクルマが写っていれば、他に何も時代を特定できる事物が写っていなくとも、かなり正確に撮影時期を特定できる。もっともたまたま非常に年式の古いクルマが写っている場合もあり、年代がかなりずれることもあり得るが、クルマの寿命はそれほど長くはない。時代が古くなればなるほどその寿命は短かかったので、少なくともおおよその指標にはなる。最も重要なのは、写っているクルマの年式が特定できれば――たとえば一九四〇年式だとすれば――その写真は少なくとも一九四〇年より前に撮影されたのではないことを証明できるのである。古い映画でも、そこに出てくるクルマの型を見ただけで、おおよその時代が言い当てられるのだが、それほどクルマのモデル・チェンジというものは激しいとも言えよう。

ところで、そうしたモデル・チェンジとともに、いや実のところはモデル・チェンジによって誕生した「ビッグ・スリー」にも少し言及しておかねばなるまい。「ビッグ・スリー」とは、言うまでもなく、GM、フォード、クライスラーの三社を指す。いずれもミシガン州デトロイトおよびその近郊に本拠を置き、次々と企業合併を重ねて大規模化してきたメーカーである。

まずGMは一九〇八年、先に経営不振に陥ったビュイック社（Buick Motor Company）を建て直して全米最大の自動車メーカーにするのに成功したデュラント（William C. Durant: 1861–1947）――彼は全米最大の馬車製造会社のトップだった――が、自分の故郷ミシガン州フリントに設立した会社である。彼は自社ビュイックと、オールズモビール（Oldsmobile）、キャディラック（Cadillac）、オークランド（Oakland）、ユーイング（Ewing）、マーケット（Marquette）などの乗用車メーカー、それにラピッド（Rapid）、リライアンス（Reliance）などのトラック・メーカーなど合計二十ほどものメーカーを一気に併合させることで巨大企業GM（General Motors *Company*）［斜字体筆者］を誕生させた。当初資金繰りに苦慮し、そのため会社は設立三年目の一九一〇年、銀行管理下に置かれてしまい、デュラントは経営トップの座を追われた。しかしいったん社外に去った彼はシボレー社（Chevrolet Motor Company）を設立して成功し、GMに帰り咲くや、一九一六年、社名を現在のもの（General Motors *Corporation*）［斜字体筆者］に改め、デルコ社（Delco= Dayton Engineering Laboratories Corporation）を傘下に収めた。デルコはスターターなどクルマの重要電気部品を考案したケタリング（Charles Kettering: 1876–1958）が創設した大手パーツメーカーである。GMは、この合併が奏功し、高級車「キャディラック」に初めてスターターを標準装備させた。第一次世界大戦後、GMは再び経営危機に陥り、デュラントは追放され、代わってスローン（Alfred P. Sloan: 1875–1966）が経営トップに収まった。このスローンの下で、GMは革新的な生産・経営方式を採用する。一九二〇年代には一大飛躍を遂げ、二七年にはそれまで業界トップに君臨してきたフォードを売上高でついに抜き去るに至った。われわれはこの年フォードがとうとう「T型」生産を打ち切って「新A型」生産に転じたことを思い出す必要があるだろう。

スローン率いるGMの基本戦略は、多様な購買層に対応するため、高級車向け、大衆車向けなど生産をいくつかの拠点に分散させ、それぞれが独自の裁量でクルマの開発、生産に当たれるようにした一方、経営面ではきわめて強力な中央集権システムを構築し、優秀な経営スタッフを集め、会社の経営戦略を一元化したことであった。またクルマの割賦販売制度を導入して一般ユーザーにGM車を買いやすくしたことも売り上げ増大に貢献した。こうした革新的政策の実施により、GMは単にアメリカ自動車業界のトップのみならず、世界最大の企業としての座をも勝ち得ることになった。「キャディラック」、「ポンティアック」、「ビュイック」などの高級車から「シボレー」のような大衆車まで、多種多様な乗用車を生産する他、「トラックのGM」として、各種トラックをも生産し、さらには系列会社「エレクトロ・モーティヴ（Electro-Motive Corp.）」と「ウィントン・エンジン会社（Winton Engine Corp.）」によって鉄道用ディーゼル車両の分野でも大きなシェアを有し、現在もなお――最近の業績はいまひとつだが――世界最大の自動車メーカーである。

続くフォード社（Ford Motor Company）については、既に多くを述べたが、一九〇三年、「自動車王」フォードが設立した会社である。その前身は一八九九年にフォードがそれまで働いていた「エジソン照明会社」を退社後に創設した、レーシング・カー作りを得意とした「デトロイト・オートモビール・カンパニー」だったが、これは一九〇一年に倒産した。一九〇八年から二七年まで、十九年にわたる「T型」の大量生産でアメリカ最大の自動車メーカーの名をほしいままにしたが、これもすでに述べた販売戦略上の失敗——ユーザー心理の無視に繋がる単一車種「T型」の生産へのこだわり、精神論的見地からの割賦販売の否定など——から、二七年には革新的経営戦略を敷いたGMによって業界トップの座を奪われ、それ以後ずっとGMの後塵を拝し続けるとともに、巷に定着した「安グルマ」のイメージにも苦しめられてきた。しかし、大衆車ばかりがフォードではないと言わんばかりに、五〇年代には「サンダーバード（Thunderbird）」、六〇年代には「マスタング（Mustang）」など、一世を風靡したスポーツカーの生産でかなりの成功を収めてもいる。「フォード」、「リンカン（Lincoln）」、「マーキュリー（Mercury）」のサブ系列があり、遅まきながら、ユーザーのニーズに応じた生産・販売体制が採られているほか、最近ではスウェーデンの「ボルボ（Volvo）」を系列下に収め、巻き返しを図っている。また日本のマツダとの長年にわたる提携関係でも知られる。

第三のメーカーで三社中いちばん歴史が新しいクライスラー（Chrysler Corporation）は、GMの副社長を務めた経験を持ち、マックスウェル・モーターズ（Maxwell Motors）の経営者だったクライスラー（Walter P. Chrysler: 1875–1940）が、一九二五年に設立した会社である。その前年、クライスラーは、すでに時代もアメリカ社会も高性能なクルマを強く求めているという認識から、四輪に油圧ブレーキを装備し、六気筒エンジンを搭載した「クライスラー・シックス（Chrysler Six）」という「高級車」を比較的安価で発売し、ユーザーの熱い支持を得た。二八年にはダッジ・ブラザーズ（Dodge Brothers）を傘下に収め、中級車「プリマス（Plymouth）」、高級車「デソト（DeSoto）」などのクルマを生産・販売し、好調な波に乗ってマンハッタンのど真ん中に三〇年、つまり大不況の真っ只中に、完成当時世界一の高層建築「クライスラービル」（七十七階、三一九米）を聳えさせるまでになった。この「クライスラービル」の頂上を飾るウロコ状の構造物（挿絵13）は、自社のクルマのラジエーター・キャップを形取ったものだという。三三年にはフォードを抜いて全米第二のメーカーに躍り出た。「クライスラー」、「プリマス」、「ダッジ」という三つのサブ系列により、堅牢、堅実な中級車の生産を得意としてきた。しかし一九七〇年代のオイル・ショックへの対応が遅れ、小型で燃費の良いドイツ車や日本車の前に敗退し、GM、フォードにも大きく水を開けられることとなったが、フォードから乗り込んできたアイアコッカ（Lee Iacocca: 1924–　）による再建策が奏功して盛り返した。またさらには一九九八年、ダイムラー・ベンツ社と合併し、ダイムラー・クライスラー（Daimler–Chrysler）となり、現在では（ダイムラー・ベンツ製を含む）高級車とミニバン（ジープ[57]を含む）の生産で活路を見出している。

人類史上のあらゆる技術革新が戦争で前進してきたように、クルマの技術革新も絶えず戦争と結びついて進展してきた。第二次世界大戦との結びつきは特に大きい。ヨーロッパにおけるファシズムの台頭は、一九三八年にドイツでフォルクスワーゲン社（VW: *Volkswagenwerk AG*）を誕生させた。ワーゲン社を代表するクルマ「ビートル（Beetle = カブト虫）」は、独裁者ヒトラー（Adolf Hitler: 1889–1945）の肝煎りでポルシェ（Ferdinand Porsche: 1875–1951）が設計した長寿命モデルである。あらゆる気候条件や連続高速走行に耐えられる排気量千二百ccの「強制空冷式水平対向型」四気筒という独特のエンジン[58]を車体後部に搭載して後輪を駆動するRR式（Rear–engine, Rear–drive）というきわめてユニークなレイアウトを持ち、構造もシンプルな傑作車で、世界のクルマ史上最大のベストセラー車[59]として、世界のすみずみまで浸透し、ごく最近まで製造が続いていた[60]。登場から生産中止

挿絵 13
クライスラー・ビルの屋根飾り
（*The 1920s* による）

まで、大きなモデル・チェンジをしなかったことでも、またそのパーツ類がアメリカなどではスーパー・マーケットでも入手でき、DIY（Do It Yourself）主義の人間に親切だったことでも有名である。

イタリアにおけるフィアット社（FIAT: *Fabbrica Italiana Automobili Torino*）も、設立は十九世紀に溯るが、ムッソリーニ（Benito Mussolini: 1883–1945）率いるファシスト党との結びつきで成長した。アメリカのフォード工場を参考に二九年に建造した新工場で、三六年から排気量五百ccの二人乗（四人乗もあった）小型自動車「トポリーノ（Topolino ＝ 小さなネズミ）」を製造し、その後何千台もの「トポリーノ」を送り出した。

電子戦の異名を取った第二次世界大戦では、最新鋭の航空機や戦車などに投入された軍需技術が、戦後のクルマ生産に多く活かされた。アメリカの場合、GM、フォード、クライスラーのいずれもが、一九四一年のアメリカ参戦とともに民間用自動車の生産を中断し、代わりに爆撃機、航空機用エンジン、戦車、軍用トラックなどの製造に切り替えている。第二次世界大戦に賭けるF・D・ローズヴェルト（Franklin D. Roosevelt: 1882–1945）政権（1933–45）の意気を物語っているが、このとき「ビッグ・スリー」は一種の「国策会社」と化したとも言える。なかでもフォードは、第一次世界大戦当時、失敗したとはいえ平和運動に熱をあげていたし、もともとどこか反骨精神のあるメーカーだけに、このとき爆撃機や軍用車両の生産に本腰を入れたのは意外でもある。ふたたび「ビッグ・スリー」が民間用自動車の生産を始めたのは戦後のことだったが、戦争へのこれら三社の参加は、戦後アメリカのクルマ作りに応用されるに至った新技術を次々と誕生させた。その中には、オートマチック変速機、パワー・ステアリング、パワー・アシストブレーキ、エアー・コンディショナー、安全ベルトなどがあり、いずれも多くの改良を経て、現代のクルマにとって不可欠の装備として用いられている。

ちなみにわが国で自動車メーカーの誕生を見たのも、満州事変（1931）から日華事変（1937）へと、次第に軍国色を強めていった三〇年代で、日産自動車が一九三三年、トヨタ自動車が一九三七年となっている。ただしトヨタ自動車はその前身の豊田自動織機製作所の自動車部が日産と同じ一九三三年に発足して実際にクルマを製造し始めていた。その自動車部門が三七年に今日のトヨタ自動車として独立したのである。日産（当初名は自動車製造株式会社）は三五年から乗用車「ダットサン（Datsun）」の製造を開始し、トヨタもその前身が三五年、第一号の乗用車「A1型」を発表しているが、四一年の太平洋戦争勃発により、日産は戦時中航空機のエンジン生産に没頭し、トヨタは軍用トラックの生産に専念した。両社が本格的な乗用車生産に取り組んでゆくのは、朝鮮戦争（1950～1953）による特需が契機となっている。また両社が自前の技術で世界のレベルに到達したのは日産が五六年（ダットサン）、トヨタは五五年（トヨペット・クラウン［Toyopet Crown］の生産）のことになる。

第二次世界大戦後のアメリカでは、クルマのステータス・シンボル化はさらに進み、車種が所得階層と細かく対応するまでの状況が現出した。高名なジャーナリスト、ハルバースタム（David Halberstam: 1934–）は、その著『五十年代（*The Fifties*）』（1993）の中で次のように、一九五〇年代におけるクルマとその購入層の密接な連関について述べている。

だが、GMの成功の核心は、車種の格付けにあった。これが車の所有者に上位車種への憧れを募らせ、常に落ち着かない気分にさせたのだ。シボレーは、堅実な仕事を持つブルーカラーや、財布の紐を弛められない新婚カップル向け。ポンティアックは、今後も経済的な余裕がさらに増すと確信し、スポーティーな車を欲しがる裕福なグループ。ビュイックは、町医者、共同経営者になる寸前の少壮弁護士、あるいは管理者クラスのエリート層。キャディラックは、企業幹部や地方の企業オーナーだ……キャディラックの価格は五千ドルに近かったが、下取りに出せば――キャディラックの利点の一つは、下取り価格が高く維持されていたことで――年間七百ドルの支出で済んだ。（第一部第八節「巨大な車」）

こうした時代、人々はこぞってできる限り大きく、ゴージャスで、見栄えのするクルマを求めた。クロームメッキ仕上げの巨大なクルマ[61]には強力なパワーを発する巨大なエンジンが搭載され、ガソリンもたれ流し同然だった。一九五〇年代、六〇年代は、そうした巨艦型のアメリカ車全盛の時代であり、その最高峰に君臨する「キャディラック」が象徴するように、自由主義陣営の旗頭として「強いアメリカ」が光彩を放っていた時代だった。

ところが、そうしたクルマから吐き出されるおびただしい量の排気ガスによって、大都会を中心に深刻な大気汚染が発生するにおよんで、マスキー法[62]などによる排気ガス規制が始まり、さらにはオイル・ショック[63]が追い打ちをかけると、世界は一転して燃費の良い、排出ガス対策の進んだ小型車を求めるようになった。日本車に注目が集まったのも七〇年代以降のこの時代である。こうした小型車は燃費はよいが、しかし、当初何よりも軽量化が至上命題だったため、車体に使用される鉄板が薄く、装飾も極力省かれたりしたため、外観は安っぽく頼りない感じで、事故が起きればもちろん危険だった。そこで今度は衝突時の安全性という、それまで一般的なクルマではほとんど考慮されることのなかった新たな「性能」が求められるようになり、シート・ベルトやエア・バッグ(64)の装備とともに、車体強度そのものの引き上げに力が注がれ、鉄板も丈夫なものが採用されて、デザインも一見して以前よりずっと骨太になった。当然重量が増した車体を不満なく、経済的に、厳しい排出ガス規制もクリアして走れるようにと、抜本的なエンジン改良が世界中で重ねられた。その結果生まれた今日のクルマは、いくつかの互いに矛盾する要求をコンピュータなどのハイテクによって解決し、走行性、衝突安全性、省燃費性という諸「性能」をすべて高次元で実現した驚異的存在である。さらには使用部品の高リサイクル性など、単なる排気ガスのクリーン化を超えた、より広い意味での「環境性能」までもが追求されており、従来からある比較的空気を汚さない天然ガス車に加え、ガソリン車と電気自動車の中間形態で高い省燃費性能を発揮するハイブリッド車が実用化されているだけでなく、水素だけを燃料とし、排ガスをまったく出さない燃料電池車も、その実験車はすでに街を走っている。

ここまでその歴史や常識について述べてきたクルマが、それではアメリカ小説の中にどう描かれ、どういう意味を付与されているのか、これから何編かの具体例に則して検討してゆくこととしたい。

75

第二章　パッカードと『アメリカの悲劇』
――閉ざされた上流社会と高級車――

今では古典となった二十世紀の代表的アメリカ小説の中にあって、クルマが重要な役どころを帯びて登場する最も初期の一例として挙げられるものに、ドライサーの『アメリカの悲劇（*An American Tragedy*）』（1925）がある。しかし、最も初期の例とは言うものの、この『アメリカの悲劇』に登場するクルマはすでにただのクルマではない。それは一九二〇年代のアメリカ社会で顕在化した、「ステータス・シンボル」としての高級車であり、主人公が抱く「成功の夢」を体現したようなクルマなのである。

「ステータス・シンボル」としてのクルマは、この長大小説の第一部で「パッカード（Packard）」という固有名詞を背負って華々しく登場する。この「パッカード」とは「キャディラック（Cadillac）」が「成功の夢」のシンボルとなる以前の時代――すなわち、一九一〇年代から二〇年代にかけ、大統領や富豪、大物政治家や映画スターなどが競って購入したアメリカの国産超高級車である（挿絵14）。この超「高級車」を駆って、主人公を含むホテル従業員の若者たちが、ある冬の日に無謀なドライブ

挿絵 14
Packard Twin 6（1920 年式）
（*Beaulieu* による）

を敢行し、その帰途死亡轢き逃げ事故を起こしてしまう。第二部で舞台が中西部から東部に移ると、クルマの固有名詞は消えてしまうが、引き続き「ステータス・シンボル」としてのクルマが、主人公と彼の女友達が初めて二人きりで乗る大きくがっしりした作りの「箱形乗用車（closed car）」として登場する。さらには、上流階級の仲間たちが主人公ともどもニューヨーク北部の避暑地アディロンダックの森林地帯を縫うように走らせるクルマとしても登場する。これらのクルマは、貧しい主人公の、決して叶えられることのない出世への飽くなき欲望と不可分に結びついており、登場人物たちの虚栄心をはじめ、無計画で無謀な性格、さらには性道徳の乱れ等さえをも巧みに映し出す恰好の媒体として用いられている。

『アメリカの悲劇』が全体として優れた小説であることは言うを待たない。ただ、主人公をはじめ当時の人間社会の欲望をあぶり出すべく初めに登場させたクルマという実に重要な大道具の使用に関しては、十分展開できぬまま竜頭蛇尾に終わっている。章が進むにつれて具体性を欠いてゆき、ついには完全に消えてしまうのだ。またクルマの扱いとも関連するが、この小説の背景を成している時代も、よく見ると厳密な意味で具体性、整合性を欠いており、一見写実小説（ノヴェル［novel］）の極致とも見えるものの、実は（いかにもアメリカ小説らしく）空想小説（ロマンス［romance］）の特性を持った小説だと言ってもよい。核心部分では「事実（facts）」よりもむしろ「真実（truths）」を求めた小説だと言えるのではあるまいか。

『アメリカの悲劇』は、今日あまり読まれることのない小説である。何しろ長く、重く、暗く、そして多少野暮ったい。洋の東西を問わぬ現今の軽薄短小好み、カッコ良さ好みの風潮からすれば、まさにその対極にある作品で、当世受けしないのも当然と言えよう。しかし『アメリカの悲劇』は決して味気ない小説ではなく、およそ小説に求められるすべての要素が盛り込まれてあり、読めば面白い小説だと断言できる。同時代の他の小説、とりわけ同年発表の『偉大なるギャッツビー（*The Great Gatsby*）』（1925）と比べて古さを指摘する声や、文体の粗野さ、無骨さをあげつらう批評も確かにあるが、逆に言えば、それらこそ『アメリカの悲劇』の魅力なのである。この物語には、精神の退廃が進み、物質的繁栄を謳歌するアメリカ、欲望が渦巻き、強者が弱者を容赦なく飲み込んでゆく生存競争社会アメリカの姿が、古典的手法ながら、みごとに描写されている。当時のアメリカの臭いまで伝わってくるようだ。

この小説は一九三一年と五一年の二度にわたってハリウッド映画化された。三一年の映画は小説と同じ『アメリカの悲劇（*An American Tragedy*）』というタイトルで、監督ジョセフ・フォン・スターンバーグ（Josef von Sternberg）、主演フィリップス・ホームズ（Phillips Holmes）、シルヴィア・シドニー（Sylvia Sidney）という布陣であった。この映画に対しては、ドライサーが「原作と違う」と提訴したが敗訴してしまった。またこの映画に関し、谷崎潤一郎と小林秀雄が対照的な見解を述べたことでも知られる。[65] 一九五一年に封切られた新しい方の映画は、流行語ともなった『陽のあたる場所（*A Place in the Sun*）』という標題で、監督はジョージ・スティーブンス（George Stevens:

1904–74)、主演はモンゴメリー・クリフト（Montgomery Clift: 1920–66）とエリザベス・テイラー（Elizabeth Taylor: 1932– ）という世紀の美男、美女の共演となり、そのことが話題を呼んだ。

ところで『アメリカの悲劇』の物語の背景をなす時代は具体的にいつ頃なのであろうか？　それは小説のどこにも明記されていないし、特定しようとしても特定しにくい。リアリズムの極とも見える作品としては実に意外である。この小説のクライマックス、つまり第二部における「殺人」が、一九〇六年夏にニューヨーク州北部のビッグ・ムース湖で実際起こった「チェスター・ジレット事件（Chester–Gillette Case）」[66]をヒントにし、それを下敷きにしたことは周知の事実である。しかしそうだからといって、この小説もまた一九〇六年当時のアメリカ社会を映しているかといえばそうではない。全体的には、第一次世界大戦を挟んだ、戦前、戦後のふたつの時代が巧妙にブレンドされている。ドライサーは、「チェスター・ジレット事件」発生時からこれに関心を寄せてはいたが、彼が『アメリカの悲劇』執筆のため、事件現場を「実地検分」に訪れたのは、事件発生から十七年も経過した一九二三年のことであった。またドライサーはこの作品を少なくとも二度書き直しており、チェスター・ジレット事件は下敷きではあっても、十七年という時間の経過や、彼独自の想像力や世界観により、個別の事件が普遍的な事件へとデフォルメされていったことは、作品を読めば明らかである。実際、作家の意識には、チェスター・ジレット事件が起こった一九〇六年当時の――つまりは第一次大戦前の――アメリカ社会もさることながら、大戦後の繁栄の時代におけるそれもしっかり捉えられており、この小説では両者が渾然一体となっていると考えられる。第一部におけるカンザス・シティー中心部の様子、ホテル従業員らの若い男女による脱線ドライブや交通事故、彼らが無断で借り出す高級車「パッカード」のステータス・シンボル性、第二部におけるソンドラ家所有の「箱形」大型自動車や上流階級のリゾート生活などは、いずれも第一次世界大戦後の時代や社会の特性を強く示している。また時空の特定に直接関係はないかもしれないが、第二部でドライサーがクライドの心の煩悶を描くのに用いている「意識の流れ（stream of consciousness）」の手法は、精神分析学者フロイト（Sigmund Freud: 1856–1939）の影響により、アメリカで大戦後の一九一〇年代末から二〇年代前半に流行したものである。

とまれ、ドライサーは、この作品によって、作家としての地位を不動のものとした。彼が自伝的共感を濃厚に示す主人公の悲惨な運命とは逆に、ドライサーは「成功の夢」を実現したのである。

ここでこの小説のプロットを少し詳しく記述してみよう。全体は三部に分かれている。まず第一部では、ある夏の夕暮れ時、中西部の「四十万」都市、ミズーリ州カンザス・シティー（Kansas City）の極貧辻伝道師一家が、揃って街頭に立ち、父親の福音を説く弁舌につき合わされているところから始まる。そしてこの一家の少年クライド（Clyde Griffiths）が、都会の夜を彩るネオンなどの電飾に欲望を刺激され、姉エスタ（Esta）の失踪を機に自分も独立して稼ごうと、街のソーダ・ファウンテン従業員を経て、市内の高級ホテル「グリーン・デイヴィッドスン（the Green–Davidson）」のボーイとなる。このホテルは金持ちのたまり場であり、チップだけでも収入は週四十ドルにもなる。ボーイらはみな派手好き、女好きで、売春宿に出入りしたりもする。クライドもそうした物欲や性欲が渦巻く世界へと嵌り込んでゆく。ある時、仲間のひとりラタラー（Ratterer）の家に行き、ホーテンス（Hortense Briggs）という美女に一目惚れした彼は、彼女にビーバー・コート（高嶺の花の象徴）を買ってやるべきか、姉のために使うべきかで煩悶する有様である。そしてある冬の日、クライドは、スパーサー（Sparcer）という男が、旅行中の主人に無断で借り出してきた高級車「パッカード」でのドライブに加わる。一行は男女合わせて九人。目的地の郊外ホテルで、ホーテンスはクライドよりもスパーサーと意気投合し、クライドを嫉妬させる。さらには、薄氷の張った川面でみながスケートに興じるが、この時もホーテンスはスパーサーと一緒で、あとからクライドは苦情を言うものの彼女は受け付けず、適当にはぐらかす。遊び呆けているうちに夕方のホテル出勤時間に遅れそうになった一同は、折から降り出した雪の中、スパーサーが運転して迂回路を猛スピードでホテルへと戻る途中、道路に飛び出してきた小さな女の子を轢き殺し、そのまま逃走する。追跡の警察車両は巻いたものの、最後は車が資材置き場に突っ込み横転してしまう。仲間の中には重傷者も出たが、その事故現場からクライドは、自分の人生をこれで台無しにしてなるものかとばかり、地面を這いながら必死で逃走する。

第二部は、第一部から三年後、シカゴの「ユニオン・リーグ・クラブ（Union League Club）」で働く二十歳のクライドが、かねて噂には聞いていた一族の富豪、叔父のグリフィス氏（Samuel Griffiths）とそこで偶然出会い、この叔父が経営するニューヨーク州ライカーガス（Lycurgus, NY［架空の町］）のカラー（襟）工場で働くこととなる。クライドは、そこで二十五人もの女工を抱える班長という身分にまで出世する。しかし彼は、配下の見習い女工で、自分とよく似た境遇のロバータ（Roberta Alden）と次第に親しくなり、結婚を考えぬまま肉体関係を持ち、彼女を妊娠させるに至る。まさにちょうどその頃、以前叔父の家のパーティで一目見て心を奪われたことのある上流階級の娘ソンドラ（Sondra Finchley）がクルマから声を掛けてくる。彼女は「時折クラブ（The Now and Then Club）」にクライドを紹介するが、ハンサムで真面目な印象のクライドは、クラブの面々から好評をもって迎えられる。ソンドラやクラブ仲間の上流的雰囲気の中でクライドは、もともと強かった上昇志向をさらに強めてゆくことになる。

この間、ロバータは中絶に失敗し、結婚を強く迫ってくる。その一方で、ソンドラの方は避暑地からクライドを誘ってくる。ロバータが出世の邪魔に思えてきたクライドの目に、男女の乗ったボートが湖で転覆し、女性の死体だけが上がったという新聞記事が飛び込む。上流の人々と避暑生活を体験して戻るクライドのもとに、ロバータから催促と非難の手紙が届く。前日ソンドラたちと過ごした（クルマで周遊した）湖水地帯の不気味な姿が頭に浮かび、ロバータ殺害計画を立案する。クライドはロバータを湖に誘い出し、ボートに乗せ、不気味な鳥の鳴き声を聞くうち、逡巡する彼の姿に不安を募らせたロバータともつれ合ってボートが転覆すると、己の内なる悪魔の囁きに従い、ロバータを溺死するにまかせてしまう。

第三部は、やがて事が発覚し、クライドは逮捕され、叔父やソンドラに衝撃を与える。叔父は顧問弁護士ベルナップ（Alvin Belknap）を立てて、クライド弁護に当たらせる。偶発事故を主張するベルナップ（およびジェフスン［Reuben Jephson］）に対して、地方検事メイスン（Orville Mason）は、クライド同様出世欲に充ち満ちた男で、この事件を自分の出世の踏み台にしようと、異様なまでの熱意を込めて状況証拠集め、証人集めに奔走し、次第にクライドを追い込んでゆく。メイスンが提出する証拠、証人の前に、クライドはあいまいな供述や態度を繰り返すので、陪審も次第に心証を悪くし、結局「有罪」の評決と「死刑」の判決が下される。牧師マクミラン（Duncan McMillan）の協力や、助命嘆願に走り回る母親の必死の努力も通じず、クライドは死刑執行の日を迎え、電気椅子の露と消える。

物語のエピローグは、冒頭と同じ夏の黄昏時、今度はカンザス・シティーではなく極西部サンフランシスコで、別の辻伝道師一家が、クライドの悲劇を繰り返すべく活動を行っている。

◆　◆　◆　◆　◆

文学史において、『アメリカの悲劇』は、発表当時から現在に至るまで、一貫してアメリカ自然主義を代表する作品という扱いを受けてきた。人間の欲望をいやが上にも刺激する商業主義の誘惑の前に、貧乏な若者がその罠にはまり込み、餌食となるプロセスを、作者ドライサーは徹底的、かつ執拗に描き切っており、自然主義の代表的事例という文学史的位置づけや評価も、その限りでは十分うなづける。しかし、この『アメリカの悲劇』が実現しているのは必ずしも本来の「自然主義」ではない。この作品が実現したのは——標題がいみじくも語るように——ひとつの普遍的にして「アメリカ的」な「悲劇」なのである。

一般に「自然主義」は、ゾラ（Émile Zola: 1840–1902）が『実験小説論（*Le Roman Experimental*）』（1879）で述べたように、人間がその行動を環境（遺伝も含む）という決定要因によって支配され、滅ぼされる必然性を証明するものである。そのため、そこに登場する人間は、スラムなど社会の下層、底辺部分にうごめく動物的、病的な者たちが好んで取り上げられる。そこでは環境の犠牲者たる登場人物たちを外側から描き、彼らの内面はあまり触れられることがない。彼らの内面に立ち入れば立ち入るほど、作品はそれが否定しようとする人間の精神性への着目を強めてしまうこととなり、自然主義本来の世界からは遠ざかって、広い意味での「悲劇」へと転じてゆく。自然主義には一種の掟があり、それはいっさいの「向上」や「救済」をタブーとして退ける。人間は、環境の圧倒的な力によって、虫けらのごとく、為す術もなく、ただ滅ぼされなければならないのである。

アメリカの場合、「自然主義」は十九世紀末の一八九〇年代に突然起こり、その事例のほとんどはきわめて短命で、十九世紀が終わるまでに姿を消してしまい、ごく一部が二十世紀の最初の十年間にかかる程度である。S・クレイン（Stephen Crane: 1871–1900）の『マギー（*Maggie: A Girl of the Streets*）』（1893）やノリス（Frank Norris: 1870–1902）の『マクティーグ（*McTeague: A Story of San Francisco*）』（1899）などは、前者が「環境」、後者が「遺伝」に不自然とも思える強調を置きながら、いずれもゾラの影響を濃厚に示している。しかしクレインの代表作（第二作目）『赤色武功章（*The Red Badge of Courage*）』（1895）や、ノリスの叙事詩的野心作『蛸（*The Octopus*）』（1901）になると、それらは一見「自然主義」的に見えるかもしれないが、既に本来の「自然主義」からの離反が明白に表れている。前者の主人公は、たとえ皮肉なプロセスを経てではあれ、真の「勇気」を獲得するし、後者の主人公は「蛸」つまり鉄道会社の奸計に屈するとはいえ、その名（Magnus Derrick）が表すように、さながら古典悲劇のヒーローのようでさえある。アメリカの「自然主義」作家は早い段階で、苦境にあっても人間（精神）の可能性に賭ける「ヒューマニズム」への着目へと方向転換してしまった。人間が虫けら同然に無抵抗で滅ぼされる世界よりも、たとえ滅びるにせよ、ある種の尊厳を保って滅びる世界を――つまり純粋な「自然主義」よりは「悲劇」の方を――彼らは選んだのである。(67)

『アメリカの悲劇』はどうか。たしかに主人公クライドは社会の底辺に生を受け、欲望の赴くままに行動し、社会という環境の力によって滅ぼされる。その過程の記述も丹念きわまりない。一般的には「自然主義」というレッテルを貼るに十分値する内容を持つと言えよう。しかし同時にまた、この作品は本来のゾラ流「自然主義」とは抵触するいくつかの要素を明確に示している。主人公がどん底から出発し、彼なりの才覚を発揮して、出世の階段をある程度まで確実に駆け上がることは、「向上」に他ならず、「自然主義」本来の鉄則（「向上」があってはならない）に反する。また作者ドライサーが若者クライドの内面に入り込み、彼の心の葛藤、特に彼の欲望と抑制との間の揺れを、描出話法を用いたり、折から流行の「意識の流れ」的手法を用いたりして表現に努めていることも、「自然主義」本来のあり方と逆行する。ボーイ仲間からの誘いに乗ろうかよそうかという煩悶から始まり、湖でのロバータ殺害を決行するか、思いとどまるかという煩悶に至るまで、クライドは煩悶の連続である。そして思い悩んだあげく、いつも欲望の側を選択してゆく。

ドライサーは第三部の法廷場面で、クライドの弁護に当たる弁護人に「クライド君、君を作ったのは君自身ではなかったんだ、そうじゃないか?」と言わせている。クライドを作ったのは社会（環境）であり、彼は社会（環境）の犠牲者であって、彼個人には責任がないという趣旨である。これは「自然主義」作家ドライサーの読者向けメッセージに他なるまい。しかしドライサーは、いかにも「自然主義」を思わす徹底したドキュメンタリー手法を採っているにもかかわらず、同時に、自分の幼少時の赤貧洗うがごとしの境遇と主人公のそれとを重ね合わせているからなのか、批評家スチュワート（Randall Stewart）が指摘するように、その筆遣いには主人公に対する「共感（compassion）」が溢れており、物語の行間からは感傷的空気すら漂っていて、クールに主人公を突き放すことができない（Stewart, 119）。これがドライサーを徹底した「自然主義」作家たらしめ得ない要因のひとつだろう。彼はむしろ主人公に向かって、「共感」を込め、ほとんど涙しながら、叱咤しているという印象を与える。共感的義憤といってもよい。なぜ主人公は（標題にいうところの）「悲劇」の犠牲となってしまうのか？　彼の運命が提起する最大の問題は何か？　と作家は問いかける。そして答えて曰く、結局それは、見栄っ張り、衝動的、自分勝手、無責任というような属性によって示される主人公自身の未熟な精神ゆえなのだ、彼は欲望本位の軽率な行動が招く重大事態に勇気を持って直面する（「直面する」が、この小説のキーワードのひとつである）ことができず、その処理をいつも他人任せにし、自分はいつもそれから逃げ出してしまう。そういう精神的・道徳的脆弱さゆえに、欲望をいやがうえにも刺激する現代の物質主義的社会環境の中では、表題に言うところの「悲劇」へと追いやられるのだ、と。

ドライサーの「自然主義」的な考えには、サムナー（William Sumner: 1840–1910）らが唱えたソーシャル・ダーウィニズム（Social Darwinism）のそれが皮肉に響いている。「適者」生存の競争社会における勝者は精神的・道徳的「強者」であり、敗者は精神的・道徳的「弱者」であって、「不適者」なのだ。これに関連して注目されることのひとつは、この小説の第三部が持つ意味だろう。クライド逮捕から最後の死刑執行までの裁判プロセスを克明に追ってゆくこの部分は、『アメリカの悲劇』の白眉であり、まさに圧巻と言えるものである。これは、いつの時代も、社会問題は裁判に最も集約的な形で現れるという事実を、われわれに改めて思い起こさせる。この第三部で最も精彩を放つのは、言うまでもなく、正義感というよりは強烈な出世欲に支えられた地方検事メイスンのしたたかで水も漏らさぬ綿密な法廷活動である。メイスンの前には、ベルナップやジェフスンらの弁護人、クライドの母親、そして牧師マクミランなど、すべてがまさに無力たることを証明する。弱肉強食の生存競争社会を、その適者、勝者として象徴的に映し出す役割をメイスンは遺憾なく果たす。「適者」メイスンが徹底的に破滅させ、代わりに自分が上昇すべく待ち望んでいた対象こそ、そうした弱肉強食社会の敗者にして「不適者」たるクライドに他ならない。

もうひとつ注目されるのは、この小説で何度か前面に押し出される宗教、すなわちキリスト教の無力、形骸化という問題であろう。この長大小説の初めと終わりで、ほぼ同じパタンの文章が繰り返され、夏の夕暮れ時（読者に疲労感、倦怠感を与えるうえで効果的）に街頭に立って人々に福音を説く「辻伝道師」一家の姿が描かれていることの意味は重い。読者に何とも言えぬやり切れなさを植え付けるこの繰り返しの手法の背後から、クライドという迷える精神に対して効果的指導を行い得なくなったキリスト教――それは牧師マクミランによっても象徴されるし、そもそもクライドの父親自身が「伝道師」だった――への、作者ドライサーの強い批判が聞こえてくるようである。フロイドの「無意識（the Unconscious）」がキリスト教の教えよりもはるかに説得性を帯びて見え出した時代がそこにはある。

われわれは『アメリカの悲劇』という小説の「自然主義」的特性は十分に認めつつ、その「戦後性（第一次世界大戦の戦後）」にも十分着目すべきだろう。何と言ってもこの作品は他の「自然主義」小説とは異なり、十九世紀末はおろか、第一次世界大戦をも越え、あの「ジャズ・エイジ（the Jazz Age）」のど真ん中、一九二五年に発表された作品なのである。同じ年に『偉大なるギャッツビー』が世に問われ、その冒頭で語り手のニック（Nick Carraway）が、世の中の人間にはみな軍服を着て、「気を付け」の姿勢を取っていてもらいたいものだ、と注文を付けている。第一次世界大戦後の社会で顕著となったモラル・ハザードへの警告なのだが、それは多かれ少なかれ、『アメリカの悲劇』にも当てはまる。クライドよ、もっと精神的に強くあれ、というのが行間から滲み出るドライサーの気持ちといってよいだろう。

◆　◆　◆　◆　◆

このような見地に立って『アメリカの悲劇』を眺めるとき、この小説の第一部の最後における轢き逃げ（およびクルマの横転）事故は、きわめて大きな意味を帯びていることが分かる。若者たちによる無謀ドライブの必然的結果であるこの事故と彼らのそれへの対応に、『アメリカの悲劇』のエッセンスがすでに凝縮されているとさえ言えよう。なぜなら第一部のこの交通事故と第二部でのボート転覆「殺人」事件、そして第三部における法廷での尋問時それぞれにおける主人公のしどろもどろの対応と社会への責任転嫁の態度は、いずれも同心円状に繋がっており、それは結局クライドという人間の精神的、道徳的未熟さ、脆弱さを浮き彫りにするひと連なりの事例だからである。

この小説では、クルマを運転して轢き逃げ事故を起こすのが主人公のクライドではなく、ホテル仲間のそのまた友人の遊び人スパーサーという設定になっている。これはクライドが、それまでの十七年の人生で、かりにもクルマを運転するような機会もなければ金銭的余裕も皆無だったはずなので、当然のことと言える。クライドの仲間のホテル従業員たちであれば、日頃顧客と接することでチップなどから上がる収入も結構ありそうだし、またそうした顧客が乗り付けるクルマを扱う機会もあるはずなので、彼らのうちのひとりが運転するのは自然で、そういう従業員たちのさらにその「友人」が事故時の運転者として設定されている。しかし結局のところ、このドライブに加わった男女は、クライドも含め、みな十代後半かせいぜい二十になるかならないかという年齢と考えられ、しかもドライブ時に明らかになるように、彼らはみな基本的にまったく同じ軽佻浮薄な心性を持つ者たちである。男はみな女にいいところを見せようと虚勢を張っているし、女はみな逆にそういう男を見透かし、利用して、自分の欲しいものを手に入れようと狙っている。彼らはみな責任能力がなく、ひとたび事故が起これば対処できず、またしようとせず、みな一様にひたすら逃亡を図る。クライド自身もまた「四つん這い」になりながら、必死で雪の中を現場から逃げ失せる。事故は、かりにスパーサーという遊び人でなく、一同の誰が運転していたにせよ――かりにクライド自身が運転していたにせよ――まったく同じように発生し、まったく同じような結果になったことだろう。この場合、クライドはそういう無軌道な若者たちのひとりなのである。

ところで、第一章に出てくる自動車事故は、一九一〇年代末から二〇年代を通して、アメリカ社会での大問題となっていた。大量生産でクルマが急激に普及したものの、タイヤやブレーキが現代のものと比べて驚くほど粗末であり、ヘッドライトは暗くて十分夜道を照らせず、ドライバー一般がまだ運転に不慣れであり、道路整備も追いつかず、信号システムも不備であった。また何よりも大戦後の伝統的価値観の崩壊によるモラルの低下があって、年平均の交通事故死傷者数が南北戦争でのそれに匹敵するほどとなった。また二〇年代当初から「禁酒法（the Prohibition Law: 1920–33）」が施行されたにもかかわらず、禁制措置は逆に飲酒をあおる結果さえ作り出し、飲酒運転が横行したのもこの状況を悪化させた。[68]『アメリカの悲劇』第一部における若者たちの危険な行状は、その意味でまさに戦後社会を象徴している。こうして自動車事故を物語に取り込むことで『アメリカの悲劇』は、時代との密着性を確保するとともに、クルマという、人間の物質的および性的欲望を映し出すのみならず、使いようによっては確実に凶器と化す文明の利器を用いて、クライドら若者たち、そしてさらには同時代の人間たちすべてに共通する精神性を浮き彫りにしているように思われる。

第一部のはじめ近く、主人公クライドが次のように考えている箇所がある。

（クライドは）一部の若者が手に入れているような、もっと立派な襟飾り、もっとしゃれたワイシャツ、もっと上品な靴、もっといい背広、極上のオーバーを持つことさえできればなあと思った。ああ、あいつらが見せびらかす上品な服、立派な家、腕時計、指輪、飾りピン。同じ年頃の若者たちがもうあんなにおしゃれをしているのに！　実際、同じ年頃の若者の両親の中には、そいつらが乗る自動車を与えている者もあった。そういう連中がカンザス・シティの大通りを蠅のようにめまぐるしく走り回っているのが見かけられたのだ。おまけにかわいい女の子を乗せて。それなのに彼には何もなかった。何ひとつとして持ったことがないのだ。（第一部、第二章、傍線筆者）

「若者」が、親から与えられたクルマに「かわいい女の子を乗せて」都会の大通りを（これ見よがしに）「蠅のように」走り回るのは、今もよく見られる光景だが、自分もできれば同じことをしたいというクライドのかなわぬ夢は、男（特に若い男）にとってのクルマの意味をよく表している。今も昔もクルマは、その可視的要因であるところのスタイルと、不可視的要因たるスピードの両面で、セックスときわめて深い関係にあり、男性が女性を口説く有効な手段として大いに機能する。ステータス性のある高級車、高性能車であればそれだけ女性へのアピールも強い。貧乏だが自意識は人一倍強いクライドが少年の頃から渇望していたのは、ただカネばかりではない。もともとハンサム（この点は物語で強調されている）でもある彼は、女性を振り向かせる男性としての力をも、また絶えず強く渇望しているのである。

クライドが育ったカンザス・シティーは、「アメリカの二大山脈（アパラチアとロッキー）に挟まれた中間にあって、これほど物質的な気取りや華やかさを持った領域は他のどこにもなかった（同、第七章）という人口「四十万」の大都市であったし、彼が働く場を得たこの町のホテル「グリーン・ディヴィッドスン」は、「贅と安楽の真髄（同、第四章）」のような場所であり、そのドアの前には「いつもタクシーや自家用車が何台も待っていた（同）」という。カンザス・シティーは、地図をみると合衆国のほぼ真ん中、すなわち地理的重心を成す位置にあり、いわばアメリカの臍（へそ）である。

しかもそれが「物質的な気取りや華やかさを持った領域」だと述べられている。ドライサーが『アメリカの悲劇』の出発点にこの町の、このホテルを選んだのは、英語の標題につけられた不定冠詞“An”とも関連するであろうが、背景となった時代の物質主義的アメリカを、それが普遍的に表象するからだと言えよう。

ソーダ・ファウンテン従業員を経てホテルのボーイとなったクライドは、世間ずれした従業員仲間や彼らの女友達と日常的に交わることになり、物欲、出世欲、性欲を刺激され、次第次第に大人の世界の虚飾に染められてゆく。問題の無謀ドライブは、仲間のひとり、ヘグランド（Hegglund）の発案で、その友達のスパーサーが主人の車を無断で持ち出し、一月のある金曜日に、男女九人が参加して行われる。このドライブが無謀たるゆえんは、用いられるクルマを無断借用していること、そのクルマ（ふつう定員は六人）に九人もの男女が乗り込んでいること、ドライブには危険な雪模様の日にそれを決行していることなどである。無断借用については言うまでもないが、九人もの若い男女が狭いクルマの中に押し込められている図は一種の「乱交」ですらある。そしてそうした「過積載」のクルマがなおかつ物凄いスピードで滑りやすくなった道路を走るのだから、まさに無軌道としか言いようがない。そもそも九人もの人間が乗れば、この時代、ふつうのクルマなら満足に走ることさえおぼつかないであろう。力不足は言うまでもなく、後ろが重くなる分だけ前が軽くなって操舵が不安定になる。しかし、これはただのクルマではない。当時にあっては桁外れの高性能、豪華装備を誇った高級車「パッカード」なのである。

ところで「パッカード」というメーカーの名を知る者は現在あまり多くはあるまい。しかし、かつては文字通りアメリカ製「高級車」の代名詞であった。一八九九年オハイオ州ウォレン（Warren, Ohio）で創業し、当初社名は「ニューヨーク・オハイオ自動車会社（New York and Ohio Automobile Co.）と称していたが、その後「オハイオ自動車会社（Ohio Automobile Co.）と改め、一九〇二年には社名を「パッカード自動車会社（Packard Motor Car Co.）とした。一九〇三年からは本拠をミシガン州デトロイトに移し、ふたつの世界大戦に挟まれた時期――つまり一九二〇年代および三〇年代――にはその黄金時代を迎えた。その後第二次世界大戦を経て次第に王座を「キャディラック」に奪われてゆき、一九五五年にはステュードベーカー社と合併して「ステュードベーカー・パッカード（Studebaker–Packard）」となったが、三年後の五八年には製造中止に至った。

「パッカード」の名は創業者J・W・パッカード（James Ward Packard: 1863–1928）に由来するが、彼がクルマ作りを始めたきっかけは面白い。世紀末の一八九八年のこと、パッカードは当時最大のガソリン車メーカー、ウィントン社製のクルマを購入したのだが、やたら故障するのでメーカーに返品する旨を伝えたところ、ウィントンその人（Alexander Winton: 1860–1932）から、そんなに生意気言うならあんたが自分で作ってみろ、と言われたという（*Beaulieu*, 3, 1169–70）。ウィントンから挑戦状を突きつけられた翌年、パッカードは自らクルマ作りを始め、一八九九年、誘いを受けてウィントン社から赴いた二人の技術者の援助を得て、一号車「A型」（フォードと同じくModel-Aと称した）を完成させた。それは単気筒で排気量二千三百三十七ｃｃエンジンを搭載し、遊星ギア変速装置を備え、チェーン駆動方式で走るものだったという。一九〇〇年には点火を改善し、足踏みペダル式アクセルを装備した「B型」が登場、一九〇一年には、単気筒ながら強力な三千十二ｃｃエンジンを備え、後部座席が初の前向き（それ以前、クルマの後部座席は前席と背中合わせになっていて、後ろ向きだった）の「C型」を発表、同年中に八十一台を売り捌いたという（*Beaulieu*, III, 1171）。この年の秋には有名な宣伝コピー「オーナーに聞いてみよ（Ask the Man Who Owns One）」を作り出し、それまで「ウィントン」を愛用していたアメリカの金持ち連を一斉に「パッカード」へ鞍替えさせた。そうした顧客の中には石油王ロックフェラーの実弟（William D. Rockefeller: 1841–1922）一族も含まれており、ウィントンには痛打となったという（*Beaulieu*, III, 1171）。パッカードはわずか数年でウィントンに見事しっぺ返しを果たしたことになる。なお一九〇三年には、ホイールベースを拡張し、ボンネットを装備した「F型」（オールド・パシフィックの愛称を持つ）により、ニューヨーク・サンフランシスコ間を六十一日間で横断に成功し、耐久性の実証も果たした。もはやパッカードは、オーナーに聞いてみるまでもないクルマとなったわけである。

この「パッカード」は、一九一五年型の場合で、早くも世界初の量産型「V型ツイン・シックス」[69]という排気量六千九百五十ｃｃ、最大出力八十八馬力を発生するという途方もない大型エンジンを備え、最高速度百十二キロで走ることができた。第一次世界大戦終了前のモデルとしては驚くべき性能である。その後大戦終了を経て、『アメリカの悲劇』が出版される二年前に当たる一九二三年からは、V型から直列型の時代[70]に入り、同年型モデルの場合、排気量五千八百六十三ｃｃ直列八気筒、八十五馬力を発生する新型エンジンを搭載し、アメリカ車では初めて四輪すべてに作動するブレーキを備えていた。戦前型に比べ気筒数が十二から八に減り、エンジン出力も三馬力少なくなってはいるものの、本格的な直列八気筒であること、排気量が千ｃｃ以上小さいことを考えると、戦中時の「ツイン・シックス」よりもずっと高効率で強力であったと思われる。「エイト」（当初のみ「シングル・エイト」と称された）の名で知られる八気筒モデルは、車両価格も三千六百五十ドルから四千九百五十ドルとずば抜けた高額であった。いずれにせよ、この時代の標準であり続けたフォードの「T型」が、既述のように（一九一五年式であれ一九二三年式であれ）たかだか二十馬力だったのに比べると、出力だけでも優に四倍以上に当たるうえ、価格に至っては「T型」の二百九十ドルの十数倍であった。もちろん、各種装備も当時にあっては贅沢きわまりないものだったという。「パッカード」の桁違いの性能、存在感が、『アメリカの悲劇』第一部で、ハンドルを握る遊び人スパーサーの有頂天ぶりからも窺える。

そのクルマは雪で白くなった道路を、白い原野の間を、物凄いスピード（breakneck pace）で飛ばした。事実、その時そのクルマの真の所有者であるとともに、自分を運転の達人だと思い込んだスパーサーは、このような路上をどこまで速く飛ばせるのか試してみようとしていたのだった。（第十七章）

雪がうっすらと降り積もった道路で、スピードの限界を試そうとするとき、スパーサーはあきらかにブレーキの限界や自分の運転技術の限界を失念している。さらに彼らは、目的地のホテルでの飲酒、飲食、ダンスを経て、近くの、薄氷の張った川面でスケート遊びに興じる。[71] この危険な行動に象徴されるドライブ仲間たちの無謀さ、無思慮さは、やがて、出勤時間に間に合わなくなるという不安や焦り、折から降り出した雪とも重なり、ほぼ不可避的に、帰途での重大事故へと繋がってゆく。

街に近づくと夕方の渋滞が始まっており、踏切で長い貨物列車の通過待ちにも引っ掛かる。焦りを募らせるスパーサーは、抜け道を選んではスピードを落とさぬままにすり抜けようとし、たまま飛び出してきた少女を轢き殺してしまう。他の同乗者ともどもパニック状態に陥った彼は、スピードを上げて現場から走り去る。事故に気づいて、警察車両はもちろん一般車両も何台か加わり、逃げるクライドたちのクルマの追跡にかかる。しかし追跡車両は一台として追いつけず、逆にみるみる離されてしまう。これぞ超高性能エンジンを搭載する「パッカード」の「パッカード」たるゆえんである。

しかしパッカードは追跡車のいずれよりもはるかに速かった。最初の数ブロックほどの追跡では「あのクルマを止めろ!」、「あのクルマを止めろ!」という叫び声が聞こえてきたが、そのクルマのはるかに速いスピードのせいで、こうした叫び声もすぐに消え去り、後に残ったのは、遠くで必死に鳴らされるクラクションの、長く、激しい叫びだけとなった。(第一部、第十九章、傍線筆者)

だが、高性能によって追跡をかわしたのはよいが、人目を避けようとヘッドライトを消して右に左に通りを縫うようにして逃走を図ったため、暗くて前方をよく視認できず、まず石材置き場にぶつかり、その反動で木材置き場へと突っ込んでクルマはひっくり返ってしまう。怪我の程度の重い前部座席のスパーサーとローラを除く者たちは、ヘグランドの号令一下、みなこの事故現場からも逃走する。クライドも、自分の将来を台無しにされたくないという利己的理由から、現場から這うようにして逃走する。

轢き逃げ事故を起こしてからの「パッカード」の走り方、つまり、人目を避けようとライトを消し、横道をすり抜けるように逃げ回るという走り方は、もちろんこれほどの「高級車」にはふさわしくない。そこに乗り手たちの不適格性がみごとに表現されており、最終的にクルマがひっくり返ってしまうのも、乗り手たちの危うい行動（薄氷の川面でのスケート遊びにも象徴されていた）、身分不相応さなどがもたらすとどのつまりということになろう。クルマ、特に高級車は、それなりの乗り手を選ぶものであり、不適格者――所有するに不適格であるとともに、社会の不適格者でもある――がそれを無視して乗れば、この物語のように、まさしく「アメリカの悲劇」へと繋がってゆくのである。

このように、社会においてまだ実体を持たぬ若者たちが、虚勢を張ろうとし、無思慮、無分別、不注意から重大事故を引き起こし、ひとたび事故がおきると、それに直面して対処することができず、責任を取らず、後始末を他人任せにし、自分たちはひたすらそれから逃げる。彼らのこうした未熟、脆弱、かつ卑劣な精神――これこそ「アメリカの悲劇」の要因だとドライサーは示唆する――がここでみごとにあぶり出される。クライドが現場から一心不乱に逃走するこの時の行動こそ、後に第二部でのロバータとの無思慮な性交渉、および妊娠という事実への無分別で無責任な対応、さらには湖でのボート転覆とロバータ見殺しという行動へと、ほぼ同じパタンで繋がってゆくものである。第一部で事故現場から四つん這いで逃げるクライドは、第二部の終わりでも、ロバータが溺死するにまかせて逃げ、夕闇の森をソンドラの別荘がある方向へと急ぐ。[72] さらにそれは、最後の第三部での裁判の場面で検事の追及に自分を失ってしどろもどろの答弁を繰り返したり、死刑執行へ臨む際に彼が示す社会への（少々見当違いな）反抗的気分などへも繋がってゆく。第一部最後の「自動車事故」は、『アメリカの悲劇』という物語のいわば扇の要として、きわめて大きな予兆性を持っているのである。

さて第二部では、クルマが叔父サミュエルやソンドラを中心とする上流階級と直結し、そのクルマに乗せてもらうことで、クライドの上流願望がいやがうえにも刺激され、それと同時に一時は死ぬほど愛した貧困家庭出身の女工ロバータが、妊娠して結婚を迫るにつれ邪魔になり、抹殺してしまおうという身勝手な思いを募らせてゆく。クライドが上流のクルマに乗る場面が続く中、ロバータは物語中一度もクルマには乗らないことも注目される点であろう。

クライドが上流社会へ加わりたいという思いを一気に強めるきっかけとなるソンドラとの一対一での出逢いの場面は、クライドが叔父を頼ってライカーガスに来て、ひと夏が過ぎ、秋も深まったある日のこと、皮肉にもロバータを訪ねる道すがら通りかかる立派な屋敷の前で起こる。

この屋敷は、彼の目にはひどく近寄りがたく、静かで、控え目で美しいものに映り、その威厳と豊かさに彼は心を動かされた。中央の門には二つの灯火がともり、あたりに光の輪ができていた。その門へ近づきつつあったそのとき、とても大きく堅固な作りの箱形自動車（a closed car of great size and great solidity）が門の正面に止まった。そして運転手が降りてきてドアを開けると、ソンドラ・フィンチレーが車内で前屈みになっているのにクライドはすぐに気がついた。（第二部、第二十三章）

このクルマの具体名は与えられていない。しかしクライドが見たこのクルマの印象、つまり「とても大きく堅固な作りの箱形自動車」は、そっくりそのまま、彼が憧れる上流階級のイメージ、すなわち、自分にとって「とても大きな（of great size）」存在で、「堂々として揺らぐことのない実体を有した（of great solidity）」、「閉ざされた空間（a closed car）」ということであった。このクルマがまた「パッカード」であったとしてもおかしくはあるまい。フィンチレー家――クライドがソンドラに吸い寄せられてゆくのを象徴するかのように、この一族は「真空掃除機（vacuum cleaner）」製造メーカーで[73]ある――が上流の金持ち一族であり、「パッカード」がそうした人々御用達のクルマの筆頭格であったとすれば、その可能性は大いにある。

前述のごとく、金属製の本格的なルーフ（ハード・トップ［hard top］）[74]を持ち、側面もガラスと鉄板で覆われた「箱形自動車」は、クルマの登場時から存在していたわけではなく、当初の屋根なし開放型（つまり「ラナバウト（runabout）」タイプ）や、次に現れた幌付きの「ツーリング・カー（touring car）」タイプに続き、だいたい一九一〇年代末から二〇年代初頭にかけて巷に現れ始めた、それ自体「高級」なクルマである。今日ではごく当たり前の構造だが、当時としてはこの時クライドの目に映ったように、ことさら大きく、堅固そうで、閉鎖的に見え、乗り手との距離を感じさせるものだったはずである。実際クルマは車高が高いと――ルーフ位置が高いと――その分だけ確実に大きく立派に見える。

この時のソンドラは、社交界で評判の悪いギルバート（Gilbert Griffiths）――工場主サミュエルの息子――と間違えてクライドに声をかけてくる。もともとギルバートとクライドは従兄弟同士なのでよく似ているのは当然である。彼女はすぐ人違いに気づくが、日頃生意気なギルバートに比べて感じのよいクライドが気に入り、そのままその大きな「箱形自動車」にクライドを乗せ、わざわざ下宿まで送ってくれる。上流階級を体現しているとも言うべき「とても大きく堅固な作りの箱形自動車」に、はじめて、しかも以前一度見ただけで魅了されてしまった女性ソンドラと二人きりで同乗するという体験こそ、クライドの上流社会への接近、入門をみごとに象徴している。ソンドラはクライドを「時折クラブ」という上流の社交クラブに紹介し、そこでクライドが好評を博するにつれて、はじめはギルバートへの面当てから一種の気まぐれに始まったクライドとの接近を、次第に本物の愛へと変貌させてゆく。最初の「箱形自動車」での出逢い、一対一での同乗体験は、クライドにとってのみならずソンドラにとっても退っ引きならない事態へと繋がるものとなる。この時の偶然の積み重なり[75]——つまり、ロバータを訪ねる道すがら、たまたまソンドラの屋敷の前を通りかかり、しかもソンドラがたまたま人違いでクライドに声をかけた——が、大げさに言えば、クライド、ロバータ、ソンドラという三者のその後の運命を決するものだったわけで、その中心には大きな「箱形自動車」があったことになる。

この小説の第二部に登場するクルマとしては他にも、たとえば、ライカーガスの「中央通り（Central Avenue）」を行き来する「クルマ（automobiles）」（第五章）、その住宅街を彩る「高級で見栄えのするクルマ（expensive and handsome automobiles）」（同）、グリフィス邸の「ガレージ」のあたりに見える二台のクルマ（同）も出てくれば、ソンドラに招かれたクライドが、上流子弟たちとともにニューヨーク北部アディロンダックの湖沼地帯を、新聞で読んだ奇妙なボート転覆事故のことで頭をいっぱいにしながらドライブするときのクルマもある。

これらのクルマの具体名はつまびらかでない。ただこれらがどれも「高級車」であることだけは文脈から明らかだろう。クライドがうわの空で乗るクルマとて、このときのドライブ仲間の中心はソンドラなので、このクルマも、彼女とクライドの最初の出逢いとなった前述のクルマと同一である可能性も十分考えられる。クライドは、その避暑地のドライブを、ライカーガスに戻り、身重となったロバータからの手紙を手にしながら、殺害計画を胸に、思い起こす。

その前日――それは比較的行動が限定された湖沼地帯での一日で、そこから今帰って来たばかりだったのだが――彼（クライド）、ソンドラ、スチュワート、バーティンは、ニーナ・テンプルとその時サーストン家に滞在していたハーリー・バゴットなる青年を伴って、クルマでまずトウェルフス湖からスリーマイル・ベイへとドライブした。スリーマイル・ベイというのは二十五マイルほど北にある小さな湖の避暑地である。そこからは背の高い松の木が壁のように聳えたっている間を縫って、ビッグ・ビターン湖や、トリーン湖の北方地域の背の高い松に覆われた寂しい場所に取り残されたような他の小さな湖沼を訪れた。そしてその途中、今クライドは思い起こすのだが、時折ところどころに、荒涼たる、多くの場合寂しい風景に異様な印象を受けた。背が高く、物言わぬ黒っぽい木々――それは最も拡大解釈すれば原始の森だ――が両側に何マイルにもわたって延びているその間をうねるように続く狭い、雨に洗われた、車の轍の付いた未舗装の道路。ただ一筋のやっと通れるくらいの未舗装路の両側にある沼や池には、陰鬱で毒蛇のごとく悪意に満ちた蔓が這い、水はけの悪い窪地にたまった緑色の泥の上には、人気のない戦場のように水を含んで腐った木材が倒れて十字形に折り重なり――場所によっては四重に――散らばっていた。この六月の暖かい気候の中で、地衣とか苔に覆われた切り株や朽木の上で、すっかり落ち着いて日向ぼっこをしている蛙の眼や背が時折目に止まる。渦巻き状に群がっているブヨの群、自動車が急に近づいたせいで、あわてて泥土や毒草や分厚く生い茂っている水草の中に逃げ込んでゆく蛇の尾のひらめき。

そうした風景のひとつを眺めているうちに、どういうわけかパス湖での事故のことが頭に浮かんだ。自分では気付いていなかったが、そのとき潜在意識の要求により、こういう寂しい場所が時として役に立つことを考えていた。そしてある地点でこの地方に生息する孤独なウィア・ウィア（wier-wier）という水鳥の一種が、妖精や妖怪のような声を上げて、どこか近いところから森の奥深くいっそう暗いところへと飛んでいった。その音を聞くと、クライドは苛立たしげに体を動かし、車の中で上半身を起こした。それはいままでに聞いたどの鳥の鳴き声ともまったく違うものだった。

「今鳴いたのは何だ？」とクライドは隣に座っているハーリー・バゴットに尋ねた。

「何だって？」

「ほら、たった今後ろを飛び去った鳥か何かのことだよ。」

「鳥の声なんか聞こえなかったぞ。」

「えっ、そうかい。でもあれは奇妙な声だった。ぞっとするよ。」

（第二部、第四十四章）

クライドたちを乗せたクルマが縫うようにして通過する原始の森は、現実のアディロンダックの森であるのはもちろんだが、同時に象徴的な意味合いを帯びた森でもある。スペンサー（Edmund Spenser: c1552–99）の寓意詩『妖精の女王（*The Faerie Queene*）』（1590–96）における「過ちの森（The Forest of Errour）」やホーソーン（Nathaniel Hawthorne: 1804–64）の短編『若いグッドマン・ブラウン（"*Young Goodman Brown*"）』（1835）における「魔女集会の森」などを連想させるこの不気味で地獄の様相を呈する森は、究極的には、この時のクライドの心の風景と考えられる。「ウィアウィア」（綴りは異なるが"weird"［不気味な］を連想させる）という名の鳥は、そののちロバータとふたり湖でボートに乗っている時に聞こえ、クライドを慌てさせる鳥でもあるが、はたして本当にそういうものが鳴いたのかどうか、少なくとも同乗者のバゴットには聞こえていないことからもかなり疑わしい。それは身勝手な欲望に取り憑かれたクライドの心の中に巣くった悪魔の声であったと考えるほうがよほど自然かもしれない。クライドはソンドラをはじめとする上流の子弟たちとともに、彼らのクルマに乗って上流的「避暑生活」の一部を体験している。しかしこのドライブはクライドが見かけ上は上流と交わっても、所詮上流とはまったく別物であることを際立たせるにすぎない。クライドの肉体はこのときたしかに上流の連中とともに彼らのクルマの中にあるのだが、彼の精神はまったく別の、恐ろしくも浅ましい、文字通り地獄のような「森」をさまよっている。そしてその大きな上下の階級差を、何が何でも埋めようとする無謀さが、けっきょくはクライドを本当の地獄へ導いてゆくのである。

けっきょく、第一部で事故を起こすクルマ、第二部で不気味な森を周遊するクルマ、このいずれもが「パッカード」なのかどうかは不明である。ドライサーはそこまでの統一は考えていないようだ。彼がこの小説を一度ならず書き換えてしまったことも、第二部での具体性の欠如に響いているかもしれない。ただ、第一部でわざわざ「パッカード」という具体名に言及し、実際その過剰性能という特性まで有効活用しているのだから、第二部でもそれに呼応する何らかの具体的言及があってもよかったかもしれない。もしそうしていれば、第一部と第二部との基本的な相似関係、つまり主人公クライドの後先を考えぬ行動と無責任な結果処理と、彼の上流志向という、共通の行動図式がもっとはっきり浮かび上がり、クライドの「悲劇」の本質をより鮮明なものにするのに貢献したであろう。何しろ『アメリカの悲劇』は、図らずも（旧世界さながらの）階級社会が形成されてしまい、「成功の夢」もとうに過去のものとなってしまった「自由と平等の国」で、己の分（ぶ）も責任能力も顧みず、やたら無謀な跳躍を試みようとする青年の物語であり、それゆえにステータス・シンボル化した「パッカード」のごとき特別なクルマは、そうした人間の欲望や本質を炙り出す最適の媒体なのである。せっかく第一部で「パッカード」という具体名辞を用いて構築したこの「悲劇」におけるクルマの豊かな象徴性に、ドライサー自身が十分気づいていなかったとすれば少し残念な気もする。また第三部にはクルマそのものがほとんど登場しないが、ここでもドライサーにその気がありさえすれば、たとえば野心家の地方検事メイスンの欲望を具体的な何らかのクルマと結びつけて表現するなど、いま少しクルマの持つ象徴性を活かせたのでは、とも思われる。

とはいえ、現状のままであっても、この小説に登場するクルマが、みな上流社会と切っても切れぬ富の象徴であって、これらがクライドの夢と欲望、およびそれとは裏腹な精神的未熟さを映し出す役割を果たしている大道具であることに変わりはない。

第三章　ロールス・ロイスと『偉大なるギャッツビー』

――「カネ」の力で掴もうとしたはかない「緑」の夢――

フィッツジェラルド（Francis Scott Key Fitzgerald: 1896–1940）の不朽の名作『偉大なるギャッツビー（*The Great Gatsby*）』（1925）は、実にいろいろなクルマが登場する小説である。中でも忘れがたいのが、言うまでもなく、標題人物が乗り回す「黄色い（原語では rich cream color）ロールス・ロイス」である。派手で巨大なこの特別注文車（custom–built car）は主人公ギャッツビーと不可分に結びついていると言ってよい。時代を超えた高級車の代名詞「ロールス・ロイス（Rolls–Royce）」（**挿絵15**）は、本来いかにも英国王室御用達という雰囲気を漂わせる優雅で高性能な超大型乗用車であり、その標準的外装塗色は黒かそれに類した暗色であり、内装は薄い皮革の色であるが、ギャッツビーのそれは外装塗色が「黄色」、内装はなんと「緑色」であり、この奇抜な塗色にもこの物語の基本的な意味が隠されている。

ところで「黄色いロールス・ロイス」と言えば、一九六四年、ちょうど東京オリンピックが行われた年に封切られたI・バーグマン（Ingrid Bergman: 1915–82）主演の英国映画『黄色いロー

挿絵 15
Rolls–Royce Silver Ghost（1911 年式）
（*Beaulieu* による）

ルス・ロイス（*The Yellow Rolls–Royce*）』を思い起こす向きもあろう。バーグマンはじめ、J・モロー（Jeanne Moreau: 1928– ）、R・ハリスン（Rex Harrison: 1908–90）、A・ドロン（Alain Delon: 1935– ）、それにO・シャリフ（Omar Sharif: 1932– ）など錚々たる名優を配した映画である。「黄色いロールス・ロイス」がロンドンのショー・ルームで国務大臣に見初められて購入されるが、自分の妻が部下との情事にそれを用いたことを知ると、大臣はそれを売り戻してしまう。いったんショー・ルームへ戻ったそのクルマを、今度はアル・カポネ（Al Capone: 1899–1947）の子分が購入し、イタリア行きに用いるが、親分からアメリカへ呼び戻されるに至って、その子分はクルマをイタリア国内で手放す。折から第二次世界大戦が勃発すると、今度はアメリカ人女性がその「黄色いロールス・ロイス」を入手し、ユーゴスラビアへの移動にそれを用いる。途中で乗せたユーゴの愛国者を祖国へ何とか送り届けたのち、怪我人の搬送にもそれを用い、最後にはその「黄色いロールス・ロイス」とともにアメリカに戻る。監督はA・アスキス（Anthony Asquith）、製作はA・デ・グルンワルド（Anatole De Grunwald）であった。

この『黄色いロールス・ロイス』という映画が、脚本上（担当T・ラティガン［Terence Rattigan］）『偉大なるギャッツビー』から何らかの影響を受けたのかどうかは不明である。しかし「黄色いロールス・ロイス」という、あまり普通とは思えぬ大道具を「狂言回し」に用いている点では共通するし、妻の浮気、地下組織、戦争、ならびに突飛な「ロールスロイス」の使用法というような共通要素を含んでいるのも確かである。

さて、『偉大なるギャッツビー』の作者フィッツジェラルドは一九二〇年代を主たる活躍の場とした多くのアメリカ作家の中でも、とりわけ二〇年代、それも「ロスト・ジェネレーション（the Lost Generation）」と不可分に結びついた存在である。通例、この「ロスト・ジェネレーション」という語からわれわれが真っ先に想起する作家は、ヘミングウェイ（Ernest Hemingway: 1899–1961）とこのフィッツジェラルドのふたりであろう。両者はともに刹那的で退廃的な二〇年代の風俗を描くことでデビューしたが、手法はまったく対照的であった。ヘミングウェイが感情を極力抑えたストイックな文体で、「ハードボイルド（hard–boiled）」の名をほしいままにし、六〇年代のはじめまで息長く執筆活動を続けたのに対し、フィッツジェラルドの方は、華美で若々しい、感覚的な文体で書きまくり、まるで花火のような短い活動時期を終えた。活躍時期が短い分だけ、フィッツジェラルドは二〇年代という特定の時代との結びつきがより強く感じられる。

彼の傑作『偉大なるギャッツビー』は、今日では単にフィッツジェラルドの代表作というよりも、時代を超えて、アメリカ小説全体の中でも――いや実際、世界のあまたの小説のなかでさえ――有数の傑作に数えられる。コンパクトな作品ながら、そのモダンな感覚や、意味の豊かさには格別のものがある。これはニック・キャラウェイ（Nick Carraway）という、イェール大学時代に「文学青年」だった証券マンの視点を通し、彼がある年の夏に体験した「隣人」ギャッツビーとの奇妙な交際の一部始終が語られるという、この小説の構造に負うところが大きい。読者はニックが語るギャッツビーという、いかがわしくも愛すべき男の、時代離れしたロマンティックな「夢」について知らされるとともに、本来堅物《かたぶつ》でクールな語り手ニックが、胡散臭いが純情なギャッツビーとの交際からある種の教育を受け、そのロマンティックな心性に共感し、自らも傍観者的ライフスタイルから行動人としてのそれへと多少の変貌を遂げる模様をも、同時に知らされる。つまり、ニックという青年にすべてを語らせることでニックその人の性格をもまた暴露させるという、意図的で計算された「一人称視点」の設定と使用により、『偉大なるギャッツビー』という小説は、標題人物ギャッツビーの物語であるのはもちろん、またそれと同程度に語り手ニックの物語ともなっているのである。どちらも作者フィッツジェラルドの一面を表しているのは疑い得ないが、こうした構造から、ロマンティックな世界観とリアリスティックな世界観、「東部」と「西部」、アメリカの夢とその挫折、一九二〇年代の社会問題などなどが効果的に浮かび上がる。なお一九七四年、監督J・クレイトン（Jack Crayton: 1921–95）、脚本F・コッポラ（Francis Coppola: 1939– ）、主演R・レッドフォード（Robert Redford: 1937– ）およびM・ファロウ（Mia Farrow: 1945– ）によるものが封切られ、わが国では『華麗なるギャッツビー』というタイトルで話題を呼んだ。(76) レッドフォードと言えばギャッツビーというくらい、この映画は彼を有名にしたが、敢えて言えばレッドフォードのギャッツビーは小説のギャッツビーとは大違いと言ってもよい。レッドフォードはギャッツビーには立派過ぎる。

さて、まず簡単に『偉大なるギャッツビー』のストーリーをまとめておこう。語り手で、マンハッタンの投資信託会社「プロビティ・トラスト（Probity Trust ＝ 実直信託）」に勤務する中西部ミネソタ出身で三十歳になる青年ニックが、一九二二年の夏、ニューヨーク郊外の新興住宅地ウェスト・エッグ（West Egg）にある自分の下宿の隣に聳える大邸宅の住人ギャッツビーとの短い交流を通して体験した「あの夏の物語（the history of the summer）」（第一章）を語る。

第一次世界大戦前、名もなく貧しい青年将校だったギャッツビーは、南部ケンタッキーのルイヴィルで知り合い、婚約を交わしたものの出征のために引き裂かれた恋人デイジー（Daisy Fay）が、戦争が終わってみると出征前の約束を違え、富豪のトム（Tom Buchanan）と結婚し、ニューヨーク郊外の高級住宅地イースト・エッグ（East Egg）に住んでいることを知る。デイジーと過ごした過去をカネの力で取り戻そうと、酒の密売など闇の世界での荒稼ぎで巨万の富を築き、彼女の住む屋敷の（小さな入江を隔てた）対岸ウェスト・エッグに豪勢な館を構え、夜ごと華麗な夜会を開いて、彼女の到来を待ち受ける。しかしデイジーはなかなか現れない。そこでギャッツビーは、女子プロ・ゴルファーのジョーダン（Jordan Baker）に、自分が彼女とニックの家で再会できるよう取り計らってくれと依頼する。ジョーダンからその話を持ち込まれたニックは、自宅での二人の再会を演出し、ある激しい雨の日、二人は無事再会を果たす。しかし「過去を取り戻（repeat the past）」そうとするギャッツビーの思惑は、その通りには運ばない。デイジーはギャッツビーが偶像化したような女性ではないし、現実にデイジーには子供もいる。ギャッツビーのアプローチはデイジーを混乱させ、トムを険悪にさせるのみであった。夏も終わりに近いひどく暑い日、一同はトムの家に集まり、そのまま車に分乗し、ニューヨーク市内へ繰り出し、豪華ホテルに落ち着いたものの、ギャッツビーとトムがデイジーを巡って喧嘩を始めたため、一同はすぐまたイースト・エッグへと引き返す。その途中、興奮して取り乱したデイジーの運転する（ギャッツビーの）クルマが、「灰の谷（the Valley of Ashes）」という荒廃した地区を駆け抜ける際、そこでガソリン・スタンドを経営するウィルソン（George Wilson）という男の妻でトムの情婦でもあるマートル（Myrtle Wilson）をはね殺し、そのまま逃走する。ギャッツビーは、彼が運転していたと誤解して後をつけてきたウィルソンによって射殺され、彼の「夢」の追求は唐突な終焉を迎える。ほとんど誰もやってこない寂しい葬儀の後、ニックは人心が糜爛した東部に嫌気がさし、退屈だが健全な中西部へと戻る。ギャッツビーが追い求めた「アメリカの夢」は、ずっと昔に過去のものとなってしまっていたのだった。物語は語り手ニックの「こうして、過去へとたえず押し戻されながらも、流れに逆らう小舟のように、われわれは漕ぎ進んでゆくのだ」という言葉で終わる。

『偉大なるギャッツビー』は、その物語がきわめて限定された時空で起こるという点がひとつの特徴になっている。具体的には、一九二二年の夏、ニューヨーク（つまりマンハッタンとその郊外のイースト・エッグおよびウェスト・エッグ）となっている。場所は物語の中で明確に言及されるし、時代は、第六章でギャッツビーの出征が「五年前」とされており、第四章には、彼の恋愛も出征も一九一七年のことだったとあるので、単純計算から一九二二年と分かる。さらには第四章で『アラブの族長（*The Shiek of Araby*）』や『午前三時（*Three O'Clock in the Morning*）』という、一九二二年に（再）流行したアメリカのポピュラー・ソングが挿入されていることでも、それは確認される。またこれに関連するであろうが、内気でロマンティックなアラブの族長を描いた、当時の二枚目俳優R・ヴァレンティノ（Rudolph Valentino: 1895–1926）が主演した映画『族長（*The Shiek*）』は、その前年、一九二一年の封切りであった。流行歌や映画に用いられている「アラブの族長」なるものがギャッツビーの造形と無関係でないことは容易に推測されよう。流行歌の「族長」は「君の愛は僕のもの」と言いつつ「夜、君が眠っている間に、テントに忍び込む」（第四章）し、“Araby”という語は“Gatsby”と語尾が相通じる。接尾辞“–by”は、周知のごとく、ＷＡＳＰが――そしてギャッツビー自身も出世のために——こだわった「アングロ・サクソンの出自」を強く連想させる。しかしながら、その“-by”の語幹が“Arab”というのは、字面上ミスマッチで何となくおかしい。同様に“Gatsby”も、語幹は「ピストル」の俗語である“gat”であり、マフィアさながら、酒密売の地下組織を連想させ、若い時期からフランクリンに倣い、アメリカン・ドリームの実現を目指すなど出世願望が強く、闇の組織と通じて巨万の富を築き、「ピンクの背広上下をまとった」主人公ギャッツビーを、皮肉かつ滑稽に表象する。闇の世界の仕切人ウルフシーム（Wolfshiem）の訛りが奇しくも示しているように、ギャッツビーは「オックスフォード」出身というより、「オッグズフォード（*Oggsford*）」（斜字体筆者）出身というのがぴったりなのである。

ところで、この『偉大なるギャッツビー』という物語は、その前景に、標題人物が乗り回す巨大な、黄色く塗られた超高級車「ロールス・ロイス（Rolls-Royce）」がドーンと置かれている。それはあたかも「成り上がり者（*Trimalchio*）」としてのギャッツビーの分身でもあるかのごとく、彼の人となりを象徴している。ギャッツビーはこのイギリス製カスタムビルト・カーを「天馬のごとく」に乗り回し、自分の物質的成功を世の人々、なかでもかつての恋人デイジーに見せつけようとする。これを筆頭に、この小説には実にいろいろなクルマが次から次へと現れ、それらのクルマに乗る人間たちをそれぞれみごとに象徴している。さらには、さりげなく自動車用語が口にされたり、小説の背景となった「ジャズ・エイジ」という、あの特異な時代の性格そのものまでが、クルマを媒体として巧みに浮き彫りにされている。『偉大なるギャッツビー』は明らかに風俗小説の特質を示しているが、そこに描かれた時代の風俗の代表が、他の何にもましてクルマなのであり、まさにクルマなしには成立しない小説だといっても決して過言ではない。

そこで、まずひととおり小説の展開に沿って、登場するクルマを概観しておこう。最初に出てくるのは、語り手ニックが第一章で自分の持ち物として言及し、第九章で「食料雑貨品店に売った」という「中古のダッジ（old Dodge）」である。物語の中でこのクルマが活躍するのは第五章で、ギャツビーとデイジーとを自分の下宿で引き合わせようとするニックが雨のウェスト・エッグを買い物のために走り回るときぐらいのものである。[77] 興味深いことに、ニックは他の登場人物と比べると、あまりクルマには乗らず、乗るとしても他人のクルマに便乗する。保守的な性格ゆえか、彼はどうもクルマよりは（もっと安全で信頼できる）汽車のほうが好みのようにみえる。その彼が一応所有する「ダッジ」は、後にプリマス（Plymouth）とともに「ビッグ・スリー」のひとつクライスラー（Chrysler）の傘下に入るが、中産階級向けの質実剛健なクルマを作るメーカーとして定評があった。成功した「金物屋（hardware business）」の倅で、「実直信託」に努める堅物青年が所有するにふさわしいクルマで、しかも「中古」というおまけまでつく。

次にクルマが登場するのは第二章で「灰の谷」の住人ウィルソンのガレージに置いてある「埃を被った残骸のようなフォード（the dust-covered wreck of a Ford）」である。状況からみて間違いなく「T型」と思われるが、それが「荒地」のイメージで語られる二〇年代はじめの大都市ニューヨークの巨大ゴミ処理場「灰の谷」で埃を被り、いかにも惨めな姿をさらしている。これが、妻に不貞を働かれながら細々とクルマ社会に奉仕し、そのクルマによって妻を奪われ、悲しみと誤解からギャツビーを殺し、自分も自殺する（かつてはそれなりにハンサムだった）この男のあわれな生き様を象徴することは誰の目にも明らかだろう。

第二章にはまた、マートルがトムおよびニックとマンハッタンの「西百番台通り（West Hundreds）」にあるアパートへ向かう際に、ペンシルヴァニア駅でわざわざ選んで拾うタクシーも登場する。これは「藤色に塗られ、シート地がグレーの新車（a new one, lavender-colored with gray upholstery）」というもので、黒い無骨な「T型」が全盛だったと思われる二二年、ニューヨークではすでにこのような人目を引く色遣いのタクシーが走っていたらしいこと、またマートルが犬売りを発見して急停車させる際、「身を前に乗り出してフロント・ガラスを叩いた」とあることから、運転席と客席の間がガラスで仕切られていたことなど、当時のクルマ事情の一端を示していて興味深い。

第三章になると、ギャッツビーの夜会のために客を送迎する彼所有の二台の車、すなわち「ロールス・ロイス」と「ステーション・ワゴン（station wagon）」への言及がある。また、夜会からの帰りに泥酔した客が「フクロウ眼鏡の男（Owl Eyes）」を同乗させながらクルマを壁に当て、その車輪を外してしまうという「新しいクーペ（new coupe）」も登場する。このうち「ロールス・ロイス」については、後で詳しく述べる。一方の「ステーション・ワゴン」は夜会の送迎のほか、第九章で、ギャッツビーの葬列に加わる三台のクルマの一台ともなる。

第四章では、ニックはギャッツビー所有の巨大な「ロールス・ロイス」に同乗させてもらい、街へ昼食のために繰り出す。途中まず悲しげな目をした東欧系の人々の葬列に出会うが、ニックは彼らの陰鬱な日にギャッツビーの壮麗なるクルマが加わったのはよかったと言う。次に三人の黒人が乗り、白人の運転手が運転する「リムジン（limousine）」、つまりは大型の運転手付き箱形乗用車とすれ違うが、彼らは高慢な対抗意識を剥き出しにする。大きなクルマに乗り、白人に運転させることで、黒人は黒白の立場を逆転させ、白人に挑発を試みる。第二次世界大戦後、キャディラックを乗り回すのが黒人たちの夢という時代が到来するが、これはそのはしりでもあろうか。さらにはスピードを出し過ぎたらしいギャッツビーの「ロールス・ロイス」を追いかけてきた交通警官のオートバイ、およびその排気音、「ジャグ・ジャグ・シュパット（jug-jug-*spat*）」もなかなかに印象的で、フィッツジェラルドの観察力、クルマへの興味のほどが窺われる。

この章ではさらに　ジョーダンの回想として、デイジーの出身地ルイヴィルで、デイジーと出征前のギャッツビーが短い逢瀬を楽しんだ際に用いられた彼女の「白いロードスター（white roadster）」が登場する。「ロードスター」とは二人乗り（二人しか乗れないわけでなく、狭いものの後部座席も一応備えている）のオープン・カーのことだが、白塗りというところが南部貴族風である。またオープン・カーは本来アメリカよりも、雨が少なく、気候温和なイギリスで、特に貴族たちのお気に入りだったところから、デイジーのイギリス風ライフスタイルへの俗物志向が現れているとも言える。ちなみに彼女は夫のトムとともに、元来そうした志向の強い「エスタブリッシュメント（establishment）」の居住区たるイースト・エッグに「ジョージ王朝風植民地様式の邸宅（Georgian colonial mansion）」を構えているのである。

第五章、つまりデイジーとギャッツビーの再会の場では、雨の中、デイジーが「大型のオープン・カー（large open car）」に乗ってニックの下宿を訪れる。これは後に第七章で一同が酷暑日に街へ繰り出す際、ギャッツビーの「ロールス・ロイス」とペアになるトムの家のクルマ、つまり「青いクーぺ（blue coupe）」だと思われる。偶然かもしれないが、結婚前のデイジーは白いクーペ（ロードスター）に乗っており、結婚後は同じクーペでも「青い」のに乗っているのは、彼女の内面と何らかの関係があるかもしれない。つまり、彼女は無理矢理「青い」（トムが体現する貴族趣味的にして憂鬱かつ退屈な）世界に閉じこめられているとも言える。

第七章ではギャッツビーの黄色い「ロールス・ロイス」とトム（デイジー）の「青いクーペ」の二台のクルマが、街に出かける一同を運ぶが、帰り道で、取り乱したデイジーの運転するギャッツビーの「ロールス・ロイス」が、「灰の谷」のウィルソンのガレージ前、つまりは巨大な眼鏡屋の看板の直下で、突然道路に飛び出してきたマートルをはね殺す。デイジーは停止することなくクルマを走らせ続け、途中でギャッツビーが停車させ、その後は彼が運転してまずイースト・エッグに到着し、デイジーを降ろし、さらにウェスト・エッグに戻ってガレージに収める。この不幸なクルマは、ギャッツビーの夢の終焉を象徴するかのごとく、そこでその使命を終える。

ところで、街に向かうトム、ニック、ジョーダンの三人を乗せた「ロールス・ロイス」が「灰の谷」で給油する際、クルマを止めようとしたトムが「両方のブレーキをいらつきながら踏みつけた（threw on both brakes impatiently）」とある。よく分からない記述だが、これは本来のブレーキの他に足踏み式駐車用ブレーキまで踏みつけたということであろうか。ロールスロイスが最初に四輪ブレーキを装備したのは一九二五年式の「二十（Twenty）」というタイプだったという（*Beaulieu*, III, 1356）から、それより以前に製造されたはずのギャッツビーの「ロールス・ロイス」にはそれがなかったことになる。[78] 二〇年代当初までは、クルマのブレーキと言えば、後輪だけ（つまり駆動輪だけ）を止めるものと相場が決まっていた。周知のごとく、四輪車ではブレーキ作動時に、後輪よりも前輪の方に大きな力（慣性力）がかかるため、前輪ブレーキの方が重要である。現在の標準的なクルマでは、通例前輪の方により上等なブレーキを用いるほどなのだ。しかし当初は、複雑な舵取り機構が集中する前輪にブレーキまで装備するだけの技術的余裕がなかった。仮に装備できても、少しでも左右のバランスを欠けば、クルマの姿勢が乱れて大変危険でもあった。そこで後輪だけにブレーキが装備されたのだが、後輪だけの場合、クルマの姿勢は安定するが、利きはよくない。動力性能だけはどんどん進歩し、事故も増えていただけに、ブレーキの進化は焦眉の急であった。そしてその一大進化は、一九二〇年代中頃に開発された油圧式四輪ブレーキの登場によって果たされることとなる。

さてまた、同じ三人を乗せた帰途の「クーペ」（行きと帰りとで青と黄の「補色」の関係にある二台のクルマを交換している）が家路を急ぐ場面には “We drove on *toward death*”（斜字体筆者）という表現がある。第一義的には「全速力で」という意味であるが、直後に起きる交通死亡事故をも示唆するし、また直前にニックがひとり「三十歳」という年齢の重み（フィッツジェラルドでは「三十歳」という年齢への言及がしばしば行われ、それは青春の終焉を意味する）を思う場面があることを考慮に入れると、ニックら三名は確かに（多少オーバーかもしれないが）「死に向かって走り続けた」ことにもなり、自動車用語がこれだけの意味合いを持ち得るというのはきわめて興味深い。

終章となる第九章では、ウィルソンに殺害されたギャッツビーの葬儀が行われ、「霊柩車（motor hearse）」と「リムジン」それに「ギャッツビーのステーション・ワゴン」の三台が僅かばかりの会葬者を乗せて、季節の変わり目に降る雨の中を、ニックの義憤とともに墓地へ向かう。

この小説の冒頭部分に、前章の『アメリカの悲劇（*An American Tragedy*）』（1925）のところでも触れた、ニックによるモラル・メッセージが出てくるところがある。

この前の秋に東部から戻ってきたとき、私は世の中の人々が軍服を着て、ある種の精神的な〈気を付け〉の姿勢を永遠に取っていてもらいたい、と感じたものだ。（第一章）

ニックがこう感じたその理由は、むろん、当初は「私の偽らざる軽蔑の対象すべてを体現して」いると思われたギャッツビーを喰い物にし、果てには自分の過失の責任までを彼になすりつけて、さっさとどこかへ消えてしまう、トムやデイジーに代表される東部の人間たちの身勝手さ、いい加減さ、無責任さに嫌気がさしたからである。ピンクの背広を身にまとうなど、外見的には最も下品でカネまみれにみえたギャッツビーが、実は最も純粋で「ロマンティック」な精神の持ち主だったのである。最後に会ったとき、ニックはギャッツビーに向かって、思わずこう言っている。

「奴らは腐った連中（a rotten crowd）です……あなたはああした連中を全部いっしょに束ねたぐらいの価値がありますよ。」（第八章）

◆　◆　◆　◆　◆

褒め言葉のつもりなのだろうが、何とも奇妙な褒め言葉ではある。くずはいくら束ねてもくず以上にはならない。しかし堅物でお世辞が不得手なニックの褒め言葉として、それなりの真実はこもってもいる。ニックの目には、それほど東部での人心がたるみ、腐っているように写ったのだった。ニックが語るこの物語は、不注意、不誠実、無責任で、盲目的、衝動的、刹那的といった人物や事物のオンパレードという観を呈する。むろんこのことは、対照的に語り手ニックの四角四面の几帳面さ、誠実さ（彼が勤めていた会社の名前も“Probity Trust”、つまり「実直信託」だった）を際だたせることにもなるが、今挙げたマイナスのイメージ群のくどいまでの繰り返しは、この物語のメッセージがこうした時代性への注意喚起にあることを示していると言えよう。

不注意、不誠実などのイメージと並んで読者の注意を引くのは、同じように繰り返して登場する「驚異（wonder）」と「繁栄（flower）」という二つの語、およびそれらが代表すると思しき二つの世界の対比である。出征前のギャッツビーがある秋の晩のこと、この二つの間の選択を迫られたときのファンタジックな場面は、『偉大なるギャッツビー』の中でも指折りの印象的場面だろうが、このとき彼は「神の仕事（His Father's Business）」すなわち「驚異」への奉仕と、目の前にいるデイジーという「繁栄／花」との間の選択を迫られ、結局デイジーを取った。しかしこの生涯を賭けたような選択は、戦争のために引き裂かれる二人にとって（文字通り）実を結ばなかった。帰還後大いなる失望を味わったギャッツビーは、今度はデイジーを次第に実物以上の存在、夢あるいは理想の投影体にまで高めつつ追い求めることになる。彼はそのとき「驚異」を求めはじめたのだった。それは几帳面で誠実ではあるが傍観者的で面白味のないニックの心を動かし、ある種の教育さえ与えることになった甚だロマンティックな行動なのだが、この種の行動の宿命で無惨な最期を迎えてしまう。しかしニックが語るこの『偉大なるギャッツビー』という物語全体は、最後の結びの言葉が示すように、ギャッツビーのそうした行動を価値あるものとして肯定する。

ギャッツビーは緑の光（green light）を、年ごとにわれわれの前から後退してゆく狂騒の未来を信じたのだった。そう、緑の光はわれわれから逃げていったのだ。しかしそれはたいしたことではない。明日になったらもっと早く走り、両腕をもっと遠くへ伸ばそう……そうすればいつか……こうしてわれわれは、絶えず過去へと押し戻されながら、流れに逆らう小舟のようにこれからも漕ぎ進んでゆくのだ。（第九章）

ギャッツビーが信じた「アメリカの夢」は「緑の光」で象徴されている。これは、ひとつには、二〇年代における交通事故急増で急遽開発されたという緑、赤、白の三色信号機（緑が進め、赤が注意、白が止まれを意味した）[79]の「緑」、つまり「ゴーサイン」と対応しており、これもこの小説の時代密着性を示すものである。またもうひとつには、『偉大なるギャッツビー』の主要なメタファーとして、星を求める蛾という、おそらくシェリー（P. B. Shelley: 1792–1822）の「星を求める蛾の願い（the desire of the moth for the star）」の詩から採ったと思しきものがあり、身を焦がしながらデイジーという「星」を求めるギャッツビーという「蛾」の非常にロマンティックな心情がその中核を成している。このメタファーの面白い点は、ギャッツビーもギャッツビーで、夜会という「星」を用意すればデイジーという「蛾」がやって来てくれるだろうと思っていることなのだが、案に相違して彼女はなかなかやって来ない。その事実の中にすでに、ギャッツビーの思惑外れが示唆されてもいよう。ギャッツビーが憧れた「緑の光」という「星」は、本物の「星」の光が地球に届く頃、その発光源はすでに消滅していることが多いように、もはや恋い焦がれるに値する実態を失っていたとも言える。

いずれにせよ、ニックの最後のメッセージには、その昔、「アメリカの夢」がまだ明確に「驚異」の念、つまり人類史上まれにみるほどの理想主義によって支えられていた当時のアメリカを肯定する彼の――おそらくはギャッツビーによって触発された――楽観主義が顔を覗かせている。ニックが望むのは、生きる意味を見失った幻滅の時代にあっても、物質的充足欲や衝動的行動に身を任せるばかりで精神的に「腐って」しまうのではなく、昔の、「驚異」の念をも忘れぬ、若々しく、希望に満ちた、ピリッと締まった秩序ある世界の復権ではなかったか。その昔、十七世紀に初めて現在のロングアイランドに辿り着いた「オランダの水夫たち」が「繁栄」の約束に胸を膨らませると同時に、「驚異」の念にも浸ったアメリカの原精神への復帰といってもよいだろう。とすれば彼の語った物語は、「驚異の復権」を願う物語とも言えるのではないか。一九二〇年代は、ニックにとってのみならず、多くのアメリカ人にとっても、今述べたような精神的な意味に裏打ちされた「アメリカの夢」から最も遠い時代のひとつであった。精神のタガが世界戦争によって外れ、刹那的享楽に身を任すほかに人生の意味がなく、ひたすら物質的充足に走ることでその空虚感を埋めるというのが多くの人々に共通する本音であったと思われる。自動車事故を起こすに至る日の、街へ出かける前のデイジーのせりふはそれをよく物語る。

「今日の午後、わたしたち自分をどうしたらいいのかしら?」とデイジーは叫んだ。
「それにその次の日も、そして次の三〇年というものも?」(第七章)

そこで話をクルマに戻そう。すでに述べてきたことからも分かるように、この『偉大なるギャッツビー』では、クルマが——ことごとくといってもよいが——ニックが声を大にして糾弾するこの時代の不注意さ、盲目性、不誠実、無責任、衝動的行為、刹那的生き方などを表す象徴となっている。クルマは二〇年代の人々にとって、物質的充足欲を満たすだけでなく、走ることで精神的空虚感を紛らわすというふたつの目的にかなう、一石二鳥の存在だったと思われる。さらに言えば、前章の『アメリカの悲劇』について述べたように、手軽に性的欲求を満たす存在ともなっていた。

この小説ではじめにクルマが、単なる風俗でなくある種の重要な意味を帯びて登場するのは、第三章における二つの場面である。ギャッツビーの夜会からの帰途、酔客が運転を誤って壁にクルマをぶつけ、車輪を外すくだりと、ニックがジョーダンとウォーウィックというところのある家のパーティーに招かれた日のこと、ジョーダンがクルマを急発進させ、そばにいた人のコートのボタンを泥よけ(フェンダー)で引っかけるくだりである。前者の脱輪(文字通り車輪が取れてしまった)事故では、行く手をふさがれた後続車のヘッドライトや「さかりのついた猫」のようなクラクションの中を、事故車から這い出てきてニックたちを呆れさせる二人の人間の模様が語られる。二人とは、ギャッツビーの書斎にいた「フクロウ眼鏡の男(Owl Eyes)」と、もうひとりは泥酔状態でハンドルを握っていたと思しき正体不明の男で、ふたりとも何がどうして起きたのかさえ分かっていない有様である。「フクロウ眼鏡の男」は、最終章で、ギャッツビーの葬儀にかけつける数少ないひとりで、むしろこの物語の中ではまともな人間の部類に入る。しかしばかでかい彼の眼鏡は第二章冒頭の、「灰の谷」を見つめる眼鏡屋の色あせた看板、「エクルバーグ博士の目（Dr. T. J. Eckleburg's eyes）」、つまり眼力の衰えた神の目（これはもちろん、エリオット［T. S. Eliot: 1888–1965］の『荒地（*The Waste Land*）』（1922）の予言者タイリーシアス<Tiresias>との連想）と繋がるイメージであるとともに、本来夜にこそ目が利くべき「フクロウ」がクルマの時代にあってはまったく目が利かないという皮肉でもある。また現代のわれわれが見落としがちなのは、これが第一章（三）で触れた、当時のクルマの巨大な二つの前照灯のイメージに繋がることである。ギャッツビーのロールス・ロイスは言うに及ばず、最も普及していた「T型」も含めて、クルマはみな一様に、今日のわれわれの目から見ると不思議なくらい大きな前照灯を付けていた。しかし、どれだけ外径が大きい前照灯を装備していても、また巨大なレンズ（クルマにとっては「眼鏡」）の力を借りようとも、脱輪事故など交通事故は増加の一途であった。「フクロウ眼鏡の男」を乗せて壁にクルマをぶつけた事故は、狂乱の二〇年代の縮図とも言うべく、後から「灰の谷」で起こる（ロールス・ロイスに乗った）デイジーによるマートル轢き逃げ事故の予兆として機能している。なお、別の箇所で同様の「脱輪事故」を、新婚旅行中早くも別の女性に手を出してクルマに同乗させていたトムが起こしていたという記述があり、脱輪が性的モラルの逸脱など、社会秩序の乱れを表していることも注目に値する。

　さて、前記のジョーダンが関わる不注意事故の場面は、よく引用される有名な会話だが、あらためて引いてみよう。


「君の運転はひどいな（You are a bad driver）」[80]私（ニック）は抗議した。「もっと注意するか、それとも運転などやめるか、どちらかにしたらいい。」

「注意してるわよ。」

「いや、してない。」

「他のひとたちが注意するからいいじゃない？」

「それとこれとどういう関係があるんだ？」

「他のひとたちがよけてくれるわ」と彼女は言い張った。「事故が起きるには相手がいるもの。」

「相手が君と同じくらい不注意なやつだったらどうする？」

「そんな人にはぜったい出会わないと思うわ」と彼女は答えた。「わたしは不注意な人が大嫌い。だからあなたが好きなのよ。」（第三章）

この時点でのニックは、ジョーダンの無責任さも、常習化した嘘（この会話の前、ジョーダンは他人から借りたクルマを、雨が降ってきたのに幌を降ろすのを忘れて濡らしてしまい、ごまかそうとしている）も、不注意さも許し、彼女とのつかの間の恋へと進むのだが、物語の終局で彼が東部を去る理由が東部の人間たちの精神の乱れ、弛緩への反発であったことを思えば、ジョーダンのこういう振舞いこそはこの時代の東部社会のそれの典型であり、彼女のいい加減な運転へのニックの批判は、物語冒頭の「精神的な〈気を付け〉」を要請するメッセージに連なるものと解せられる。なお、第一章（二）でも言及したように、ジョーダン・ベイカー（Jordan Baker）という名前は、二〇年代のアメリカのふたつの自動車メーカー「ジョーダン」と「ベイカー」とをくっつけたものらしい。「ジョーダン」は革新的でスポーティーなガソリン車、「ベイカー」は女性ユーザーをターゲットにした保守的な電気自動車だった。この奇妙な組み合わせは、アンバランスな性格で人を欺く彼女の正体を示唆するもので、この女流プロ・ゴルファーへの作家の皮肉なコメントと言えよう。

しかし何といってもこの小説中最大の出来事といえば、取り乱したデイジーがギャッツビーを乗せてハンドルを握っていた「ロールス・ロイス」が、街からの帰途、「灰の谷」のガレージの前で——例の「エクルバーグ博士の目」が見つめる直下で——急にガレージから飛び出してきたマートルをはね殺すというものである。往路でこの黄色の大きなクルマはトムが運転していたことから、マートルはトムだと思って駆け出してきたのであり、彼女は即死するが、デイジーはクルマをそのまま走らせ、逃走する。さらにはギャッツビーの好意に甘え、彼に罪をかぶせてほおかむりしてしまう。

この不幸な自動車事故には、もとより原因があり、一種の必然性すら有する。「夏の終わりの、しかし一番暑い日」のこと、ギャッツビーとニックはデイジーの招きでトムの家へ昼食に行く。そこにはジョーダンもいた。昼食後、手持ちぶさたの中、デイジー、トム、それにギャッツビーの三者の間で気まずい空気が流れ始め、一同はトムの気まぐれの発案で、街へ出かける仕儀に至る。意地の悪いトムの提案とそれを巡る悶着の末、奇妙なことに、往路はギャッツビー所有の「ロールス・ロイス」をニック、ジョーダンを同乗させたトムが運転してゆき、一方トム所有の「クーペ」をデイジーを乗せたギャッツビーが運転して行くこととなる。途中ウィルソンのガレージで給油する際、トムは妾のマートルが近々夫のウィルソンとともに西部へ旅立つという知らせを受け、しかも本妻のデイジーも突然現れた彼女の昔の恋人ギャッツビーに奪われかねない状況にある。先を行くギャッツビーとデイジーのクルマの後を負うトムの狼狽した心理がその運転ぶりに表れる。

単純な精神の持ち主の狼狽ほどの狼狽はまたとない。われわれがスタンドから走り出すと、トムはひどいパニックに陥っていた。つい一時間前まではちゃんと自分のもので何の心配もなかった妻と妾の両方が、いま自分の支配から突然すり抜けていこうとしていたのだ。本能的に彼はアクセルを踏みつけたが、それには（前を行く）デイジーに追いつき、同時にウィルソンを後にするという二重の目的が込められていた。われわれは時速五十マイルでアストリアへと飛ばしていたが、やがて高架鉄道の蜘蛛の巣状の桁板の間に、ゆっくりと走る青いクーペの姿が見えてきた。（第七章）

アクセルを踏みつけるトムの心中が読者にはよく分かる。そして一同は「プラザ・ホテル」の特別室に入るという「不可解な行動」に出る。会話の成り行きと異常なほどの暑さも手伝って、トムとギャッツビーとがデイジーのことで激しい口論を始め、自分を巡るこの二人の男の争いに耐えきれなくなったデイジーがギャッツビーとともに今度は（往路の「青いクーペ」に代わり）「ロールス・ロイス」でホテルを離れ、ニック、ジョーダン、トムは、逆に「クーペ」で後を追う。のちに分かることだが、非常な興奮状態にあったデイジーの運転中に、たまたまこのとき夫のウィルソンと言い争いをして道路に飛び出たマートルが、これもたまたまそこへ通りかかった黄色いクルマをトムと思って駆け寄ろうとしてはねられたのである。加害者も被害者も、ともに夫と喧嘩して興奮状態にあったわけである。さらに言えば、往路と復路での「クルマの交換」ということ自体――復路での「ロールス・ロイス」はドライバーも「交換」されている――が、本来あまり好ましいことではないうえに、こうした文脈に置かれてみると、性道徳の乱れを暗示しているような感じがする。

このように、轢き逃げ事故は、この「一夏の物語」のうちでも最も暑い日に、主としてトム夫妻の衝動的で支離滅裂な一連の行動の延長線上で起きる。そして事故が起きるとデイジーはその責任を、心配して一晩中外の闇の中で騎士道精神を発揮して立ち尽くすギャッツビーにかぶせ、自分は再びトムのもとへと舞い戻る。トムはトムで、現場で事故の真相を知ると、犠牲者の夫のウィルソンに、矛先がギャッツビーに向くよう嘘の情報を与えて恥じることがない。マートルやウィルソン、それにギャッツビーの犠牲において、この破廉恥な夫婦は一時的に縒りを戻したのだが、何ともいい気なものである。この衝動的で、不注意で、無責任な夫婦の生き様を、彼らが操るクルマおよび彼らが関わる自動車事故がみごとに表しているのである。ニックは言う。

彼らは不注意なひとびとだったのだ――トムもデイジーもだ。かれらは物事でも人間でもたたきつぶし、それから自分らのカネやら途方もない不注意さ、あるいは自分たちをつなぎ止めておくものなら何でもかまわずその中に舞い戻り、自分たちが作り出した混乱状態の後始末を他人にさせるのだ。（第九章）

その「他人」の中に、死んでデイジーの身代わりになったギャッツビーと、デイジーやトムの代わりにギャッツビーの葬儀を執り行ったニック自身が含まれているのは言うまでもない。

いろいろなクルマが入れ替わり立ち替わり登場する『偉大なるギャッツビー』ではあるが、この小説の最後近く、ニックがかつてクリスマス休暇の際、いつもシカゴを中継点とし、汽車で東部から西部へ帰郷した思い出を——おそらくはこの小説中、最も美しい感覚的な文章で——語る場面がある。友人たちとシカゴで別れ、さらに北西方向のミネソタへ向かって汽車がシカゴを離れ、やがてウィスコンシンの原野を走る頃、そこには、ニックを呆れさせた東部の腐敗などまったく無縁な厳しい冬の寒さがあり、疾走する汽車のデッキを渡るニックの顔に「本物の雪（real snow）」が吹き付ける。「これが私たちの中西部だ」とニックは言う。これはこの小説の重要なトピックである「東」と「西」の対比をあらためて読者に投げかける。「東」は魅力と腐敗に繋がるが、「西」は退屈と健全とに繋がる。そして雪の原野を疾走する汽車は、退屈さと健全さが同居する「西」を目指している。マークス（Leo Marx）も指摘するように、これは一種の「歴史的退行」である（Marx, *The Machine in the Garden*, 356）。ギャッツビーが求めた「夢」は、その時代にあってはもはや東部でなく、どこか「共和国の暗い原野」すなわち、汽車が行く雪の原野にあった、とニックは言っている。たしかに昔も今も雪（＝純朴さ、健全さ）はクルマより（蒸気機関車が牽引する）汽車に似つかわしい。翻って、雪に弱いクルマは、大いなる文明の利器には違いないとしても、やはりどこか深いところで「東」と、つまりは人間精神の腐敗や堕落と繋がっているぞと、「中古のダッジ」を控え目に走らせるだけの——どちらかというとクルマ嫌いで汽車好きな——堅物（かたぶつ）の中西部男ニックは、言いたげなのである。

◆　◆　◆　◆　◆

ギャッツビーその人を、そして彼の夢を体現する「黄色いロールス・ロイス」について、今すこし詳しくみてみよう。われわれ読者が最初にこの「黄色いロールス・ロイス」に出会うのは、第四章で、ギャッツビーがこのクルマに乗ってニックを迎えにやってくる場面である。

七月も後半のある日の朝九時に、ギャッツビーの豪勢なクルマが石ころだらけの私道をわが家の玄関先まで、巨体を揺するようにしてやってきて、三連ホーンのメロディーを勢いよく鳴らした。「おはよう、親友（old sport）。今日は僕と昼食をどうですか。ご一緒に街までクルマで行こうと思いましてね。」

そして「ダッシュボード（dashboard）」で体のバランスを取りながら、ギャッツビーはニックに手を振ってみせるのだが、そのクルマについてニックはこう語る。

それは濃いクリーム色のクルマで、ニッケルメッキがギラギラと輝き、巨大な長さのクルマのあちこちは帽子入れやら弁当入れやら工具入れやらで膨れあがり、迷路のように幾段にもなった風防ガラスには一ダースもの太陽が映っていた。そんな幾層にもなったガラスの背後の、緑色の皮製の温室のごときに腰を下ろした格好で、われわれふたりは街（マンハッタン）へと出発したのだった。

いかにも巨大で、派手で、ものものしく、おとぎ話にでも出てきそうなファンタジックないで立ちと、不要とも思える数々の装備品でゴテゴテ飾り立てた一種の悪趣味が強調されている。しかしこれこそ、冒頭にも述べたように、ギャッツビーの分身とも言うべく、ギャッツビーについて多くを語る「黄色いロールスロイス」なのである。それはまさしく「私（ニック）の偽らざる軽蔑の対象すべてを体現して」いる男の所有物にふさわしく、良くも悪くも純情な「成り上がり者」を象徴しているのである。

ロールス・ロイス（Rolls-Royce: わが国では「ロールス・ロイス」と濁らずに表記、発音されるが、英語では「ロールズ」と濁って発音される）は、一九〇六年、レーサーの草分け的存在で飛行家でもあり、自動車販売会社をも営む資産家のチャールズ・ロールズ（Charles Rolls: 1877–1910）と、電気技師でエンジン技術にも秀でたF・ヘンリー・ロイス（F[rederick] Henry Royce: 1863–1933）とが、「世界の工場」の中核都市マンチェスターで設立した自動車製造会社である。後者の完全主義的なクルマ作りの姿勢に前者が惚れ込み、その販売を一手に引き受けたことから、この社名となった。*Rolls-Royce* という、r の音が連続する社名（車名）は、偶然とはいえ、いかにも滑らかな走りを印象づけるし、どこかで *Royal*（王者の）という語にも繋がるように感じられる。このクルマは確かに文字通り名前が良いのである。有名な「シルバー・ゴースト（Silver Ghost）」号は、会社設立の年に、パリ・モーターショーでデビューし、その高性能ぶりで一躍世界の注目を集めたという。このクルマは初めから六気筒の静粛かつ強力なエンジンを搭載していたことで知られる。「シルバー」とは車体が銀色だったことから、また「ゴースト」とは、走行音が静かで滑るように走ったことから来ている。

一九一〇年代前半には「世界最良のクルマ（the Best Car in the World）」という国際的評価を確立し、それ以後は高級車中の高級車として君臨してきた。すべてがほとんど手作りの注文生産車で、性能の詳細（スペック）を公表しないことでも有名である。機械としての優秀さもさることながら、世界のどのメーカーも模倣し得ない独特の優美な風格ゆえに、わが国をはじめ世界の王室の御用達ともなった。『偉大なるギャッツビー』の背景を成す一九二〇年代初頭のアメリカでは、まさに並ぶものなき超高級大型車で、いかに国産の「パッカード」が高級だったといっても英国王室の香りを漂わせる「ロールス・ロイス」はまさしく別格で、一目も二目も置かざるを得ない存在であった。もともとアメリカ人の心の中には、植民地時代から現在に至るまで、かつて「(父) 親」であったイギリスに対する「(息) 子」としての感情、自らの歴史・伝統の浅さが生み出す文化的劣等意識に絡んだ、愛憎相半ばする複雑な感情が宿っている。この「ロールス・ロイス」という英国製超高級車は、そうしたアメリカ人の、イギリスへの憧憬とコンプレックスとをいやが上にも掻き立てる存在だったに相違ない。

豪華で高性能、大きなサイズ、そして堂々として優美な（すなわち royal な）風格が、いかにも「大英帝国」を感じさせる「ロールス・ロイス」は、本来王侯貴族にふさわしいクルマである。このクルマは緑豊かなイギリスの田園地帯を悠々と走っていたり、郊外の貴族の館の前に停まっていたりするのがいかにも様になる。サイズが大きいので、収縮傾向を持つ濃い色、たとえば黒とか紺とか深緑などがよく似合う。そういう抑制的性格がまた乗り手たる貴族のゆとりでもある。

アメリカ並みからしても「成り上がり者」のギャッツビーがこういうクルマを所有すると、乗り手の正体がいやがうえにも暴露されてしまう。何しろ、彼の「ロールス・ロイス」は、膨張傾向を最も強く示す色のひとつ、「黄色」に（もちろん買い手ギャッツビーの注文によると思われる）塗られている。加えて、その座席部分の革張りは何と「緑色」だという。しかも車体のあちこちにはゴテゴテと各種の箱類が取り付けてある。その所有者にして運転者たるギャッツビー――このクルマは所有者自らがハンドルを握ること自体がどうも似合わないのだが――は「ピンクの背広上下」を着、スピード違反をして交通警官に咎められると、闇の世界との繋がりを臭わせてその抱き込みをはかる。またその愛人デイジーは、三角関係の板挟みからこのクルマを取り乱して運転し、夫の愛人の娼婦をはね殺し、被害者のどす黒い血をクルマに付着させたまま逃走し、挙げ句の果てには責任を所有者で彼女の身を本気で心配するギャッツビーに擦り付け、夫ともども姿をくらます。この「黄色いロールス・ロイス」は、この轢き逃げ事故ゆえに、おそらくはその後買い手も引き取り手もなく、早々にスクラップと化したものと推測される。要するに、ギャッツビーの「ロールス・ロイス」は、およそそれらしくない使われようで、これではこのクルマが文字通り泣くというものである。トムがこのギャッツビーのクルマを「サーカス・ワゴン（circus wagon）」と軽蔑して呼ぶ（第七章）のも理由のないことではない。ギャッツビーの「ロールス・ロイス」は、所有者たる彼がウルフシームらと暗黒街で営む「危なくて際どい」サーカスのごとき綱渡り的商売を示すし、彼が人妻に手を出そうとするわけなので「乱交（circus にはこの意味がある）」の意味も付与されていよう。こういう人物によって購入されてしまった「ロールス・ロイス」は、まさにそれ本来のイメージからすれば、「離れ業（サーカス）」を演じさせられた不幸な一台となった。前章における『アメリカの悲劇』の「パッカード」

も乗り手を選ぶクルマだったが、この「ロールス・ロイス」は、それ以上にもっと厳しく乗り手を選ぶ。「ロールス・ロイス」は、それに不釣り合いな人間たちをこのうえなく際立たせる一種の試金石なのである。

彼の「ロールス・ロイス」の塗色である「黄色」は、人目を引く派手な色であり、何よりも黄金(gold)の色であり、カネ(money)の色である。それはまた「アラブの族長」さながらのギャッツビーにおける時代離れしたロマンティシズムの象徴[81]でもあって、自分の富を見せつけ、かつての恋人を今一度自分のほうへ振り向かせようという強い一途な願いが込められてもいよう。その並外れた車格と高性能は、もちろん(あのカラーシャツをばらまく奇妙な場面[82]と同じことで)彼の本来あまり豊かでない男性性の誇示でもある。トムに恋人を奪われた男の劣等感がこのクルマには表れていよう。見落としてならないのは、「彼女の声はカネに満ちている」というところからも察せられるように、黄色がギャッツビーの愛人、他ならぬデイジーその人をも表していることだろう。実際、われわれが知る可憐な花デイジー(ひな菊)は、鮮やかな黄色の花芯のまわりに多くの白い花弁がついている。それは心(芯)をカネに売ってしまった、かつての純真な南部娘、デイジーをみごとに象徴しているとも言えるのである。ついでながら、内装の革張り部分の緑色も、既述のごとく、十七世紀のオランダの水夫たちの「夢」と重ねられたギャッツビーの「夢」の対象、デイジーを象徴的に表す色に他ならない。すなわち、彼の「ロールス・ロイス」は外装も内装も、ともに彼の心の中ではかつての恋人デイジーに繋がる色で塗られていることになる。ギャッツビーの「夢」は、その「夢」の具現化と言うべき奇妙な塗色のクルマに、彼と——まさにその「夢」そのものの——デイジーが乗って死亡事故を起こすことにより、無惨にも潰えることになる。
ところで、「ロールス・ロイス」に乗ってニックを迎えにきたときのギャッツビーは、いかにも「落ち着きない（restless）」様子をしている。前述のようにまことに不釣り合いな情景なのだが、ニックはそういうギャッツビーの様子を「誠に特徴的なまでにアメリカ的（so peculiarly American）」だと述べている。

彼は自分のクルマのダッシュボードのところで体のバランスを取っていたが、その様子には、いかにもアメリカ人に特有な、一時たりとも動きを止めないという性格がみられた――私が思うに、これは若いときに重いものを持ち上げることをしなかったからでもあろうし、もっとありそうなのは、せかせかと散発的に動くアメリカ的ゲーム（野球やアメリカン・フットボール）が持つ形式なき美と関わりがあるだろう。（第四章）

おそらくは内面の劣等意識を体現しているからでもあろう、落ち着きなく、絶えず体を動かしているのが「アメリカ人特有」というのは（対英［対欧］劣等意識として）分からぬでもないが、「クルマのダッシュボードのところで体のバランスを取っていた」というのはどのような姿勢なのであろうか。言うまでもなく、クルマの「ダッシュボード（dashboard）」とは「計器板」のことである。だが「計器板」のところでどうやって体のバランスを取るのか。読者はこの場面のイメージが描けず少々面食らう。馬車の時代には「ダッシュボード」が「泥よけ」を意味していたので、現代における「泥よけ」としての「ステップ（running board）」と混同されたことも考えられる。「ステップ」

とは、車輪の泥よけから延びる踏み台状の板のことで、往時のクルマにはその両側に大抵長い泥よけステップがついていた。車長の長い「ロールス・ロイス」では特にこの「ステップ」が目立っていた。そこに乗って体のバランスを取るというのは容易だし自然でもある。そこで著名な批評家マイズナー（Arthur Mizener）は自ら『フィッツジェラルド読本（*The Fitzgerald Reader*）』を編纂した折、テキストのこの箇所の「ダッシュボード（dashboard）」を「ステップ（running board）」へと変えてしまった。ところが、同じく高名な批評家ブラッコリ（Matthew Bruccoli）は、最近のケンブリッジ版テキストの注釈で次のように書いている。

オープン・カーのダッシュボードならもたれかかるのは可能だ。アーサー・マイズナー編の『フィッツジェラルド読本』（ニューヨーク、スクリブナーズ、一九六三年）で、わざわざ「ステップ」へと修正したのは不必要なことであり、正しくもない。(83)

もっともギャッツビーの「ロールス・ロイス」が「オープン・カー」だという確たる証拠はテキスト中のどこにもない。したがってマイズナー、ブラッコリのどちらが正解なのかは何とも言えないが、いずれにしても、わずか八十年ほど前に書かれた小説の一場面における標題人物の一動作が（作者フィッツジェラルドにはもとより自明であって、こんな議論が起きるとは夢にも思わなかっただろうが）現在ではアメリカの高名な研究者たちにも特定できないというのは非常に興味深い現象と言うべきだろう。文学では――特に風俗小説では――こういうことがよく起こる。

なお第六章にはクルマと「馬」との面白い対照がみられる。スローン夫妻（Mr. and Mrs. Sloane）(84)というイースト・エッグの住人がトムを伴っての乗馬の帰途、ウェスト・エッグのギャッツビー邸に立ち寄る。スローン夫人が、ウェスト・エッグへの軽蔑から反対する夫の意向にもかかわらず、ギャッツビーとニックを自宅での食事に誘おうとすると、ギャッツビーが「僕は馬を飼ったことがないものでして。クルマであなたがたについて行きますよ」と言う場面がある。ゴージャスな「ロールス・ロイス」を所有するギャッツビーも「馬」までは飼ったことがないし、飼おうと思ったこともなく、ここでは乗馬の三人に「クルマでついて行く」と言う。滑稽であるとともに、何となく悲しい場面でもある。ウェスト・エッグの「成り上がり者」のギャッツビーとイースト・エッグの「エスタブリッシュメント」階級との余裕差を示していると言えよう。これは第七章でトムが、厩を改造して車庫にする奴は大勢いるが、車庫を厩にしたのは俺ぐらいのものだと自慢する事実とも呼応しよう。既成の金持ちたちは、トムやスローンらのような俗物であっても、イギリス貴族階級の生活を一部共有しているが、その一方、「成り上がり者」は「成り上がり者」の悲しさで、カネにまかせて特注の「ロールス・ロイス」を買い、これ見よがしに品悪く乗り回すぐらいが関の山なのである。

ギャッツビーの黄色い「ロールス・ロイス」は、まるで人間さながら、自分のひどい使われ方へのうっぷんを、主人に関する真実を赤裸々に暴き立てることで晴らしているかのようである。

第四章　走り回るタクシーと『日はまた昇る』

――終着駅なき日々の彷徨――

前章で扱った『偉大なるギャッツビー（*The Great Gatsby*）』（1925）の翌年に出版されたヘミングウェイ（Ernest Hemingway: 1899–1961）の処女長編にして恐らくは最大傑作でもある『日はまた昇る（*The Sun Also Rises*）』（1926）は、主人公（かつ語り手でもある）の青年を含め、酒浸りの登場人物たちが、クルマでぐるぐると無為に動き回っている小説という様相を呈する。彼らはパリの街をカフェ（酒場）からカフェへと、タクシーで次々に移動する。闘牛見物や鱒釣りのスペインへは貸し切りリムジンや定期運行のバスを用いて行き来する。本命のふたりの恋人たち、つまり主人公と元篤志看護婦が、紆余曲折の末、最後に自分たちの叶わぬ関係を悲しく確認し合うのも、マドリッドのタクシーの車内である。『日はまた昇る』の支配的空気、つまり標題が表すように、延々と同じ実りなき営みを繰り返すという空気は、こうしたクルマ、とりわけパリおよびマドリッドのタクシーによって巧みに醸成されているように思われる。また興味深いことに、他の同時代のアメリカ小説の場合と異なり、この物語には、自らハンドルを握って運転する人物が（少なくとも主要登場人物には）見当たらない。彼らはみな、カネを払って他人に運転させ、自分はいつも後部座席に陣取る人間たちだという点も指摘できよう。

先述のように、ヘミングウェイはフィッツジェラルド（F. Scott Fitzgerald: 1896–1940）とともに一九二〇年代を代表するアメリカ作家で、ふたりの作風は対照的だが、ともに「ロスト・ジェネレーション（the Lost Generation）」の旗手であった。もともと「ロスト・ジェネレーション」という語は、二〇年代パリのサロン[85]で若いアメリカ作家たちの相談役的存在を務め、自らもモダニズム作家であったスタイン女史（Gertrude Stein: 1874–1946）がヘミングウェイに向かって言ったとされる言葉、「あなたがたはみな〈ロスト・ジェネレーション〉なのね（You are all a lost generation）」に発するという。ヘミングウェイはこれを彼の処女長編『日はまた昇る』のエピグラフ（epigraph ＝ 銘句）のひとつとして用いた。スタイン女史が、この「ロスト・ジェネレーション」という言葉を仕入れたのは、フランスの片田舎アンという村のとあるガレージでのことだったらしい。彼女は自分が使っていた古い「T型」の修理をここに頼んだのだが、その折にそこの主人が使用人を「（まったく今どきの若い奴らはみな）どうしようもない世代の連中だな［*une generation perdue*］」と言って叱るのを聞いたのだという。もっとも、別の説では、そこのガレージの主人は、当の使用人を当節例外的な若者として逆に褒めていたのであり、戦後の「どうしようもない世代」というのは、その若者のことではなく、単に彼と比較するために言及したのだともいう[86]。いずれにせよ、スタイン女史のような先鋭的な女流作家が異国の地フランスで中古の「T型」を乗り回していたということ自体、なかなかに興味深い事実であるが、彼女が聞いたという「ロスト・ジェネレーション」という言葉が、元はといえば、戦後世代を批判する語として、「ガレージ」つまりは自動車修理工場で発せられたというのは、誠に皮肉ながら、良きにつけ、悪しきにつけ、戦後世代とクルマの腐れ縁を暗示しているようにも思われる。

今日「ロスト・ジェネレーション」と言えば、ふつう「道に迷って方向を失った（迷子になった）世代」のことである。第一次世界大戦という人類史上初の近代戦、つまり、空では航空機、陸では戦車（タンク）や毒ガス、海では潜水艦など、当時における最先端技術を駆使した無差別大量殺戮兵器の投入による世界規模の大戦争の結果、それまで学校や教会などで教え込まれ、信じ込んでいた人間観、世界観が一挙に崩壊し、何を信じて生きたらよいのかが分からなくなって「迷子になった世代」だというのである。また本書冒頭でも触れたように、「ロスト（lost）」には「根こぎにされた（uprooted）」という意味もあり、アメリカ人でありながらアメリカに安住し得ず、歓楽の都パリで刹那的、退廃的生活を繰り広げた国籍離脱者、つまり「根無し草世代」という見方もできる。「失われた世代」という訳語はこれに依拠するものであろう。

その「ロスト・ジェネレーション」とは、厳密に定義すれば、十九世紀末にアメリカで生を受け、第一次世界大戦では徴兵適齢期にあって徴用され、海を越えて戦地ヨーロッパへと赴き、人類史上前例のない戦争を戦い、戦後故国アメリカへ凱旋帰還してはみたものの、戦場とならなかった母国社会の浮かれた空気に違和感を覚え、折からのドル高を利して再びヨーロッパ（特にフランスのパリ）へ渡り、その時期の芸術思潮（モダニズム）の影響を受けた若い作家、芸術家たちを指す。これに加えてさらに「中西部出身」という要素も重要である。「中西部」が保守的な、古き良きアメリカを体現した地域であり、戦争前には楽天的な人間観、世界観も健在だっただけに、戦争の衝撃が中西部出身の若者にそれだけ大きな影響を及ぼしたためである。ヘミングウェイはイリノイ、フィッツジェラルドはミネソタと、ともに紛れもなき「中西部」の出身であった。ついでに言えば、前章で扱ったドライサーも「中西部」インディアナの出身である。

この『日はまた昇る』でいまひとつのエピグラフとして用いられたのは、旧約聖書の『伝道の書（*Ecclesiastes*）』における「世は去り、世は来たる……」という一節で、この作品の標題となった「日はまた昇る（The sun also ariseth）」という文句もこの中に「日は出で、日は没し、またその出でしところに急ぎゆくなり」として出てくる。この小説の邦訳名は「日はまた昇る」が定着しているので、本論もそれを踏襲するが、敢えて言えば、これは誤解を招きやすい。旧約聖書の文脈に則るならば、本来は「日もまた昇る」となろう（もっともこれではタイトルとして冴えないが）。万物は限りなく無為な流転を繰り返し、どこか特定の目的地に落ち着くことはないというのが聖書の意味で、太陽とても例外ではないというのである。「日はまた昇る」の「また」は“also”であって“again”ではない。「時（有限の時間）」を、天地創造から最後の審判に至る直線で捉えるキリスト教にあって、このように万物の「流転」、すなわち円運動を説く「伝道の書」は異端的存在にちがいない。「日はまた昇る」といえば「明日があるさ、くよくよすまい」という楽天的意味に受け取られるが、本来の意味は正反対なのである。ヘミングウェイの小説も、もちろん、その正反対の意味で書かれている。この小説の登場人物たちは、酒に溺れ、男女が不毛な離合を繰り返し、毎日を延々と無為に過ごしており、「明日がある」どころか、彼らにはむしろ「明日がない」と考えるのが自然である。

『日はまた昇る』の構成は、物語のクライマックスに登場するスペインの闘牛が三部構成の儀式となっているのに合わせたように三部構成となっており、しかもその三つの部分もまた闘牛に合わせたような長さの配分になっている。[87] すなわち、第一部（第一章～第七章）がパリ、第二部（第八章～第十八章）がスペインのパンプローナおよびブルゲート、第三部（第十九章のみ）は同じくスペインのマドリッドを主たる舞台とするが、一見して分かるのは第三部がきわめて短いことである。これは、闘牛のリズムを反映していると考えられる。ちなみに闘牛における第三部は「真実の瞬間」と言われ、第一部、第二部で十分に準備的儀式のための時間を割いておき、第三部で一気に牛の「刺殺」に至る雄牛の死がフィーチャーされるが、マドリッドのタクシーの中でのラスト・シーンもまた象徴的な意味において、主人公たちの不毛な「生きながらの死」がどうしようもない「真実」として確認される「瞬間」でもあろう。

物語はすべてジェイク（Jake[Jacob] Barnes）という、イタリア戦線で大怪我をし、それが元で性的不能に陥ったアメリカの通信員の視点から語られるという形を取り、その内容は、彼が搬送されたイギリスの病院で親身に看護してくれた従軍看護婦ブレット（Brett Ashley）との、成就されぬ苦悩の愛を中心とする。この小説では、ジェイクに性的不能をもたらした戦場での大怪我は、物語が始まる前に起こってしまっており、たださりげなくジェイクの回想の中でのみ示される。だだしかし、その戦傷が『日はまた昇る』という物語全体に、ある種の絶対的とも言うべき重苦しく暗い影を落としている。それはあたかもホーソーン（Nathaniel Hawthorne: 1804–64）の『緋文字（*The Scarlet Letter*）』（1850）で、ヒロインと教区牧師との姦通行為が、物語が始まる前にすでに終わってしまっているにもかかわらず、若い二人のその逸脱行為が、物語本体のすみずみにまである種の絶対的支配力を及ぼしているのに似ている。

ジェイクの「恋人」ブレットは、かつての本命だった「恋人」を失ってから、次々と男性遍歴を繰り返し、現在ではアシュレイ伯爵夫人（つまり貴族）となっているが、離婚協議が進行中で、近々スコットランド人のマイク（Mike Campbell）という大酒飲みの破産者と再婚予定である。髪を男のように短く刈り、体の線の露わな衣服を身にまとった美人で、ユダヤ人作家コーン（Robert Cohn）から執拗なアプローチを受けているほか、世慣れた享楽主義者でギリシャ人の伯爵ミピポポラス（Count Mippipopolous）とも親しく付き合ったりしている。ブレットにとってジェイク以外はすべて本命ではなく、それはお互いよく分かっているのだが、ただ一緒に暮らすだけでよいからというジェイクに対し、我慢できずに他の男と付き合ってあなたを裏切るだけだからそれはだめだとブレットは言い、次々に近寄ってくる男と行きずりの恋に走る。そういう状況の中でジェイクとブレットは逢瀬を重ねるが、互いの思いが満たされることは決してなく、むしろそのたびにわびしさを募らせては別れる。一度など、いったん別れた後で、ブレットが突然また下宿に押しかけてくるが、やがて迎えにきたミピポポラス伯爵の「大きなリムジン」に乗って帰ってゆくと、部屋に残されたグラスが余計にジェイクを泣きたくささえさせる。

昼間は何事にもハードボイルドでいることは簡単至極だが、夜になると話はまったく別なのだ。

（第一部、第四章）

これがストイックに自分の感情を押し殺し、悲劇的境遇を生きようとするジェイクの偽らざる本音である。

さてジェイクは、親友でカナダ人作家ビル（Bill Gorton）とともに、六月下旬にスペインへ「闘牛」見物に行く予定にしていた。そうしたところへ、しばらくパリを留守にしていて、マイクと一緒にブレットが舞い戻り、それにコーンも加わって、皆がそろって「フィエスタ」見物をすることになり、祭りが始まる七月初旬に現地パンプローナで落ち合う約束を交わす。こうしてジェイク周辺に集まったパリの「ロスト・ジェネレーション」たちは、パンプローナへと移動する。フィエスタのハイライトはむろん、有名なサン・フェルミンの「闘牛」である。ジェイクは「闘牛」を熱愛する。「闘牛」で雄牛と死闘を演じる美男の闘牛士が、性不能のジェイクにとって、叶わぬ自己の願望投影体であるのは言うをまたない。のみならず、「闘牛」は、ジェイクにとって一種の宗教でもある。「誰だって闘牛士でもなければ自分の人生を精一杯生きるやつなんかいやしない（Nobody ever lives their life all the way up except bull-fighters）」という、彼がコーンに向かって吐く言葉がそれを示唆する。大戦後、心の拠り所を失った人間が、精神の緊張を弛緩させてしまった中で、一瞬一瞬に命をかける「闘牛士」の生き方に、ジェイクはことさら魅力を感じているのである。「闘牛」は、様式美を持った厳粛なセレモニーであるがゆえに、彼が心に描く本来の宗教、それもカトリシズムと相通じるものがある。ジェイクは自分を「腐ったカトリック」（第二部第十章）だと述べているが、実際、『日はまた昇る』では物語のいろいろな箇所で、ジェイクが——どちらかというと唐突に——風景の中に現れるカトリック教会の伽藍（カテドラル）に目を奪われる箇所がいくつもあり、実際その中に入って祈る場面（第二部第十章、第十八章）さえある。もっともそれで彼の悩みが解消するわけでは全くない。

さて、フィエスタ見物に向かうべく、汽車でバイヨンヌまで来たジェイクとビルは、ここでコーンと合流して、貸し切り自動車で埃っぽい山道を登り、パンプローナへ一足先に到着する。ここでブレットの到着を待つコーンを残し、ジェイクとビルは、祭りの始まりまで、山間の地ブルゲートに赴き、大自然の中で鱒釣りを楽しむ。釣りの準備の間にも上機嫌のビルはやたらジェイクに毒舌を浴びせるが、それはジェイクら「ロスト・ジェネレーション」の本質を突いている。

「おまえは根無し草（国籍喪失者）だよ。土との接触を失ってしまったのさ。気取りすぎだよ。まゆつばもののヨーロッパ的基準でおまえは台無しになったのさ。死ぬほど酒を飲む。セックスの虜になっている。働きもせず、無駄話ばかりして四六時中過ごす。自分が根無し草だと思わないか？　カフェばかりうろつき回ってだな。」（第二部、十二章）

釣り手と魚との間に走る張りつめた緊張感がジェイクにはたまらない。ブルゲートには五日滞在し、宿では英国人ハリス（Wilson Harris）とも親しくなる。そのハリスは別れ際に、戦争以来こんなに楽しいことはなかった、と言うが、それはジェイクにも当てはまる感慨であった。

ジェイクとビルがパンプローナへ帰り着くと、牛の「檻開け（*desencajonada*）」が始まっていて、すでに到着していたブレットとマイク、それにコーンを伴って見物にゆく。「檻開け」では「去勢牛」が雄牛に突かれて倒れるが、その「去勢牛」をめぐってマイクとコーンが喧嘩を始め、夕食に降りてこないコーンをジェイクは呼びにゆかねばならない始末である。夜にはブレットとマイクの話し声が気になって、彼はいたたまれない。ブレットを呪いながら、眠れぬままに、彼は「人生の楽しみ方」について考える。

……人生を楽しむということは、支払ったものに見合うものを手に入れる術を会得することであり、またそれを手に入れる時期を知ることだ。誰でも支払った分相応のものは手に入れることができる。この世は買い物には絶好の場所だ。これはすばらしい人生哲学のように思える。もっとも五年もすれば、前に考えた人生哲学と同じで、馬鹿げたものに思えてくるだろう。
いや、そうともいい切れまい。自分がいろいろ生きてきた間に何かを学んだはずだ。人生とは何なのか、俺は気にしない。俺の知りたいのは人生をどう生きるかということだ。どう生きるかが分かれば、人生の何たるかも分かるかもしれぬ。（第二部、第十四章）

七月六日の日曜日、花火とともにパンプローナのフィエスタが始まる。パリの「ロスト・ジェネレーション」仲間たちが、暑く、光と陰が強烈なコントラストを成す古都で、ジェイクの案内により闘牛見物に興じることになる。「闘牛」についての詳しい記述や解説には「闘牛愛好家（*aficionado*）」ジェイクの（殆どヘミングウェイの、と言ってよい）面目躍如たるものがある。投宿したホテルの主人モントーヤ（Montoya）が紹介してくれたロメロ（Pedro Romero）の闘牛ぶりはとりわけジェイクを感心させる。それはまさしく長年待ち望んだ「本物」だった。ところでパンプローナに到着するまで、ブレットはコーンとふたりだけで行動してきたのだが、闘牛が始まり、ロメロを見ると、たちどころに今度はその若い花形闘牛士にぞっこん惚れ込んでしまう。実際ロメロはジェイクにとっても自分の願望投影体であったが、ジェイクに対し満たされぬものを感じ続けてきたブレットは、ロメロに惚れ込んだのだった。一方振られた形のコーンはブレットを巡ってロメロと殴り合いの喧嘩を演じ、その後でブレットはロメロと駆け落ちして消えてしまう。コーンは完全なる敗北を喫し、意気消沈する。

祭が終わり、一同はまたパリへと戻ってゆくが、ジェイクはひとり別行動を取り、サン・セバスチャンの海岸で水浴しながらわびしい思いを募らせる。(88) するとそこへマドリッドから、すぐに会いたいというブレットの電報が届く。マドリッドのホテルに駆けつけると、ロメロとはもう別れた、若い男を破滅させる牝犬にはもうなりたくない、マイクのもとに帰る、ひどい男だがわたしにはマイクがお似合いだ、と言う。食事に出かけるタクシーの中で、ふたりは体を寄せ合い、これまで何度となく繰り返してきたように、またしても満たされぬ思いをぶつけ合う。

「ああ、ジェイク、わたしたち、ひょっとしたらこれまでもふたりでとっても楽しい時を過ごしてこられたかもしれないわね。」
「そうだな」と僕は言った。「そう考えるのも悪くはないね。」（第三部、第十九章）

前述のごとく、闘牛の第三部「刺殺」は短く、「真実の瞬間」という別名も持つ。それにも擬えられる、今見た最終章での二人の短いやりとり、とりわけジェイクの受け答えのせりふの中に、大げさに言えば、『日はまた昇る』のすべてがある。「ハードボイルド」の極みとも言えよう。ここには押し殺された巨大な感情が隠されている。同じ「ロスト・ジェネレーション」小説でも、フィッツジェラルドの登場人物は、泣きたいときには泣くし、怖いときには怖いと叫ぶが、ヘミングウェイの登場人物は、このジェイクのように、泣き叫びたい気持ちはあっても、それをぐっと抑え込み、最小限の言葉でクールに表現する。その多分に無理をした、ストイックなカッコよさがヘミングウェイ文学の特徴であり、彼を二〇年代にはアメリカの若者たちのアイドルにしたと言えよう。しかし五〇年代の若者たちのバイブル、『ライ麦畑でつかまえて（*The Catcher in the Rye*）』（1951）の主人公ホールデン（Holden Caulfield）は、正直なフィッツジェラルドを歓迎する一方、無理をするヘミングウェイは嫌いだと言う少年で、彼にかかるとヘミングウェイも「インチキ（phony）」と一刀両断に切り捨てられてしまう。(89)

既に触れたように、『日はまた昇る』は、男女が不毛な離合集散を繰り返す小説である。『偉大なるギャッツビー』でもそうだったが、（『日はまた昇る』の四年前に出版された）T・S・エリオット（1888–1965）の『荒地（*The Waste Land*）』（1922）の世界がここにも濃厚に表れている。ジェイクは性的不能ゆえに、また他の者たちは性的過剰にも拘わらず、ともに性の不毛状態にあり、そこからは何の結実も生じない。そういう世界ゆえ当然とも言えようが、この小説を読んですぐ気付くことのひとつは、語り手ジェイクをはじめ、ほとんどすべての登場人物が、不安やフラストレーションを紛らわそうとするかのように、酒浸りの状態になっていることである。彼らは昼夜を問わず、のべつ幕なしに酒を飲む（彼らはまたよく食べるが、これも不安解消の一手段かもしれない）。そして実に多種多様な、具体的な酒の名前、カクテルの名前、カフェ（酒場）の名前が登場する。酒好きの読者にはたまらないことだろう。そういう読者はこの『日はまた昇る』をとても酒なしには読めないにちがいない。実際この小説の舞台となっている第一次世界大戦後のパリには、禁酒法施行後のアメリカで職を失ったバーテンたちが、これまた折からのドル高フラン安に乗じ、大挙して集まって来ていた。アメリカでは飲めなくなったカクテルが、パリに来さえすれば好きなように飲めたのである。逆に言えば、禁酒法施行のまっただ中にあったアメリカでは、全編これ酒また酒のこの小説は、保守的でまじめなアメリカ人読者には、何とも奇異で不道徳な書と映ったことだろう。しかし、酒好きの読者にはもちろん、既成の価値観に異議を唱え、反逆を試みる二〇年代の若者たちにとっても、これほど共感できる小説もまた少なかったはずである。

◆　◆　◆　◆　◆

こうした特徴に加え、『日はまた昇る』で読者の注目を引くのは、やはりクルマである。まず、酒浸りの連中が夜のパリをカフェからカフェへと、刹那的、衝動的、無目的に、次々とタクシーで移動する。ミピポポラス伯爵は自分が所有する大きな「リムジン」で動き回る。スペインへの闘牛見物の旅では、パンプローナまでの季節運行の路線バスがまだ運休中だと分かり、ジェイクらはフランスのバイヨンヌで大きな「箱形のクルマ」を借り切り、急峻なピレネー山地の西仏国境を越え、パンプローナへと向かう。またパンプローナから鱒釣りの地ブルゲートへの行程では、ジェイクとビルが現地の陽気なバスク人たちとともに、「バス」の屋根席に乗り、革袋から直接酒を酌み交わしながら砂埃もうもうたる悪路をゆく。一行が出揃う闘牛見物の際には、ビアリッツやサン・セバスチャンから観光客を載せてきた「白い」大きな「観光用自動車」までもが登場する。パンプローナからバイヨンヌまでの帰途もまた往路同様クルマだし、最後にブレットに呼び出されて急行したマドリッドで、ジェイクがブレットと短くストイックな言葉を交わすのは、前述のように「タクシー」の中である。

『日はまた昇る』に登場するクルマに関して、これまでみた『アメリカの悲劇』や『偉大なるギャッツビー』の場合とは明らかに異なる点は、すでに触れたように、この小説に登場するクルマの事実上すべてが「営業用」で、運転手付き（chaufeur-driven）だということである。ジェイクの仲間たちは誰ひとりとして自分ではハンドルを握らない。有り余るカネにものをいわせ、酒を飲み、うまいものを喰らい、異性と不毛の交わりを行い、ギャンブルをし、旅をする彼らは、他人が運転するクルマにカネを払って乗る。場合によっては「運転手付き」の立派なクルマを借り切って（ピレネー越えなど）長距離を移動することもある。何しろ二〇年代のフランスやスペインにおけるアメリカ人たちは、折からの驚くべきドル高フラン安[90]のせいで、後の三〇年代から振り返ると

> みんな王侯貴族さながらで、われわれの周囲には一種の魔法がかかっており、何をやっても絶対過ちとは思われなかった[91]

のである。彼らはクルマの運転席に座る人間たちではなく、語り手ジェイクその人にしてからが、カネにまかせてクルマの後部座席にふんぞり返る、当時のフランス人やスペイン人からみれば鼻持ちならぬアメリカ人――いわゆる「ダーティー・アメリカン」――に他ならない。もっとも自らハンドルを握らない彼らは、呆れるほどに飲んだくれようとも、幸い自らが交通事故を起こす気遣いはなかった。

ここで『日はまた昇る』を賑わせるいろいろなクルマを今一度少し詳しく見ておこう。この小説で最初に登場する乗り物は、面白いことにクルマではなく、第一部、第三章の冒頭に出てくるパリの「辻馬車（horse–cab）」である。それは一九二〇年代前半と思われるパリの描写の中に出てくる。

暖かい春の宵だったので、ロバートが行ってしまってから、私（ジェイク）はナポリタンのテラスのテーブルに座って、辺り一帯が暮れかかり、電飾が灯るのを眺めていた。また緑と赤のゴー・ストップ信号、行き交う群衆、タクシーの密度高い群れの脇をガタゴト揺れてゆく何台かの辻馬車、さらには夕食を求めて単独あるいは二人組で通り過ぎる街娼たちの姿をも眺めていた。

ここで注目されるのは、「辻馬車」と「タクシー」との共存、および「緑と赤のゴー・ストップ信号」である。馬車とタクシーの共存とはいってもタクシーの方は“the solid taxi traffic”とあって、通りいっぱいにギッシリ詰まっているのに対し、辻馬車の方は何台かがその脇をガタゴトと音を立てて通り過ぎるというのだから、台数ではかなりの差があると考えられる。つまり、タクシーが主役あるいは多数派、辻馬車は脇役あるいは少数派という感じである。

カフェで暮れゆくパリの情景（よく言われるように、実際パリは夕暮れ時が美しい）[92]を見つめていたジェイクは、やがてこの「辻馬車」に乗り、街娼ジョルジュエット（Georgette）と食事に出かける。この辻馬車の中で女から口づけを求められたジェイクは、それを断り、「気分が悪い（sick）」と認め、はじめて性的不能を臭わせる。馬車を降りて入ったダンスホールにはコーンやブレットがおり、コーンがブレットにダンスを申し込むとブレットは断り、ジェイクはブレットと二人だけでその店を出る。歩くのも嫌なブレットとともに隣の店に行き、そこで「タクシー」を呼んでもらう。これが『日はまた昇る』における夥しいばかりのタクシーによる移動の始まりと言える。たしかにパリの街は市域がかなり広大なので、小さな町のように、気軽に歩いて移動するわけにはいかないかもしれないが、それにしてもジェイクをはじめ『日はまた昇る』の登場人物たちは一種のタクシー依存症といってもよい。酒を求め、異性を求めて、夜の街をタクシーで移動し回る。

タクシーを除くと、次なるクルマは、ジェイク、ビル、コーンの三人が、バイヨンヌで「四百フラン」払って借り切る「大きな箱形のクルマ（a big, closed car）」（第二部、第十章）で、これには「襟と袖口に青い折り返しの付いた白いダスター・コート」を身にまとった運転手が付いてくる。辞書定義どおりの「リムジン（＝運転手付きの大型自動車）」ということになろう。贅沢な話で、これもドル高ゆえに可能な手段ではある。フランスのバイヨンヌからスペインのパンプローナまでは国境を越えて走る「路線バス」があるのだが、それはパンプローナのフィエスタが始まる七月六日の約一週間前、七月一日にならないと運行されないと「観光案内所」の係員は言う。そこで三人は近くの大きな

「ガレージ」に行き、そのようなリムジンを借り切るのである。荷物をその後部に突っ込んで、リムジンは、「豊かで清潔な感じのする」バスクの村を通り、フランスとスペインの国境を通過し、埃っぽい路を登坂と下降を何度も繰り返して、パンプローナの町に入り、闘牛場の脇を通り、大きな広場に面した目的地、「ホテル・モントーヤ（Hotel Montoya）」に到着する。この宿は「闘牛愛好家」の主人が経営するもので、フィエスタの期間中、パリの「ロスト・ジェネレーション」たちの基地となる。リムジンの運転手は、ここで三人とともに昼食後、料金を受け取ってバイヨンヌへと戻って行く。この大きな運転手付きのクルマが具体的にどんなクルマなのか、それは何も書かれていない。ただ、ホテルに到着すると、暑い日差しの中、パンプローナの子供たちが大勢集まってきて、そのクルマをしげしげと眺めているという記述がある。ジェイクらが「四百フラン」で借り切ったこのフランスのリムジンは、少なくとも当時のスペイン、パンプローナではあまり見かけられない、立派なクルマだったと考えてよいだろう。

そのパンプローナに（ブレットの到着を期待する）コーンを置いて、ジェイクとビルの二人は、山間の地ブルゲートへ「バス（bus）」で「鱒釣り」に出かける。「焼け付くように暑い（baking hot）」日差しの中を、そのバスの屋根に乗って行くという、これまでの二人の「王侯貴族」には考えられないような過酷な体験である。もっともこのバス旅行に始まる「鱒釣り」こそは「闘牛」と並んで、日頃都会の退廃の中で満たされぬ人生を送るジェイクには、充実感あふれるものとなる。彼は何本かのワインを持ってバスに乗り込むが、屋根席には沢山の荷物が積まれ、さらには大勢のバスクの男女が所狭しと乗っている。そのうちのひとりが、大きな革袋から陽気にワインを振る舞う。埃だらけの路を上下しながら、バスは道中何度か「宿屋（posada）」なるもので停車する。バスク人たちと酒をおごり合い、会話をしながら、昼間は暑いが夜間は夏なお寒いブルゲートへ着く。二人はここで5日間、イギリス人の同宿人ハリスをも交え、イラチ川の「鱒釣り」を心から楽しむのである。帰途も同じこの路線バスに乗り、パンプローナへと戻って行く。

一同が出そろって闘牛見物をするパンプローナでは、フィエスタへ大勢の観光客を運んでくる「大きなクルマ（big motor-cars）」や、明らかに大型バスと思われる「観光用自動車（sight-seeing cars）」が登場する。

> 正午にわれわれはみなそのカフェにいた。そこはごった返していた。われわれは小エビを食べ、ビールを飲んでいた。町もごったがえしていた。ありとあらゆる通りが人でいっぱいだった。ビアリッツやサン・セバスチャンからひっきりなしに大きなクルマがやってきて、広場の周りに駐車した。これらのクルマは闘牛見物の客を載せてくるのだ。観光用自動車もやってきた。イギリス女性を二十五人も載せてきたのが一台あった。女性たちは、その大きな白いクルマの中に座り込んだまま、双眼鏡でフィエスタを眺めていた。踊り手たちもみな酔っていた。フィエスタの最後の日のことである。（第二部、第十八章、傍線筆者）

この時代、今日われわれが「観光バス」と称するものが闘牛見物に際して、大西洋岸の都市から客を運び、中には「二十五人乗り」の大型車まであったことが分かる。

パリ市内のタクシーについてもそうだったが、ビアリッツ・パンプローナ間の貸し切りリムジンや、パンプローナ・ブルゲート間の「バス」、またフィエスタ見物のためにパンプローナに登ってきた白い大きな「バス」とは、具体的にどのようなクルマだったのか。ヘミングウェイは、フィッツジェラルドとは異なり、それほどクルマ好きではなかったらしく、『日はまた昇る』に多くのクルマを登場させている割に、ジェイクをしてそれらのクルマの具体名などを挙げさせることはまったくしていない。反面、酒には非常にうるさく、逐一具体名辞で語るジェイクであってみれば、もし仮にクルマに関心を寄せていれば、同じようにしたに違いない。つまり、タクシーを止める際、たとえば、「プジョーの新しいのが停まった」とか「少々年式の古いルノーだ」とか「あの赤いシトロエンにしよう」というような言い方をしたに違いない。また第一次世界大戦後は、フランス車だけでなく、アメリカ製のクルマも大量にフランスへ入り込み、パリの街を走り回っていたであろうし、タクシーそのものが「ロスト・ジェネレーション」と言うべく、多国籍なるがゆえの無国籍的状況を呈していたであろう。そうした事実も、ジェイクの口を通してヘミングウェイは語り得たはずなのである。また、ビアリッツでわざわざ奮発して貸し切った大型リムジンなど、具体名を言わぬまでも、その特徴について何らかの言及ができたことであろう。そうなっていないところに、ヘミングウェイのクルマへの関心の有りようが窺われるとも言えよう。

「バス」に関してもただ「バス」でしかない。これがもう少し具体的に述べてあれば、よい歴史資料ともなっただろう。「バス」は「トラック」とともに第一次世界大戦の軍需用として開発されたが、乗用車を改造して作ったものも多かった。初期の頃は丈夫さを認められた「T型」ベースの十一人乗りのものが主で、第一章の（四）で述べたように、わが国では関東大震災（1923）の翌年、公共輸送用として東京（当時は東京市）にお目見えした「円太郎バス」が有名である。しかし出力が小さい（二十馬力）ので、人間を十一人運ぶのは大変だったと思われる。ところが、ほぼ同時期の大正十四年（1925）、箱根観光用としてアメリカから導入された「超大型バス」は、「二十五人乗り」でホイールベース（前後の軸間距離）が一六八インチ（四・二六七メートル）もあり、これをみた「当時のお役所は腰をぬかし、しばらくは許可を与えなかった」ともいわれる。これは「アメリカのホワイト車で価格は一台一万五千円であった」（『昭和自動車史』、五七頁）という。社名の「ホワイト」と関係があるかどうかは分からないが、この「超大型バス」の車体は白く塗られていた。ジェイクがパンプローナでみた「イギリス女性を二十五人も載せてきた」という「大きな白いクルマ」とは、わが国の箱根を上り下りしていたアメリカ、ホワイト社製の「超大型バス」と同じものだった可能性が十分あるだろう（挿絵16）。ちなみにホワイト社は、一八七〇年代にミシン製造会社として出発し、一九〇一年から蒸気自動車「ホワイト・スティーマー（White steamer）」の生産を初めた。乗用車部門は一九一八年で停止し、それ以後はトラックやバスの生産に専念し、その後は合併を重ねて現在もその部門ではアメリカ有数のメーカーである。

フィエスタが終わると、ジェイク、ビル、マイクの三名は再びクルマを借り切り、バイヨンヌへと引き返し、さらにはそのままビアリッツへと向かう。ビアリッツで賭博に興じ、海岸線をドライブし、マイクをホテルに送ってから、ジェイクとビルはバイヨンヌへと戻ってくる。パンプローナからここまでの料金はジェイクが立て替えるのだが、このクルマに付着した白い埃、それにクルマから運び降ろした釣り道具にも付着した白い埃を、ジェイクは「僕とスペイン、それに祭りを結ぶ唯一の絆」として受け止め、スペインに向けて戻って行くこのクルマをじっと見送ったという。「鱒釣り」や「闘

挿絵 16
1925 年に登場した「超大型バス」
（*The 1920s* による）

牛」で楽しんだ陽光のスペインは、最後には「白い埃」としてジェイクの記憶に刻まれることとなったのだった。

◆　◆　◆　◆　◆

前節で述べたように、物語の中でジェイクが最初に乗るパリの乗り物は「辻馬車」だった。だがその「辻馬車」の次からは、「タクシー」また「タクシー」の登場となる。ジェイクの物語は、第一部のパリでは、「タクシー」によって場面転換してゆくことがほとんどであり、時としては「タクシー」そのものが重要な場面となる。街娼とともに訪れた店にはコーンやブレットがおり、コーンがブレットにダンスを申し込むとブレットは断り、ジェイクはブレットと二人だけでその店を出る。歩くのも大義そうなブレットとともに隣の店に行き、そこで「タクシー」を呼んでもらう。


われわれ（ジェイクとブレット）は背の高い亜鉛製のバーによりかかって立ったが、言葉は交わさず、お互いを見つめ合った。ウェイターがやってきてタクシーが外にきていますと告げた。ブレットは僕の手を強く握った。僕はウェイターに一フランやり、二人は外に出た。

「どこへ行ってくれと言おうか？」

「ぐるぐる回ってもらったら？」

僕はモンスーリ公園へやってくれと言い、乗り込んで、ドアを閉めた。ブレットは目を閉じたまま隅っこの方にもたれかかろうとしていた。乗り込むとブレットの横に座った。タクシーはぐいと勢いよく発車した。

「ああ、ジェイク、わたしとてもみじめだったのよ。」（第一部、第三章）

こうして二人は「タクシー」に乗るが、特に行くあてがあるわけではない。ジェイクが「どこへ行ってくれと言おうか？」といい、ブレットが「ぐるぐる回ってもらったら？」と答えていることからもそれは明らかである。車中で二人は口づけを交わし、ジェイクの戦傷のために成就できぬ辛い間柄を語り合う。これが『伝道の書』の中の万物さながらに、何度も同じ無為な行為の繰り返しを経て、最終的にこの小説の結びにくる、二人のマドリッドでのタクシー乗車と車内での会話へと繋がっていることは明らかである。

第四章では、前章でジェイクとブレットが乗った「タクシー」が、二人の間の深刻な悩みを浮かび上がらせる舞台となる。


「触らないで」と彼女は言った。「お願い、触らないで。」

「どうしたんだ？」

「耐えられないのよ。」

「ブレット！」

「触っちゃだめよ。分かってちょうだい。耐えられないの、それだけ。ねえ、ジェイク、分かってちょうだい！」

「俺を愛していないのか？」

「愛してないって？　あなたに触れられると体がゼリーみたいにとろけてしまうの。」

「俺たち、何かできることはないいんだろうか？」

……

「結局できることは何ひとつないようだな。」

「分からないわ」と彼女は言った。「でも、もう二度とあんな地獄は経験したくないわ。」

「おたがい会わないようにしたほうがいいようだ。」

「でも、ジェイク、わたしは会わずにいられないわ。あなたに分からないこともあるのよ。」

「そうだろうな、でも、いつもこうなってしまう。」

「それは私が悪いのよ。でも、私たち、やっていることの代価は支払っていないかしら？」


「タクシー」がモンスーリ公園までくると、ジェイクが考えていたと思われるレストランは閉まっており、タクシーはそのまま二人を乗せて「カフェ・セレクト」へと走ってゆく。

第五章では「Ｓバス」に乗って事務所に出向いたジェイクが、外務省への行き帰りに「タクシー」を使う。帰りの「タクシー」は同業者と思われるウールジー（Woolsey）およびクラム（Krum）と一緒だが、この二人は住む世界がジェイクとは違うらしく、「田舎に住んで小さなクルマを一台持つ」ことについて会話を弾ませている。その「タクシー」をジェイクは「（フロント）ガラスを叩いて」運転手に停車を命じるが、これも当時のパリの「タクシー」の構造を窺わせる上で興味深い。

第六章では、「ホテル・クリヨン」から「カフェ・セレクト」へとジェイクは「タクシー」で向かう。途中「歩いて通るなら何でもない」が「クルマで通ると我慢できない」感じがするという「ラスパイユ通り」を通過し、「ロトンド」の前でクルマを降りたジェイクは、そこから「カフェ・セレクト」まで歩いてゆく。ここでジェイクはコーンとフランシスとの醜悪なやりとりに遭遇し、ふたたび「タクシー」で下宿に戻る。第七章ではミピポポラス伯爵のリムジンがジェイクとブレットを運ぶが、第八章ではジェイクがカナダからやってきたビルと歩いているとブレットの乗った「タクシー」が目の前で停車し、ふたりはそれに乗り込み、「リラ」という酒場へ向かう。そこで飲んだ後、ブレットは「タクシー」で帰り、ジェイクとビルとはやはり「タクシー」でサン・ルイ島のレストランへ行き、食事を楽しむ。その後ジェイクはひとしきり歩いて「カフェ・セレクト」に到着すると、ブレット、マイクと話をし、再び「タクシー」で下宿に戻る。第九章ではジェイクとビルがスペインへ出発してゆくので、パリとはこれでお別れとなるが、このように第一部では第三章から第八章まで、第七章を除いて「タクシー」が完全に「狂言回し」の役、あるいはそれ以上のものを務めているのである。

第二部には「タクシー」は登場しないが、第三部では前述のように、マドリッドの「タクシー」が登場し、この物語を象徴的に凝縮させ、締めくくる。

サン・セバスチャンに行き、ひとりで海水浴などをして過ごすジェイクのもとに電報が届く。ブレットからの電報だ。彼はマドリッドに夜行列車で急行する。「どの列車もそこから先はどこへも行かない」マドリッド北駅には、馬車とタクシーと客引きが群れている。ジェイクは「タクシー」に乗って、いかにも暑そうな街中を通り、「ホテル・モンタナ」へと向かう。ホテルの一室でブレットと会うと、ブレットはロメロと別れてきたことをジェイクに話す。ロメロはブレットと結婚したがっていたのだが、ブレットは断ったと言う。

「わたしだってもう三十四よ。うぶな男の子を台無しにしてしまう悪女にはなりたくなかったの。」

「なるほど。」

「そんな女にはなりたくないわ。私、却って気持ちがさっぱりしたの。すっかり元気を取り戻した感じよ。」

「そりゃよかった。」


そしてブレットは「マイクのもとに戻る」と言い、ジェイクは「それはいい」と応える。「ホテル・モンタナ」を出て、「タクシー」に乗り、「パレス・ホテル」に行く。ここでその晩の列車寝台の予約をしたのち、気持のよいそのホテルのバーで揃って酒を飲み、さらに「世界最高のレストランのひとつ」とジェイクが評価する「ボティンの二階」に行って食事をする。「最後のディナー」を楽しむジェイクと、それをからかうブレットはほほえましくもあり、非常に悲しくもある。その後で「まだマドリッドを見ていない」と言うブレットとともに街を「乗り回し」てみよう、とジェイクは提案する。そして「タクシー」で暑い日差しの中へ繰り出して行く。車内で体をもたれさせあう二人は、前方に騎馬警官が現れて「タクシー」が停車すると、よりいっそう体を寄せ合い、有名なハードボイルドな言葉を交わす。ブレットは、ジェイクとだったら楽しく暮らせたはずなのに（“Oh, Jake, we could have had such a damned good time together.”）、と言い、ジェイクは、そうだな、そう考えるのも悪くはないね（“Yes. Isn’t it pretty to think so?”）、と応じる。

マイクと暮らすことになるブレットがその後うまくいくかどうかは、たとえブレットの側での、ああいうひどい男と私とはお似合いだ、という認識があったとしても、あまり保証の限りではない。ジェイクとなら楽しく暮らせたのに、という彼女の最後のせりふはそれを暗示する。しかし、そのせりふは仮定法で述べられている。もとよりブレットがジェイクといっしょに楽しく暮らせることは過去にもなかったし、今後もないだろう。ただふたりはまた同じことを繰り返して行く可能性が高い。「マドリッド北駅」が「どの列車もそこから先はどこへも行かない」駅であるように、今「タクシー」に乗って街をぐるぐる周りはじめたふたりも、ここから先へは進まず、またあてどない不毛の道を引き返してゆくのである。

マドリッドの「タクシー」も、パリの「タクシー」同様、ジェイク、ブレットを乗せ、彼らのむなしい浪費行のつなぎ役、あるいはその舞台として登場し、ぐるぐると走り回る。乗客たちが、出ては没し、没しては出ずる『伝道の書』の太陽のごとき行為を繰り返すとすれば、「タクシー」もまた同じ行為を繰り返している。「タクシー」とは、もともと明確な目的地に向かって直線的な運動をする乗り物ではなく、どちらかと言えば、ひとつの、あらかじめ定められた地域内で周回的な運動を行う乗り物である。しかも、一回ごとの短い営業走行のたびごとに、乗る人間が（ドライバーを別にすれば）絶えず異なるというのも他のクルマと異なる点である。もしクルマにも人間と同じように口を利ける能力があるとすれば、おそらくこう不満を述べるだろう。同じクルマとして製造されながら、自家用に供された一般のクルマたちとは異なり、私たちは営業用という使命のために、活動範囲が狭い空間に限定されてしまっていて、その範囲からは抜け出せないのがつらい、それに一般のクルマたちの何倍にもなる過酷な労働をこなさねばならないし、短い一生を終われば即刻スクラップなんだからね……と。

こうした「タクシー」の「宿命」は、現在という時を刹那的に精一杯楽しもうとしてみても、所詮は戦傷による不能という抗いがたい「宿命」の枠内でしか動けぬジェイクの活動形態と重なり合う。同様に、次々と男を乗り換えては不毛な生活を営むパリの街の売春婦たち、それにとりわけヒロインのブレットの行動形態と重なり合う。そして、究極的には、本小説の表題「日はまた昇る」に象徴される「ロスト・ジェネレーション」たちの行動形態と、見事なまでに重なり合うことを、我々は改めて確認せねばなるまい。

第五章　ハドソン・スーパー・シックスと『怒りの葡萄』

――「効率」優先社会への望み薄き抵抗――

アメリカの一九三〇年代を代表する小説『怒りの葡萄（*The Grapes of Wrath*）』（1939）は、クルマはクルマでも普通の乗用車ではなく、トラックやトラクターという荷物車、特殊車が幅を利かせる小説である。ジョード一家（the Joad family）の者たちはじめ十三人を（さらに同家の家財道具もいっしょに）乗せて国道六六号線（Route 66）を「陸亀（land turtle）」のようにゴトゴト進む乗用車改造のおんぼろトラックはもちろんだが、それとは対照的に、効率一本槍の産業資本を象徴する新鋭の大型ディーゼル・トラックもまた印象的であり、さらには、トラックではないが、同じディーゼル・エンジンで動く、地上げ業者のイナゴのごときトラクター群も異彩を放つ。

スタインベック（John Steinbeck: 1902–68）はヘミングウェイ同様、活動年代が一九二〇年代から六〇年代までの長きに及ぶ。だが総体的にみればやはり三〇年代と最も密接に結びついた作家であり、『怒りの葡萄』が彼の代表作であることは万人等しく認めるところであろう。発表と同時に四十三万部を売り尽くしてベストセラーとなったこの作品は、翌年ピューリッツァー賞も受賞している。また同賞受賞とともに映画化され[93]、主役を演じたH・フォンダ（Henry Fonda: 1905–82）の代表作ともなった。『怒りの葡萄』は、未曾有の不況にあえいだアメリカの暗い時代を、南部オクラホマの貧しい小作農一家の苦難の旅路に焦点を当てながら描く、叙事詩的雰囲気を漂わす長編写実小説である。

一九二九年十月二十四日、いわゆる「暗黒の木曜日（Black Thursday）」に、ニューヨーク証券取引所（NSE）を舞台として起こった株価の暴落は大恐慌時代の始まりだった。二九年まで上がり続けた株価が、この日突然暴落し、その後三二年まで下がり続けたのである。元凶は、過剰な設備投資による過剰生産で、生産過剰は販売不振に繋がり、それが会社倒産と失業者増加を招き、社会不安が増大するとともに金融恐慌が発生し、その結果として株価暴落が起こったのだった。二十四日の木曜日から二十九日の火曜日（Black Tuesday）まで、市場は何とか持ちこたえようと必死の動きを展開したが、結局それは奏功しなかった。

株価は三二年を底として、その後は一進一退を続けながら少しづつ回復していく。しかし全世界を覆うに至った不況は三〇年代いっぱい続き、やがて第二次世界大戦の引き金となってゆく。好況に沸いた二〇年代とは対照的な、長引く不況の三〇年代は、共産主義やファシズムを勢いづかせ、自由を標榜するアメリカにとっては「危機の時代」となった。銀行の倒産は一九三〇年の一年間だけで千四百行にのぼり、失業者は五百万人を越え、首都ワシントンでは「飢餓行進」が行われ、各地でパンをもらうための「ブレッド・ライン（bread line）」が長蛇の列をなし、アメリカ作家連盟は一時共産主義支持を打ち出したりした。時の大統領フーヴァー（Herbert Hoover: 1874–1964）は有効な救済策を打ち出せずにいたが、その後を受けたローズヴェルト（Franklin Delano Roosevelt［FD

R」：1882–1945）は、「全国産業復興法（National Industrial Recovery Act）」（1933）による失業対策、「ニューディール諸法（New Deal Acts）」（1935）による社会保障拡充や雇用の促進、労働関係改善の政策などを、資本家たちから当初「社会主義的」と非難を浴びつつ推進し、アメリカを危機から脱出させるのに成功した。しかし長い不況を逆手に取った資本家たちの横暴は後を絶たず、それが収まったのは、三八年に「公正労働基準法」の成立を見てからであった。

『怒りの葡萄』は、こうした「危機の時代」における、南部オクラホマの「ダスト・ボウル（the Dust Bowl）＝砂嵐地帯」と呼ばれる地域に、その時空設定が成されている。激しい「砂嵐」[94]による米国中南部一帯の被害は三〇年代前半から中葉にかけて何度か発生し、「ダスト・ボウル」という語の生成が一九三六年とされていること[95]から、ジョード一家のカリフォルニアへの移動はそれより後のこととなるが、具体的な時代特定には、この小説の第十六章で、ジョード一家に途中しばらく合流するウィルソンという別の一家のクルマが「二十五年型ダッジ（Dodge '25）」だとされていて、そのクルマが「十三年間」酷使されてきたのでボロボロになったと書かれていることから、単純計算では一九三八年、つまりはこの作品の発表年、一九三九年とほぼ同時点と考えてよい。

まず物語本体の梗概を記してみよう。かつて殺人を犯し、四年間州内のマカレスター（McAlester）刑務所で服役中だったジョード家の次男トム（Tom Joad）がハイウェイで大型トラックをヒッチハイクし、サリソー（Sallisaw）にある自分の農場へ戻って来る。そこはオクラホマ州の東のはずれ、アーカンソー州との州境にほど近いところである。途中、以前説教師をしていたジム（Jim Casy）と出会い、ふたりで農場まで辿り着くと、そこはもぬけのからで、地上げ用のトラクターが忙しく動き回っている。近所に住むグレーヴズ（Muley Graves）という男から、お前の一家は数マイル先のジョン叔父（Uncle John）のところに行ったと教えられ、翌朝そこへ行ってみると、一家の者が奇妙な形の改造トラックに家財道具を積み込み、カリフォルニアへと出発するところであった。「ダスト・ボウル」一帯は、折からの天候不順で作物は収穫できず、また不況のため銀行から土地を取り上げられ、当時辺りに流布していた風聞を信じて、希望の地、カリフォルニア行きを断行したのであった。

一行は、祖父（Granpa）、祖母（Granma）、父（Pa）、母（Ma）、ノア（Noah）、アル（Al）、ウィンフィールド（Winfield）、ルーシー（Ruthie）、ロザシャン（Rosasharn）、その夫コニー（Connie）、それにトムとジムとジョン叔父が加わり、総勢十三人。改造トラックに鈴なりになって国道六六号線を西進する。ここでいう六六号線は、現在のインターステート四〇号線に相当する。オクラホマからテキサス、ニュー・メキシコ、アリゾナの各州を通り、カリフォルニアに至る二千マイル（三千二百キロ）の行程[96]となる。「母なる道路（the Mother Road）」の異名を持っていた当時の六六号線は、不況の時代にあって、ジョード一家のような避難民たちの悲惨なクルマで溢れんばかりだったという。

ハイウェイ六六号は移住道路の幹線だ。六六号——この国を横切る長いコンクリートの道、地図では、緩やかにくねくねと曲がり、ミシシッピー川からベイカーズ・フィールドに達する——赤い地方、灰色の地方を越え、ねじ曲がりつつ山岳地帯に入り、大分水嶺を横切り、まばゆく恐ろしい砂漠に下り、その砂漠を越えて再び山岳地帯へ、そしてあの豊穣なカリフォルニアの渓谷へと入り込む。

六六号は逃げてゆく人々の道だ、土埃と萎えてゆく土地から、トラクターの轟音と萎えゆく所有権から、ゆっくり北に向かって進入してくる砂漠から、テキサスから来る吠えたつつむじ風から、土地には何の豊穣ももたらさず、僅かな豊穣さえも盗んでゆく洪水からの、避難民たちの道だ。これらすべてから人々は逃げてゆき、支流のような脇道から、馬車道とクルマの轍のついた田舎道から六六号にやってくる。六六号は母なる道路、逃亡の道路だ。（第十二章）

途中でまず祖父が卒中で死に、祖母も病死し、長男ノアは失踪する。やっとの思いでカリフォルニアに到達してみれば、そこは決して「約束の地」などではなかった。確かに一見とても麗しく見えるこの地でも、農業に産業資本の支配が及び、他州から流れ込む巨大な労働人口を逆手に取って、恐るべき搾取が進行中だったのである。到着して間もなく、警官の発砲事件に巻き込まれたトムの身代わりとなってジムが逮捕される。コニーは身重のロザシャンを置いて家族のもとを去ってゆく。一家は「オーキーズ（Okies: オクラホマの出稼ぎ野郎ども）」と呼ばれ、軽蔑され、嫌われる。職探しに苦労し、やっと人間らしい生活ができる「ウィードパッチ国営労働者キャンプ（the Weedpatch Government Labor Camp）」に辿り着くものの職はない。さらに州北部へと移動すると、ある悪名高い桃栽培農場で桃摘みの職が見つかる。しかしここでトムは、農園の外でピケを張っていた労務者たちのリーダーが、少し以前に逮捕拘束されたはずのジムであることに気づき、自分がスト破りの側に加わっていることを知る。自警団との喧嘩が始まり、その最中にジムが殴り殺され、トムはジムを殺した男を殺害して、自分も怪我を負いながら（仮出所の身で再び）追われる身となってしまう。ジョード一家はさらに北へと移動してゆき、途中トムは、もはやこれ以上の同道は無理と考えて家族から別れ、ジムの遺志を継ぐべく、次のような言葉を残し、ひとり逃亡の旅へと出てゆく。

「そうだな、たぶんケイシーが言うように、人間は自分だけの魂を持ってるんじゃなくて、ただ大きな魂の一部を持ってるだけなんだ。それで、……それはどうでもいい。(これから俺はみなから離れるが)それでも俺はいつもその辺の暗がりの中にいるのさ。みんなが目を向けるところにはどこにでもいるのさ。腹を減らした連中が喰うために喧嘩をするときにゃ、俺はそこにやってくるさ……うちの者たちが自分で作ったものを食べて、自分が建てた家に住むんなら、――もちろん俺はそこへやってくるさ。」(第二十八章)

こうして一家の離散は進み、はじめ十三人(97)もいた集団が、今では父、母、アル、ウィンフィールド、ルーシー、ロザシャン、ジョン叔父の七名だけとなる。列をなして放置された有蓋貨車の一隅で仮の生活を始めた一家を大雨と洪水が襲う。この大雨の最中にロザシャンはコニーの子供を死産する。やがて洪水は貨車の床上にまで達し、アル(とその婚約者)が離れて、ついに六名となった一家はさらに高台の納屋へと逃れてゆくが、その納屋で出会うのは飢餓寸前の男とその息子である。死産したばかりのロザシャンがこの男に自分の乳房から授乳してやり、神秘的な「微笑」を浮かべるところでこの物語は、唐突とも言えるオープン・エンディングの形で幕を閉じる。

物語は全三十章から成り、奇数章で物語の背景を成す事情や情景が提供される一方、偶数章は物語本体として、ジョード一家の苦難の旅路が展開するというユニークな手法が取られている。但し、この区分は必ずしも厳格なものでなく、時として混ざり合っていることもある。先ほど梗概を述べるに当たって「物語本体」と言ったのは、だいたい偶数章の総和を指してのことである。全三十章は、第一章~第十章がオクラホマからの脱出、第十一章~第十八章が苦難の大移動、第十九章~第二十四章がカリフォルニア到着、第二十五章〜第三十章が一家を襲う試練（およびそれに関連する背景や情景）というように、一応分類することができる。ジョード一家の旅は、旧約聖書『出エジプト記』においてエジプトを脱出して「約束の地」を目指すイスラエル人の旅になぞらえられてもいる。トラクターという冷酷で恐ろしい機械を導入し、農民たちから土地や家屋を奪い取る暴君、資本家たちは現代のファラオであるし、農民たちが頭の中で思い描く豊穣の地カリフォルニアは「約束の地」カナンである。またあまり聖書とぴったりのアナロジーは働かないが、彼らの乗ってゆく改造トラックは、オクラホマを襲った（比喩的意味での）「洪水」を逃れるための「方舟《はこぶね》」という見方もできないわけではない。実際ジョード一家には「ノア」などという名の長男がいるし、一家の旅路の果てには本当の「洪水」も待ち受けている。但し、このジョード一家は、聖書のノアの一家と違って離散が進み、オリーヴの葉をくわえた鳩が飛んで来るわけでもない。ノアと名付けられた長男は、出発から間もなく、家族を残して失踪してしまう。

物語は、ほとんど救いようのない悲劇である。「キリスト」を思わす元説教師ジム――この Jim Casy は、Jesus Christ と頭文字JとCが一致するだけでなく、身代わりになったり、犠牲死を遂げたりという点でも “Christ figure” と考えられる――はもはやおらず、その「使徒」と化したトムも、あろうことか二度目の殺人を犯し、官憲から追われる身となって逃亡の旅に出てしまう。先細りしたうえに家族の支柱まで失ったジョード一家の行く末は暗澹たるものである。ロザシャンの赤ん坊も死産し、死体は葦舟ならぬ「リンゴ箱」に入れられ、洪水の濁った水の中を下ってゆく。そのうえ、一家をオクラホマから息も絶え絶えに運んできたオンボロの改造トラックも、ここで浸水してとうとう動かなくなり、そのトラックの守り役だったアルは婚約者とともに家族から離れてゆく。乾燥のオクラホマを逃れてきた貧農一家は、今大雨と洪水のカリフォルニアで、高台の納屋にじっと肩を寄せ合っているしかない。

とはいえ、これほど暗い物語ではあるが、ジョード一家の旅は、度重なる苦難に打ちのめされることなく、ひたすら生き続けようとする人間の逞しさの象徴ともなっている。第三章にみるように、トラックに何度はね飛ばされてもなお前進を続ける「陸亀」は、逞しい「母」が率いるジョード一家の姿に重なり合う。次々と男の後継者たちが家族を離れていってしまった後、一家の中心は「父」ではなくて、生命の根源たる「母」とされている。また「ここにあるのは〈孤立した悲惨な一家〉ではなく〈大きな魂の一部〉なのだ」と、ジムがエマスン（Ralph W. Emerson: 1803–82）の「神学部講演（"Divinity School Address"）」（1838）――この中でかの超越主義哲学者は、人間個人と神（＝大霊）の関係を、同じ海水を共有する「入江（inlet）」と「大海（Deeps / ocean）」に喩えた(98)――を想起させる思想を披瀝してみたり、それをジムなき後、トムが語り継いでゆこうとしたりする様や、最後に死産したロザシャンが、モナリザを思わせる「微笑」とともに飢餓に陥った男に授乳する様などからは、悲惨な試練を超えてなお前進を続ける人間の逞しい生命力が称えられているかのように感じられる。ここには、スタインベックが、親交を結んでいた海洋生物学者E・リケッツ（Edward F. Ricketts: 1897–1948）から学んだ生命連鎖の観念が強く働いていると言われる。

標題の「怒りの葡萄」とは、言うまでもなく、旧約聖書『イザヤ書』第六十三章、第二節〜第三節、および『ヨハネの黙示録』第十四章、第一九節〜第二〇節に見える言葉であり、より直接的には、J・ハウ（Julia W. Howe: 1819–1910）の作詞による『リパブリック讃歌（*Battle Hymn of the Republic*）』（1862）の中にあり、「主は怒りの葡萄が蓄えられた酒舟（さかぶね）を踏みつけようとしておられる（He is trampling out the vintage where *the grapes of wrath* are stored）」（斜字体筆者）という箇所がその典拠である。この『怒りの葡萄』では、第二十一章の終わりに、次のようなパラグラフが置かれ、標題の意味を説明している。

> そして会社、銀行は、彼ら自身の破滅的命運に向かう活動を行い、しかもそのことに気づいていなかった。畑には果物が豊かに実っていたが、路上では飢えた男たちが移動していた。穀物倉は充満していたが、貧者の子供たちはくる病に罹り、ペラグラの膿疱が彼らの脇腹に吹き出ていた。大会社は、飢えと怒りを隔てる一線がか細い線であることを知らなかった。そして賃金に使うことが出来たはずのカネは、催涙ガスやピストルや、会社の手先やスパイや、ブラックリストや武闘訓練に使われていった。ハイウェイでは、人々は蟻のように動き回り、仕事を、食べ物を求めた。そして彼らの怒りが発酵し始めた。（傍線筆者）

聖書の「怒りの葡萄」は神の怒りの象徴であるが、この小説の場合はそれに加え、不況が作り出す労働供給過多を悪用してやりたい放題の搾取を続ける資本家たちや銀行への、被搾取者たる農民の心に蓄積されゆく「怒り」を象徴するものとなっている。この時代、オクラホマであれ、カリフォルニアであれ、不況下で資本家たちや銀行が知らず知らず育成していたのは「怒りの葡萄」という象徴的果実だったというのである。小説『怒りの葡萄』のメッセージは、何よりもこの標題が伝えている。このような不条理が許されるはずはない、今に農民たちの「怒り」が、そして神の「怒り」が爆発し、強欲で非人間的な資本家たちに鉄槌が下されることになるはずだ、というのがそれである。ただ、それにしては、農民側の犠牲だけがいかにも目立ち過ぎ、最後に残されたジョード一家はあまりに無力、無援であり、古典劇における「ディーアス・イクス・マキナ（*deus ex machina* = 機械仕掛けの神）」でも突然どこからか降りてこないかぎり、この小説世界で社会正義が実現されるには、まだまだ大きな時間を要しそうな印象を、この小説は読者に与える。

◆　◆　◆　◆　◆

スタインベックは胸当て付きの作業用ズボン、つまり「オーバーオール（overall）」が似合いそうな作家である。彼は農民のイメージも持っているが、工員のイメージも持つ。彼が所有するクルマとしては、普通の乗用車よりも貨客兼用の「ピックアップ（pickup truck）」――アメリカ人が好む、乗員四~五名を乗せたうえ、一トンぐらいの荷物も積める小型トラック――がいかにも似つかわしい。その荷台にはいろいろな農具や工具が無造作に積み込まれていることであろう。ジョードの「トラック」のように、乗用車でもあり、荷物車でもあるクルマこそ、もともとスタインベックにはお似合いなのだ。

彼がかなりのクルマ好き、メカ好きであることは、『怒りの葡萄』を読むだけでも十二分に理解されよう。なにしろこの小説は、クルマを巡る話題に事欠かないし、メカ好きでないとよく分からないような部分も少なくない。たとえば、第十六章などを見ると、壊れたエンジンを修理するに際して、

「コンロッド（ピストン部分の主連棒）」だ、「コッター・ピン（脱出止めの割ピン）」だ、「ガスケット（パッキング）」だ、「オイルパン（クランクケース底部の油受け）」だ、「ピストン・リング」だ、「シム（shim: 楔状の詰め物）」だ、というような専門用語がポンポン飛び出してくる。テキストの行間からは、エンジン・ルームの焼けた金属や油の臭いが直接伝わってくる気さえする。この小説の主人公トムやその弟アルは、ただクルマを運転するだけではなく、クルマの構造にも詳しく、いざとなればメカニックさながら、エンジンを分解して修理さえもしてしまうが、そういう場面を生き生きと描くスタインベックその人もまた相当のメカ好きであるにちがいない。これは今まで扱ってきた他の作家たちには見られない特徴である。ドライサーにしても、フィッツジェラルドにしても、ヘミングウェイにしても、それぞれ彼らなりにクルマに関心を持ち、クルマを作品に導入しているが、彼ら自らが油まみれになってメカと格闘する様子などは少々想像しにくい。

さて、『怒りの葡萄』のクルマと言えば、やはり、映画でもお馴染みの、ジョード一家を載せ、国道六六号線をオクラホマからカリフォルニアへと運ぶおんぼろの改造トラックが主役的存在だが、この小説では他にも実に沢山のクルマが登場する。ただ興味深いのは、ふつう小説にはたいてい乗用車が登場するのだが、ここでは――またスタインベックでは他の作品でも概して――トラックだのトラクターだのという、荷物の運搬や建設作業に使われる車両が幅をきかせることかもしれない。

物語が始まって最初に読者の目の前にドーンと現れるクルマは、「主役」たる改造トラックではない。トラックはトラックでも、「主役」とは存在そのものがまさに対極にあるトラックが登場するのである。第二章冒頭で、トムがヒッチハイクする最新鋭の大型「ディーゼル・トラック」がそれで、ある意味でこのトラックこそは、『怒りの葡萄』という物語において甚だ不均衡な力学関係を構成する一方の当事者、つまり資本家側を象徴する大道具と言うことができよう。GMの傘下に入った旧「ウィントン」が力を入れたことでアメリカにもディーゼル・トラックが普及してきたとはいえ、ディーゼル車は当時にあってはガソリン・トラックよりはるかに高価であったと推測される。(99) 逆説的ながら、経済的なディーゼルを所有できるのは金持ちだけと言えよう。貧乏なジョード一家は、軽油より価格の高いガソリンを補給しつつ、しかもそれをほぼ垂れ流し同然の状態で——むろん燃費はメチャクチャに悪いだろう——何千マイルもの道を旅しなければならないのである。この巨大な赤いディーゼル・トラックは第十三章でも、祖父が突然の卒中で亡くなって悲しみにくれるジョード一家の者たちの横を、隊列を作り、轟音をあげながら、「休まずに」通り過ぎてゆく。そしてもう一方の当事者たる労働者側を象徴する大道具が、ジョードの改造トラックであるのは言うまでもない。『怒りの葡萄』の世界は、これら二つの誠に対照的な「トラック」——一方は新しく、大きく、巨大な推進力を持ち、経済的で、他方は古く、小さく、息も絶え絶えで、不経済きわまりない——によって体現されている。そしてこの対照は、富める者はますます富み、貧しい者はますます貧してゆく資本主義社会の悪しき象徴に他ならない。

前述のごとく奇数章と偶数章とに別の機能を負わせてあるこの小説では、第二章が物語のプロット部分としては最初の章であるから、『怒りの葡萄』はまさに冒頭からクルマが——しかも「巨大な」怪物のようなクルマが——前面に登場し、その抗しがたい巨大な力と息づかい、鼓動を読者に聞かせる物語と言うことができる。このトラックは、使用者側の意志が、ひとつには「ヒッチハイクお断り（No Riders）」という張り紙により、またひとつには「真鍮の南京錠」により表されているのだが、そのクルマへ強引に「便乗」させてもらうことで、仮出所のトムは懐かしのわが家へ戻ることになる。

道路沿いの小さな食堂の前に、巨大な赤い運送トラックが止まっていた。垂直に伸びた排気管が静かにつぶやくような音を立てており、鋼色のほとんど目に見えぬ青いモヤのような煙がその先端一帯に漂っていた。新しいトラックでキラキラ赤く輝き、その横っ腹には十二インチの大きさの文字で「オクラホマ・シティ運送会社」と書いてあった。このクルマのダブル・タイヤは新しく、大きな後部ドアに取り付けられた掛金からは真鍮の南京錠がまっすぐ突き出ていた。

トムは最初、トラックの踏み台（食堂から見えない側の）に座り、運転手が食堂から出てくるのを待つ。その間も、トムの頭上には「ディーゼル・エンジンの排気管がささやくように、短く早い間隔で青い煙を吐き出していた」とある。運転手が出てくると、トムは便乗を頼みこむ。運転手は、会社の規則に違反するし、人に見られるのはまずいのでしばらく考えたあげく、「向こうのカーブを曲がるまで踏み台にしゃがんでいろ」と条件を付け、トラックを発車させる。トムは身をかがめ、ドアの取っ手にしがみつく。

一瞬エンジンがうなりをたてたかと思うと、ギヤが音を立てて入り、大型トラックは、一速、二速、三速とギヤを入れ替え、やがて高い、物悲しい音をたてて加速し、四速のギヤへと入れ替えて走り去っていった。しがみついている男の真下には、ハイウェイが目眩を起こさせるほどおぼろに走り過ぎていった。道路の最初のカーブまでは一マイルで、それからトラックはスピードを緩めた。ヒッチハイカーは立ち上がると、ドアをそっと開けて座席に滑り込んだ。

この場面で注目すべきことは、このピカピカの赤くて大きく、新しいトラックが、不況・不作にあえぐ小作農たち（および彼らのおんぼろトラック）とは対照的に、不況もどこ吹く風、業績を挙げてゆく巨大産業資本の象徴のように見えること、また、食堂でコーヒーを飲んでいるトラックの運転手が、その間もエンジンをつけっぱなしにしていること、そしてアイドリング中のこのエンジンの作動音が、「つぶやく」とか「ささやく」という動詞で表現されていて、どちらかというと静かさが強調されていることである。第一の点はほとんど説明を要しないだろう。運転手は何時間もひたすら道路と向かい合うという単調きわまりない仕事を、時折ハンバーガー・ショップで休憩することで紛らわし、トムが酒をすすめても「出世しなけりゃ」と、運転中はいっさい酒には手を出さぬようにしている、およそどこにもいそうな真面目な男である。しかし彼が奉仕する産業資本は、ひとりの人間では到底止め得ぬ巨大な慣性力を持っていて、ひたすらハイウェイを走り続けるこのディーゼル・トラックさながら、たとえ運転手の休息中であっても、そのエンジンは決して停められることがない。産業資本は、その奉仕者たるトラック運転手の営みとは無関係に貪欲かつ冷酷に活動を継続してゆくのである。すぐ後の場面で登場するディーゼル・トラクターとなるとさらに事は明白となるが、要するに『怒りの葡萄』におけるディーゼル・エンジンは、産業資本が追求する「効率（efficiency）」の象徴であり、それはいったんスタートさせたら停めないというところに表れているのである。燃料に安価な軽油を用いるディーゼル・エンジンは、燃費をさほど気にしないで済むし、またあまりひんぱんにつけたり停めたりすると、却ってその「効率」は下がってしまう。

第一章でも触れたが、ディーゼル・エンジンの本格的普及は、ちょうど『怒りの葡萄』の背景となっている一九三〇年代のことであった。既述のごとくディーゼル・エンジンは、燃焼が高圧縮（ガソリン・エンジンの二倍強）で行われるためエンジン・ブロックなどがもともと丈夫に設計されており、点火系統がない分だけ故障も少なく、またガソリン・エンジンより燃焼効率が高いうえ燃料の軽油の価格もガソリンのそれよりずっと安いので、相乗効果により運行コストがガソリン車の半分近くで済む。加えてシリンダー内部での燃焼がガソリン・エンジンにおけるよりもゆっくり行われるため、低速トルクが強く、重量貨物輸送や過酷な状況下での使用に適している。しかし同時にドライバーは「ディーゼル四悪」と戦わねばならず、近年では酸性雨の原因となる排気ガス中の窒素酸化物（NO_X）と、加速時に大量に出る黒煙が人々の厳しい視線に晒されるようになっている。何しろディーゼルは、ヨーロッパでは森を破壊し、わが国では喘息公害をもたらした元凶である。しかし、公害などという意識がきわめて低かった時代には、低コスト、高効率という点が資本家側には大いに魅力と映ったはずで、ディーゼルはまさに企業家（資本家）にとって福音であったに相違ない。もっとも、運転手（労働者）たちにとっては、長時間にわたって騒音や振動に耐えねばならず、福音どころでなかったのは明らかである。

このディーゼル・エンジンが、たとえアイドリング中のこととはいえ、いちどならず「静か」というイメージで捉えられているというのも、今日の読者からみれば、少々奇異な印象を与える。ディーゼルはうるさいというのが常識だからである。だが、この小説におけるディーゼルの「静か」さは、逆に、当時のガソリン自動車の騒音が――今日の進化したクルマとは異なり――ずいぶん激しいものだったことを改めてわれわれに思い起こさせるとも言えよう。エンジン音の周波数がガソリン車より低いことも「静か」と思わせる一因かもしれない。実は筆者自身、子供の頃に街で、新しいディーゼルのバスやトラックを、その黒い排煙を（今にして思えばぞっとするが）むしろ好ましいものに感じつつ、それまでのクルマに比べてとても静かだなと思いながら、飽かず眺めていたのを思い出す。

『怒りの葡萄』で、次に強烈なインパクトを伴って登場するクルマは、中間章に当たる第五章に出てくる、地上げの地ならしに用いられる「トラクター」で、第二章の大型トラック同様、これも「ディーゼル・エンジン」で動く。

> トラクターが道路を越え、畑に入り込んできた。昆虫のような動きをする地を這う巨大なものどもで、昆虫のような信じられない力の持ち主だった。それらは大地を這い回り、足跡を残し、大地を転げ回るようにしては整地してゆく。ディーゼルのトラクターで、アイドリング中はパタパタという音を立てているが、動き出すと雷のような音を立て、それから静まって鈍い羽音のような音に落ち着く。獅子鼻の怪物で、埃を巻き上げ、鼻を土に突っ込み、田野をまっすぐ下り、田野を横切り、柵を突き抜け、前庭を突き破り、直線を描きながら涸れ溝（gullies）を出たり入ったりする。それらは大地ではなく、自分の路床（roadbeds）を走る。それらは丘だろうが、谷だろうが、水路だろうが、柵だろうが、家だろうが、皆無視するのだ……
>
> 正午になると、トラクターの運転手は時折小作人の家近くにそれを停め、昼飯の弁当を開いた……トラ

クターの排気音はパタパタと鳴りっぱなしだった。なぜなら、燃料がとても安いから、ディーゼルの鼻先を加熱して再スタートさせるより、エンジンをかけっぱなしにしておいた方が効率的（efficient）だからである。（傍線筆者）

この「昆虫」は、どこからか飛来して文字通りすべてを食い尽くしてゆく「イナゴ」[100]であり、その群に「ディーゼル・トラクター」は喩えられている。その姿形も「イナゴ」に似ていないではない。それらは「這い回り」、「転げ回り」、恐ろしい「羽音」を立てながら、行く手にあるものすべてを食い尽くす。これが産業資本の貪欲さ、冷酷さを表しているのは疑う余地がない。そして前述の輸送会社の巨大トラック同様、この「ディーゼル・トラクター」もまた、貪欲な産業資本が追求する「効率」を体現する存在なのである。『怒りの葡萄』には、このように、はじめにまず産業資本側を体現する一種抗しがたく、巨大で、非人間的で、無慈悲な力の象徴が二種類、いずれも「ディーゼル・エンジン」搭載のクルマとして、ほぼ続けざまに登場し、対する小作人ジョード一家のあまりに弱々しい姿を際立たせようとする。ただ、興味深いのは、この「怪物」のごときトラクターの運転手も、先の大型ディーゼル・トラックの運転手同様、物事を自分なりに、自分の頭で考えようとはせず、ただひたすら自分を雇用している産業機構の巨大な慣性力に身を任せ、あたかもそういう機構の部分品（パーツ）とも言うべく、ただ押し黙って流されてゆくだけである。この小説にあっては、ディーゼルがそういう非人間的な営みのひとつの象徴となっているように思われる。

同じ中間章の第七章では、最初から最後まで、路傍で中古自動車を商う業者たちの悪徳商法がスケッチされている。

袖をまくり上げた店主たち。小さな熱っぽい目で人の弱みを虎視眈々と狙っている、こぎれいだが執念深いセールスマンたち。

あの女の顔をよく見ろ。女の気に入りゃ、男の方はだませるんだぜ。あのキャディラックから始めろ。そうすりゃ、だんだん落としていって、あの二十六年型のビュイックで話をつけることができるぞ。ビュイックから始めりゃ、フォードで決めることになっちまうからな。袖をまくり上げて仕事にかかりな。こんな商売はいつまでもずっとやれるもんじゃない。奴らにあのナッシュを見せとけ、その間に俺はあの二十五年型ダッジのタイヤに空気を入れて、緩い空気の漏れを塞いでおくからな。用意ができたらお前に合図することにするぜ。

……

旗、赤い旗と白い旗、白い旗と青い旗——歩道の縁石沿いにたなびいている。中古車。上等な中古車。本日の掘り出し物——台の上に展示中。売り物じゃないぞ。しかし客を呼び込むからな。あの掘り出し物をあの値で売った日にゃ、一文の儲けにもならん。客には今売れたところだといっておけ。クルマを引き渡す前にちゃんとうちのバッテリーは外しておくんだぞ。代わりにあのバカになった電池を入れとくんだ。畜生、七十五セントで何を手に入れようというんだ? 袖をまくり上げろ——景気を付けて商売だ。こんな商売はいつまでもやれるもんじゃない。ボロ車が沢山ありゃあ、六ヶ月先にゃあ楽隠居だぜ。

（第七章）

業者の詐欺師的姿勢もさることながら、この章のこの箇所には二十種類近い中古のクルマ——車齢も十数年という古さらしい――の名前が次々と登場することにも読者は驚く。キャド（キャディラック）、ビュイック、フォード、ナッシュ、ダッジ、デ・ソト、プリマス、ロックニー、スター、アパソン、チャマーズ、チャンドラー、シェヴィー（シボレーの愛称）、ラ・サール、リンカン、ゼファー、クライスラー、ポンティアック、パッカード……このうち半分近くは、今日、アメリカ人でも知る者は非常に少ないと考えられる名前である。こうした具体名を出しながら、当時の国道沿いに並んだ怪しげな中古車業者の商売ぶりを彷彿とさせる誠に興味深い章となっている。

そして第八章。ここでやっと本小説の「主役」が登場する。ジョード一家が家財を積み込み、カリフォルニアまでの移動手段とする奇妙な「改造トラック」がそれで、詳しいことは次節に譲るが、大型乗用車の屋根を真ん中で切断し、後ろ半分を荷台としたものである。ベースとなったクルマは「ハドソン・スーパー・シックス（Hudson Super Six）」だと何カ所かで具体的に記してあるが、これは「ハドソン（Hudson Motor Car Company, 1909–57）」というメーカーが、一九一六年から生産を開始した高性能の六気筒エンジンを搭載した大型セダン（挿絵17）のことである。「スーパー・シックス」という呼称は元来この新開発六気筒エンジンを指していた。このエンジンは従来型に比べて軽量で、クランク部分に振動を相殺する「バランサー（balancer）」という仕掛けが施されてあって、振動や騒音が少なく、静かで滑らかだったため、従来の六気筒を超える六気筒という意味で「スーパー・シックス」と名付けられた。このエンジンの評判は良く、ハドソンは次々と新型車にこの「スーパー・シックス」を搭載したため、「スーパー・シックス」はこのエンジンを搭載した「ハドソン」の高級車すべてを指す言葉ともなった。

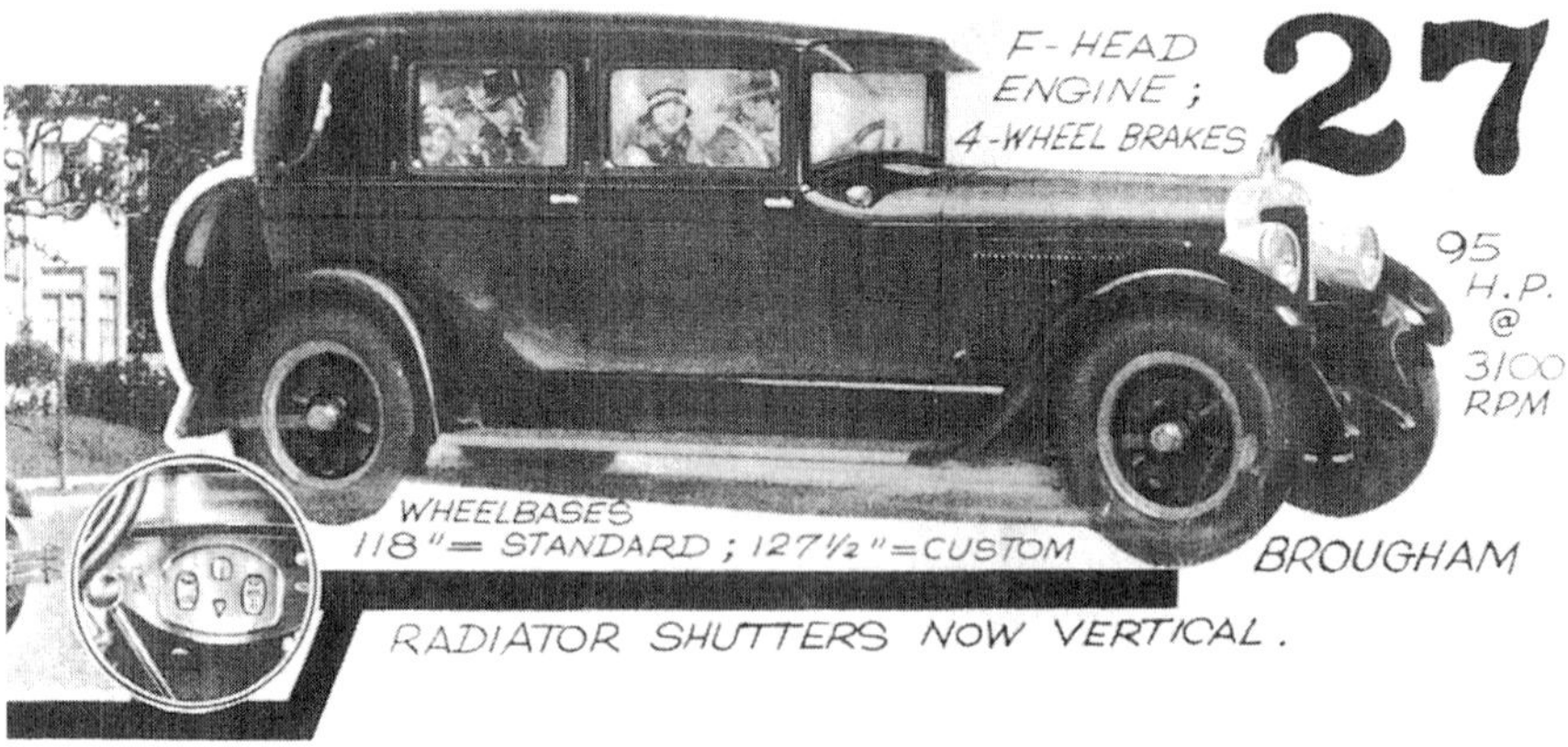

挿絵 17
Hudson（Super Six）Brougham（1927 年式）
（*American Car Spotter's Guide 1920–1939* による）

『怒りの葡萄』第十章の終わり近くには、いよいよジョードの「改造トラック」がカリフォルニア目指して出発する際、「六気筒の間延びした轟音（the loose roar of the six cylinders）」が響いたという表現がある。ジョードのトラックが、スクラップ寸前の超オンボロで、エンジン各部もガタガタに緩んではいるが、やはり「腐っても鯛」と言うべきか、その音はそれが「六気筒」特有のものであることが強調されている。四気筒の安物ではないぞ、と言わんばかりである。元々は大型の高級車だったというところに、ジョード一家の現在と過去が重なり合う。悲劇は元来高いところから落ちることを必要条件のひとつとする。ここに、ジョード一家を乗せて走るクルマが、今はどんなにボロボロであろうとも、「ハドソン・スーパー・シックス」という「高級車」である必然性がないだろうか。これがもし「T型」などであってみれば、物語の悲劇性も薄まってしまう。落ちぶれても中古車屋でかつての高級車を仕入れてくるところに、ジョード一家の人間としての無意識のプライドがあり、また作家スタインベックのジョードへの共感が伺われるというものであろう。

時々どういうわけか、ジョードのトラックを「T型」の改造車だと思い込んでいる内外の論説に接することがある。これはひょっとすると、『缶詰横町』でリー・チョン（Lee Chon）という人物が所有する「T型」改造のトラックと混同した結果かもしれない。しかしジョード一家のトラックは、すでに確認したように、テキストにはっきり「ハドソン・スーパー・シックス」と書かれてある。またそもそも「T型」というクルマは――いくつかの異なるタイプがあり、後期型には「箱形」タイプもあるにはあるが――基本的に小型車なので、先述の「円太郎バス」のように初めからボディーそのものを換装して使用する場合はともかく、オリジナルのままのボディーを真ん中で二つに切って後ろ半分を荷台とした場合、その荷台はごく小さいものにしかならず、あまり改造の意味がない。また「T型」の大半はごく一部を除き「箱形」ではなく、可動幌付の「ツーリング」タイプだったので、もともと切るべき屋根がない。また、「T型」は最新型（二七年式）でもエンジン出力が当初型と同じで最大二十馬力しかないため、ジョードのように家財道具に加え、さらに十三名もの人間を満載して文字どおり山あり谷ありの六六号線を走るというのは、ポンコツならずともまず不可能だろう。「T型」より格段に新しく、ボディーも大きく、エンジンもずっと強力な「箱形」高級乗用車「ハドソン・スーパー・シックス」でさえ、これがポンコツ状態だったことを考えれば、ジョード一家の旅は、それこそ紅海を渡るユダヤの民さながら、ほとんど奇跡に近いものだったはずである。

国道六六号線を西進するジョード一家は、最初のキャンプ地で、カンザスからやってきたというウィルソン夫妻と合流する。夫妻の中古車、「ダッジの二五年型」というこれまた超おんぼろの「ツーリングカー」（つまり先述の「可動幌付のクルマ」）を、クルマに詳しいアルとトムが修理し、両家の者たちが二台に分乗してさらに西へと進む。どうやらすでに十六万マイル（二十六万キロ）[101]、あるいはそれ以上を走行しているこのダッジの中古車は、途中「コンロッド（ピストン部の主連棒）」のベアリングが焼き切れて走行不能となるが、男たちはスクラップ屋から関連部品を超安値で入手してきて、「オイルパン（油受け＝エンジンオイルが溜まるクランクケース底部）」を外し、エンジンそのものを分解する。このような本格的修理をやってのけるトムはまさしくメカニック顔負けである。ウィルソン夫妻は、妻の病気のため、カリフォルニアへ入った直後に道中を断念する。ジョード一家を載せたハドソン改造トラックは、家族とともに北上し、やがて大雨、洪水に見舞われ、浸水して、バッテリーが駄目になり、ついに動かなくなってしまうそのときまで、まさに「陸亀」さながら、いや「方舟」さながらに――但し、とうの昔に「ノア」は失踪してしまった――一家の生活を載せ、その運命を表象しながら、ひたすら悲壮な走りを続けるのである。

◆　◆　◆　◆　◆

すでに触れたように、このジョード一家の改造トラックが最初に登場するのは第八章で、トムとジムとが、一家が身を寄せているジョン伯父の所へ行ったときのことである。二人の目に奇妙な形のクルマが飛び込んでくる。


「何てこった、みんな出発するところだぜ！」ジョードは言った。中庭にトラックが一台停まっていた。横腹を高くしたトラックだが、妙な形のトラックではあった。というのも、前の部分は乗用車（sedan）なのだが、屋根は真ん中で切り取られ、そこにはトラックの荷台が据え付けられていた……

……それはハドソン・スーパー・シックスだったが、屋根が常温ノミ（cold chisel）で二つに断ち切られていた。親父のトム・ジョードがトラックの荷台に立ち、側面の手すりを釘で打ち付けていた……

……トムはエンジン・フードを開け、大きな油まみれのエンジンを見た。するとおやじがそばにきてこう言った。「お前の弟のアルが、買う前に調べてくれたんだ。これなら大丈夫だとあいつは言ってるんだが。」……

……「何もかもかき集めて――二百ドルになった。このトラックに七十五ドル払って、俺とアルとでこれを半分に切って、この後部をこさえたんだ。アルがバルブを磨くはずだったんだが、あいつは忙しくうろつきまわっていて、まだそこまでは手がついておらんよ。」

西部への移動のため、アルが中古乗用車を買い込んできて、父親ともどもそれを改造して「トラック」に仕立てあげようとする。もちろん本来のトラックが買えれば、それに越したことはないのだろうが、いかに中古でも本物のトラックは高価だ。そこで改造のためのベース車両として手頃だったのが中古の「ハドソン・スーパー・シックス」だったというわけなのである。

この際、この「ハドソン・スーパー・シックス」というクルマおよびその意味するところについてもう少し詳しく確認しておこう。ハドソンは、今ではすっかり忘れられた自動車メーカーのひとつだが、一九〇九年にこの社名によりデトロイトで開業し、以後半世紀にわたる営業を経て五四年まで、もっぱら大型セダンを製造した。五四年には「アメリカン・モーターズ（American Motors Corp.）」となり、五七年に廃業している。「ハドソン」の社名は創業者名ではなく、資金を寄付したデトロイトの裕福な百貨店経営者、Joseph L. Hudson から来ているという。元来「ハドソン」という名は、初期の北米アメリカ史と強く結びついた、アメリカ人好みの固有名詞のひとつである。もちろんそれは北米大陸を探検中に殉じ、今なお「ハドソン川」や「ハドソン湾」にその名を残すW・H・ハドソン（William Hendrik Hudson: ? –1611?）に由来する。「フロンティア」や「パイオニア」などと同様、「ハドソン」という言葉は、アメリカ人の想像力に働きかけ、その自尊心をくすぐって止まぬ名辞のひとつであるが、そうした有利なブランドネームを戴くに至った自動車メーカー「ハドソン」は、一九一〇年代中頃までに、「世界最大の六気筒車メーカー」となっていた。先にも少し触れたごとく、「ハドソン・スーパー・シックス」とは、一九一六年に開発された軽量・高性能の直列六気筒エンジン（排気量四千三百七十八ｃｃ）を指す言葉であったが、同年以降、このエンジンを搭載した大型高級セダンが市場に出され、それが「ハドソン・スーパー・シックス」と呼ばれることにもなった。マルフォード（Ralph Mulford、生没年不詳）というレーサーが、同年この「スーパー・シックス」車によって、北米大陸横断の輝かしい記録を打ち立ててもいる。その二十数年後に、同じ名前を戴くクルマによって、オクラホマの貧農一家が、悲惨な「大陸横断」を強いられることとなった。

ハドソン社は、一九二〇年代後半以降他社に先駆けて、高速走行に対応した大型強化ボディーを自社の専用工場で生産し、それに六気筒や八気筒という多気筒エンジンを搭載したクルマを市場に送って、当時次第に顕著になっていた、アメリカのユーザーたちのステータス・シンボル志向に応えようとした。ビッグボディーにマルチシリンダー（多気筒）エンジンという組み合わせこそ、当時も今も、中流以上のアメリカ人が最大公約数的に好むクルマの基本タイプである。ボロボロで息も絶え絶えの「ハドソン・スーパー・シックス」をなだめながら、ジョード一家が西へ向かって「逃亡」してゆくという構図は、「アメリカの夢」の無惨な崩壊を象徴する皮肉な、滑稽な、そして悲しい一幅の絵でもある。

一説によると、「ハドソン・スーパー・シックス」は一九三三年式が事実上の最終モデルであったとも言われる（Burness, *American Car Spotter's Guide*, XXX）。これ以降、同社は「スーパー・シックス」エンジンに代わる、より小型だがきわめて強力な新型直列八気筒エンジンを搭載した「ペースメーカー（Pacemaker）」[102]と称する一連の大型高級セダンを主力車種として市場に送り出していった。事実上の最終モデルとなった三三年型「ハドソン・スーパー・シックス」は、新登場の八気筒エンジンを搭載する「ペースメーカー・エイト（Pacemaker Eight）と同一ボディの双子車として製造された。

『怒りの葡萄』の中で、メカに詳しいアルが、どこかの中古車屋からたった「七十五ドル」で買ってきてトラックに改造する「スーパー・シックス」は、果たして何年式のものだったのか。これにスタインベックは一切言及していない。「スーパー・シックス」は比較的高年次車（生産された年度が新しい）に当たる一九三〇年式の場合、新車で約千ドルから千六百ドルという価格だった。ジョードのクルマが、三〇年代末に七十五ドルで買えた中古モデルということであれば、その価格からしてやはり相当年式が古いものと考えざるを得ないが、ひとつの目安として、第七章の国道六六号線沿いの中古車屋に置いてあるボログルマの年式や、ジョード一家と一時行動を共にした例のウィルソン一家所有の「二五年型ダッジ」と同じぐらいと考えることも可能であろう。その場合、ジョードの「ハドソン」は車齢約十五年ということになるが、あるいはもっと古いかもしれない。

さて、いよいよカリフォルニアに向けて出発する準備が整った時、一同はこのトラックのかたわらで「家族会議」を開く。

> 家族は自分たちにとって最も大切な場所、トラックの近くで会議を開いた。家は死に、畑も死んだが、このトラックは生きているもの、生命の根元だった。ラジエーター・シェルは曲がって傷がついており、ありとあらゆる可動部分の端は擦り切れて、埃にまみれたオイルの粒がこびり付き、車輪の甑（こしき）の

覆いが取れて、その代わりに赤い土埃の覆いが付着している、この古ぼけたハドソン――半分は乗用車、半分は高く横桟を張ったトラックのこのクルマこそは、新しい炉端、家族の生きた中心だったのだ。
（第十章、傍線筆者）

「炉端（fireside）」は、言うまでもなく、アメリカ人にとって「家庭（home）」の中核を成す神聖な場所であり続けてきている。これからおんぼろトラックで長い苦難の旅に出かけるジョード一家の人々は、もともと旧約の「出エジプト記」におけるイスラエルの民に喩えられているが、アメリカ史の文脈に限定すれば十九世紀、幌馬車に乗って西部を目指した開拓時代の移住者たちとも、またもっと古くは十七世紀（正確には一六二〇年）、かのメイフラワー号で大西洋を渡ってアメリカに向かった「巡礼父祖（the Pilgrim Fathers）」ともいつしか重なり合ってくる。植民地時代以来、外では過酷な自然が猛威を振るい、敵意ある土着民や猛獣たちが跋扈するとしても、堅固な家壁に守られた家の中は一種の聖域に他ならず、その聖域の中心には赤々と燃える「炉端」があって、その傍らには一家の主たる父親が陣取り、母親は少し離れた位置で編み物などをし、子供たちがあたりではね回っているというのが、男性中心的あるいは家父長的とは言えようが、伝統的で典型的なアメリカの「家庭」のイメージである。家も畑も奪われてしまったジョード家の人々にとって、今では中古乗用車を改造したおんぼろトラックが彼らの「炉端」だという現実は、まことにわびしい。薪を赤々と燃やし、家族のみなを暖めるはずの「炉端」の火は、この場合、古びてスクラップ同然のガソリン・エンジンの六つのシリンダー内部で燃える――いやすでに明滅する、と言うべきか――小さな、弱々しい火でしかないのである。

ところで、「炉端」とアメリカ人と言えば、十九世紀の昔懐かしい「炉端詩人（Fireside Poets）」[103] もさることながら、二十世紀にあっては――特に『怒りの葡萄』の背景を成す三〇年代の「不況の時代」にあっては――Ｆ・Ｄ・ローズヴェルト（Franklin Delano Roosevelt: 1882–1945, 通称ＦＤＲ）が始めた「炉端談話（fireside chat）」ではあるまいか。これをジョード一家のおんぼろトラックと結びつけるのは多少強引かもしれないが、あながち無関係でもないであろう。アメリカがそれまでいまだかつて体験したことのないような「危機の時代」にあって、自らホワイト・ハウスに機材を持ち込み、その「炉端」から一国の「父親」たる大統領が、「家族」たるアメリカ国民に向けてラジオで政見を述べた「炉端談話」は、まさしく古くからのアメリカにおける「家庭」の伝統を踏まえたものだった。ＦＤＲは都合二十八回にわたってこの「炉端談話」を試み、苦難の時代にあって決してパニックに陥ることのないよう、国民に冷静さと大統領への支持を呼びかけた。その第一回目は「銀行危機（the Banking Crisis）」と題され、大不況のまっただ中の三三年――ＦＤＲ就任の年にして、奇しくも「ハドソン・スーパー・シックス」生産中止の年――に開始された。ジョード一家がこの「ハドソン・スーパー・シックス」という消えゆく「炉端」の前で家族会議を開くというのは、ＦＤＲの「炉端談話」を読者の心に喚起する可能性を持つという意味で興味深い。

またさらにこのクルマの車名「スーパー・シックス」は、出発後どんどん先細りしていくジョード一家の中で、最後まで残る我慢強い人々、最もあの「陸亀」に近い人々、つまり父、母、ジョン叔父、ルーシー、ウィンフィールド、ロザシャンの「六人（シックス）」を指し示してもいる。彼らこそが眞の意味で『怒りの葡萄』の「スーパー」ヒーロー（ヒロイン）としての「六人」のアメリカ人であることを、出発時点において、すでにスタインベックは示唆していたのではなかろうか。数あまたあるクルマの中から、スタインベックがわざわざ選定し、主人公ジョード一家の「出エジプト」ならぬ「出オクラホマ」の道具として「ハドソン・スーパー・シックス」を用いたのは、当然その名にそれなりの象徴的意味――きわめて悲劇的な時代を逞しく生きる代表的な六人の冒険的アメリカ人――を担わせたかったからにちがいない。

彼らを西に運んだ「ハドソン・スーパー・シックス」はもちろん、ハドソンというメーカーそれ自体も、五〇年代の終焉とほぼ歩調を合わせるように、アメリカから姿を消していった。

第六章　キャディラックと『すべて王の臣』

――品性を欠く権力の行方――

詩人にして作家、戯曲家、そして「新批評（the New Criticism）」の代表的実践家(104)として知られるウォレン（Robert Penn Warren: 1905–89）の小説『すべて王の臣（*All the King's Men*）』（1946）は、わが国ではあまり一般に知られていないが、人間にとっての善と悪、過去、歴史などの意味を、巧みな構成によって考えさせる重厚な作品である。

この長編は、ウィリー（Willie Stark）という名もなく貧しいアメリカ南部の農家の若者が、正義感と大衆受けする煽動的政治手法を武器に、州知事の座にまで登り詰めるが、権力の維持、獲得のため手段を選ばぬようになり、腐敗と汚濁にまみれ、ついには暗殺者（といっても彼の知り合いの外科医）の手にかかって殺されてしまうまでを本筋とする。このウィリーという「大物政治家」浮沈の物語が、初め新聞記者、次には私設秘書として、彼と行動をともにしたジャック（Jack Burden）という若者によって語られる。クールなインテリ青年の視点を借りて、功罪相半ばする人物の生き様を語らせ、同時に語りを通して語り手その人が自らが抱えた問題を提示することになるという小説手法は、先に第三章でみたフィッツジェラルド（F. Scott Fitzgerald: 1896–1940）の『偉大なるギャッツビー（*The Great Gatsby*）』（1925）を思わせずにはおかない。また物語中で成り上がり者のウィリーが乗り回す「大きく、黒いキャディラック」も、どことなくギャッツビーの「黄色いロールス・ロイス」を思い起こさせる。もっとも、『すべて王の臣』のウィリーは――若い時分における遊説の際は別として、少なくとも州知事の座に収まってからは――ギャッツビーと違って、物語中自分でハンドルを握ることはなく、運転はもっぱらお気に入りのアイルランド人ボディー・ガードに任せ、自分は――興味深いことに、後部座席ではなく――運転席右隣の助手席に陣取っている。物語中「T型」や「ロードスター」も登場するが、そのハンドルを握るのは、語り手であり登場人物でもある――つまり、『偉大なるギャッツビー』におけるニックの役割を演じる――ジャック・バードンの方である。

さて、この作品は一九四六年、つまり第二次世界大戦終了後の出版であるが、四〇年代のアメリカ社会を映したものではなく、それより十年ほど前の三〇年代半ば、あの不況の時代における架空の南部州（とはいえ、事実上ルイジアナと考えてよい）を舞台とし、実在の大物政治家ロング（Huey P. Long: 1893–1935）――「キングフィッシュ（the Kingfish: ニベという海魚のことで、スラングでは「王のようなヤツ」という意味にもなる）」のあだ名を持ち、一九二八年から三一年までルイジアナ州知事として辣腕を振るったものの後に暗殺された――をモデルとしている。従って、背景の時空としては前章でみた『怒りの葡萄』とよく似たものだが、物語の雰囲気は、着目点や主題の相違もあり、かなり異なった印象を与える。なお、この小説『すべて王の臣』は、一九四七年にピューリツァー賞を受賞しており、一九四九年にはR・ロッセン（Robert Rossen）が監督、製作、脚本を担当し、B・

クロフォード（Broderick Crawford）主演で『オール・ザ・キングズ・メン』として映画化（コロンビア映画）され、数々の賞も得たが、ロッセン監督はこの映画に込められた政治腐敗批判、独裁批判などを問われ、折からのマッカーシー旋風、つまり「赤狩り（red purge）」の被害者のひとりとなった。さらに一九六〇年には、脚色のうえ劇化も試みられている。

この小説では、黒塗りの大型高級乗用車「キャディラック」（挿絵18）が、ウィリーを乗せ、あちこちを威勢よく、そこのけとばかりに走り回る。ウィリーはボディー・ガードのシュガー・ボーイ（Sugar-Boy）にこれを運転させ、自分は助手席に座っているが、シュガー・ボーイの運転はめっぽう荒っぽい。そのためこの黒い大型車は、州知事として権勢をほしいままにするウィリーの、ブルドーザーのように強引無比な「成り上がり者」としての実態を象徴するものとなっている。物語の背景をなす時代は「キャディラック」の全盛時代――第二次大戦後の一九四〇年代後半から五〇年代前半――には少し早い三〇年代半ばなのだが、当時すでに「キャディラック」は、その巨大で、威圧的で、人目を引く外見で、ウィリーのような「セルフ・メイド・マン（self-made man）」、つまりは「アメリカン・ドリーム」の体現者のことさら好むところとなっていた。但し、小説そのものの発表時期は「キャディラック」の全盛時代に入っていたことには注意すべきであろう。なぜなら、作者は全盛時代のイメージも持ったうえでこの小説を書いたはずであり、また読者も全盛時代のイメージを共有していたはずだからである。

表題の『すべて王の臣』とは、イギリスの作家で「ノンセンス」文学の巨匠L・キャロル（Lewis Carroll: 1832–98）が『鏡の国のアリス（*Through the Looking-Glass*）』（1871）で用いたことで有名

挿絵 18
Cadillac Fleetwood V–12（1936 年式）
（*American Car Spotter's Guide 1920–1939* による）

になった童謡（nursery rhyme）「ハムプティ・ダムプティの落下（The Fall of Humpty Dumpty）」に基づく。この童謡は西欧でよく知られており、歌詞は次のようになっている。

Humpty Dumpty sat on a wall.
Humpty Dumpty had a great fall.
All the king's horses and all the king's men
Couldn't put Humpty Dumpty in his place again.

（*Gammer Gurton's Garland*, 1810）

ハムプティ・ダムプティは壁に腰を下ろしていた、
ハムプティ・ダムプティは高いところから落ちた。
王様の馬のすべて、王様の臣下のすべてをもってしても、
ハムプティを再び元通りにはできなかった。

つまり、「高いところから落ちた（had a great fall）」ハムプティ・ダムプティ（玉子のこと）は割れてしまって、どのような手段をもってしても、もはや元通りにはできない、というわけで、第一義的には、人々の期待の星だったウィリーもひどい落下（堕落）をしてしまい（had a great fall）、もはや再起は不可能になった、ということだろう。玉子は、もろいが、大きな可能性を孕んでもおり、語り手ジャックが当初期待したように、ウィリーにもそういう（なりゆきによっては大統領にさえなり得る）可能性があったのだが、強引さがもろさに通じてしまい、知事就任後、「高いところから落

ち」て、その可能性も瓦解したことになる。もっとも、表題の意味はひとりウィリーに限定されるものではなく、語り手ジャックの目に映る南部社会全体が、ある意味では「高いところから落ち」てしまい、もはやどのようにしても「元通りにはできな」くなったとも言える。「落ちる（fall）」という語にはもちろん（人類の）「堕落」——英語で Adam's Fall といえば「原罪」のことである——という意味があり、アダムとイヴの「楽園喪失」を想わせる標題でもある。

余談ながら、標題に関連して付言すれば、一九七六年、『大統領の陰謀（*All the President's Men*）』という、R・ニクソン（Richard Nixon: 1913–94）のウォーターゲート・スキャンダル（1972–74）をベースにした映画が製作された。C・バーンスタイン（Carl Bernstein）とB・ウッドワード（Bob Woodward）という二人の記者による実録を元に、監督をA・パクラ（Alan Pakula）、製作をW・コブレンツ（Walter Coblenz）が務め、D・ホフマン（Dustin Hoffman）とR・レッドフォード（Robert Redford）という二大人気俳優が主演するという映画だったが、この原タイトル（*All the President's Men*）も、「ハムプティ・ダムプティの落下」をもじって付けられたもので、意味するところは基本的にウォレンの小説の場合と同じである。

さてすでに触れたように、この『すべて王の臣』は、新聞記者から秘書に転じたジャックが語る「ボス（the Boss）」ウィリーの浮き沈みもさることながら、それと同等かそれ以上に、語り手ジャックの経験もまた重要な内容となっている。新聞記者になる前、学生時代に試みた自分の遠い親戚に当たるキャス（Cass Mastern）という男の調査、また記者を経てウィリーの私設秘書になってからそのウィリーの依頼に応じて探偵さながらに繰り広げたアーウィン判事（Judge Urwin）の過去の調査、さらにはそれらがもたらすジャックの人生開眼も、本作品のプロットを構成する重要な要素になっている。全十章（章のひとつひとつが長いこともこの小説の特徴と言える）から成る物語は、このような様々に入り組んだ内容が、一見バラバラだが大もとではうまく関係づけられたうえで盛り込まれている。また連想が引き金となって現れるフォークナーばりのフラッシュバック部分もいろいろあって、プロットは非常に複雑なものとなっている。よって、『すべて王の臣』の梗概を手短かに述べるのは至難とも言えるが、無理を承知で、以下に一応のところを記しておこう。

州知事（具体的にアメリカの何州という言及は作中にない）のウィリーは一九三六年の夏、二台のクルマを連ね、自分が建設した真新しい舗装路、ハイウェイ五八号線を通って故郷メイソン・シティー（架空の町）へと向かう。この町に暮らす農夫の父親を訪ねるためであった。先頭のクルマは「大きく、黒いキャディラック」で、ウィリーをはじめ、妻ルーシー（Lucie Stark）、息子のトム（Tom Stark）、副知事ダフィー（Tiny Duffy）、それに私設秘書（語り手）のジャックが乗り、ボディー・ガードのシュガー・ボーイが運転していた。それは「霊柩車とも大洋航路定期船ともつかぬ」大きく静かなクルマだったという。二台目のクルマには女性秘書セイディー（Sadie Burke）と何人かの新聞記者、それにカメラマンが乗っていた。

メイソン・シティーに到着し、郡庁広場に面したドラッグ・ストアーで休憩を取っていると、ウィリーの来訪に気付いた町の人々が郷土の英雄の帰還を騒々しく歓迎し、請われてウィリーはやむなく広場で演説する羽目となって、群衆の拍手喝采のうちにそれを行う。そこには大衆の心を見事に捉える扇動政治家ウィリーの巧みな話術が見て取れる。それから一同が再び「キャディラック」に乗って移動し、以前手抜き工事による階段崩壊で避難訓練中の小学生多数が死傷する現場となった小学校の前を通り、ウィリーの父親の家へと落ち着く。ここでウィリーは、秘書セイディーから、アーウィン判事が、次の上院議員選挙で、自分が推す候補を差し置いて、政敵マクマーフィー（Sam MacMurfee）が後押しする候補キャラハン（Callahan）を推す旨の声明文を夕刊に掲載したと知らされる。アーウィンは律儀な人物とされ、州の法務畑の長を務めたこともあり、何よりジャック自身が「本当の父のように」敬愛する人物である。ウィリーはジャックともども今度はメイソン・シティーから遠く離れた、アーウィンが住むメキシコ湾岸の町バードンズ・ランディング（Burden's Landing: これも架空の町でジャックの故郷でもある）へと「キャディラック」を走らせ、アーウィンに声明文の取り消しを迫るが、アーウィンは断固としてこれを拒絶する。帰途、「キャディラック」の中で、ウィリーはジャックに対し、これにはきっと裏があるはずだ、どれほど時間がかかろうと、アーウィンがキャラハンを推すに至った事情、つまりはアーウィンの汚れた過去を洗い出せと要請する。ウィリーはジャックに、

> 人間は罪のうちに孕まれ、堕落のうちに生まれ、おしめの悪臭から死装束の臭気へと移ってゆく。必ず何かあるはずだ。（第一章他）

と自説を述べる（このウィリーの台詞は、ジャックの意識の中で何度も繰り返し登場する）。

ところで語り手ジャックは、湾岸の町バードンズ・ランディングの旧家の出だが、そうした背景を

持つにしては一種の異端者と言える。父親エリス（Ellis Burden）は家出して、町のスラムで妙な宣教活動をしているという。母親は次々と再婚を重ねてきた。そのせいもあって彼は何事によらず冷笑的であり、物事に関わって責任を取るのを好まず、その結果人生に目的を見出せずにいる。彼は州立大学に入り、過去の意味、歴史の意義を研究すべくアメリカ史を専攻し、指導教授の勧めによって、自分の先祖のひとりキャス・マスターンという人物に関する伝記的研究で博士論文を提出する予定だった。しかし調べるには調べたものの、キャスという人物をよく理解できなかったため、論文の完成には至らず、大学は中退して、一九二二年、地元の新聞『クロニクル』紙の記者となり、結婚もした。それは今から十四年ほど前のことだったが、当時メイソン郡の小学校建設をめぐる醜聞が発生し、その取材を新聞社から命じられ、「自分のT型」を必死で操って訪れたメイソン・シティーで当時町の収入役をしていたウィリーと出会い、それが二人の結びつきの始まりとなった。小学校建設に伴う入札で町の教育委員会が不正を行ったとして、ウィリーは入札結果にただひとり勇敢にも異議を唱え、ジャックはその正義感に心を動かされたのだった。しかしウィリーは、そうした行動が祟ってか、次の選挙で収入役の座を奪われる結果になってしまう。その後しばらく父親の農場で法律の勉強をしたりして再起の機会をうかがっていたところ、先の小学校で避難訓練中に煉瓦製の非常階段が壊れて児童が死傷する事件が発生すると、不正入札への市民の怒りが爆発し、逆に冷や飯を食っていたウィリーに活躍の機会が訪れることとなった。

またその頃、民主党の知事予備選挙があり、元知事だったハリスン（Joe Harrison）と現職のマクマーフィーとが争うことになったが、元知事の陣営は現職の地盤を切り崩すため、真面目なウィリーを利用しようとした。「十八ヶ月払いの上等の中古車」（車種不明）を駆って懸命に州政改革を遊説して回っていたウィリーは、選挙戦のさなか、自分が元知事一派に踊らされていることを一派の政略に与っていたセイディーから聞かされる。怒りに燃えたウィリーは、元知事ハリスンの策略を演説で暴露するとともに、選挙民には、あろうことか、相手候補（現職マクマーフィー）に投票して当選させ、その政策実行ぶりを監視しようと訴える。

メイソン・シティーで弁護士を開業したウィリーは、橋桁折損事故訴訟や石油会社対借地人訴訟など幾つかの訴訟を担当して勝利を収め、大衆から支持を集めて、次の予備選に出馬した。その際ジャックはウィリー支持の論陣を張り、反対派支持の『クロニクル』紙の路線と対立して辞職する。選挙でウィリーが勝つと、ジャックはウィリーの私設秘書に採用され、これ以後二人はいつも行動を共にする間柄となる。知事の座に納まると、ウィリーは政治改革を推進して大衆の喝采を浴びるが、半面、彼の改革手法には「独裁」的側面が目立ち始め、自分の傘下に不正を行う者も出るが、批判に対しては脅迫や買収で切り抜け、三四年には異例の高得票で再選を果たし、いずれは中央政界に乗り出そうとその機会を窺う。

この間ジャックは、以前ウィリーから要請のあったアーウィン判事のキャラハン支持をめぐる事情探査を始めていた。まずはアーウィンの友人である自分の父親を訪ねて、過去に何かアーウィンをめぐる醜聞がなかったか聞き出そうとする。ジャックの父親は弁護士をしていたが結婚生活に失敗して家出したとされ、今はスラムの伝道師である。その父は、明らかに何かを知っている素振りを示すが、ジャックの質問には答えず、「私は二度と汚れた世界に触れるつもりはない」と言う。次に外科医でジャックの幼なじみアダム（Adam Stanton）と、その妹で同じく幼な友達であり、かつて自分の初恋の人でもあって、ジャックが二十一のとき、彼の自宅ですんでのところで肉体関係を持つところだったアン（Anne Stanton）に、ジャックはアーウィンについて尋ねる。アダムの父親（元州知事）とアーウィンとは以前、金銭問題で言い争っていたこと、またアーウィンは一時自分の農場が破産する危機に瀕したものの、その後結婚によってその危機を切り抜けたことなどが伝えられる。しかしアーウィンのその結婚相手はそれほどの財産持ちではなかった。ジャックはまた、アーウィンが一九一四年、州保有の炭鉱採掘権を巡り、州から訴えられた南部ベル燃料会社に有利な裁定を下すことによって、燃料会社から賄賂を受け取っており、翌年彼が高給でアメリカ電力会社の顧問弁護士に就任したことから、あおりを喰らって失職し、自殺を遂げたリトルポー（Mortimer Littlepaugh）という別の弁護士がいたこと、さらには当時州知事を務めていたアダムの父親スタントンがアーウィンの所業を黙認したことなどを、リトルポーの遺書によって、知ることとなる。

ジャックがそうした事実を突き止めるのに手間取るうち、ウィリーは自分の理想実現のため、また名声のため、六百万ドルを投じてアメリカ随一の病院「ウィリー・スターク病院」の建造を計画し、外科医のアダムを病院長に迎え入れる交渉をジャックに依頼する。「悪から善を作り出す」という「実践主義者」ウィリーらしい企画であったが、ウィリーの独裁的政治手法を軽蔑する「理念家」のアダムはこれを断る。しばらくしてアンからジャックは、どうしたら兄のアダムに病院務めを受諾させられるだろうかと相談を持ちかけられる。なぜアンが病院の一件を知っているのか訝しがりつつも、ジャックはアンに、アダムは旧家の誇りへのこだわりを捨て、世間は汚濁にまみれた場だと悟るべきだと言い、アーウィン判事の収賄、アダムの父親の黙認について、証拠となるリトルポーの遺書を示しながら伝える。アンは父親スタントン知事の背徳行為を知って取り乱すが、数日後、兄アダムが病院長の仕事を引き受けたとジャックに伝えてくる。どうやらウィリーがアダムの父親の不正を利用したためとみられる。またウィリーの秘書セイディーから、ウィリーがアンと通じ、自分を裏切ったと告げられ、愕然としながら、先になぜアンが病院の一件を知ったのかを悟る。アンは自分が手がけている慈善事業のことでウィリーのところに出入りするうち、不倫関係に堕ちたらしい。

ジャックにとってアンは初恋の人であり、その後もぎくしゃくした関係にあったとはいえ、結婚をも視野に入れてきた仲だった。彼は衝撃を受け、「ボス」の下を離れて、ひとりカリフォルニアへと向かう。ロング・ビーチのホテルの一室に籠もり、アンと自分の間柄についてあれこれ考えているうち、ジャックは、人間はみな不可解な性衝動の支配を受けて生きているものだという、誤った認識に到達する。

人生は、結局、血の暗いうねり（the dark heave of blood）と、神経のひきつり（the twitch of the nerve）に過ぎぬ。（第七章）

一九三七年夏、素行の悪いウィリーの息子トムが若い娘（Sibyl Frey）を妊娠させてしまうという醜聞が発生する。娘の父親はウィリーの政敵マクマフィーの息のかかった人間だったため、マクマーフィーはこのトムの醜聞を利用して、慰謝料請求のみならず、上院選挙出馬に関して取引を迫る。困ったウィリーはマクマーフィー支持に回ったアーウィン判事に頼んで強要を止めさせようと考え、ジャックにアーウィンとの交渉を依頼する。ジャックはバードンズ・ランディングに赴き、母の反対を押し切っていささか強引にアーウィンと会い、トムの醜聞を利用したマクマーフィーの強請およびそれに関するウィリーの要望を伝えるが、アーウィンには応じる気配がない。そこでリトルポーの「遺書」をアーウィンに見せると、アーウィンは愕然とし、何かをジャックに言おうとするが、結局何も言い出すことはなかった。

アーウィン訪問を終えたジャックが自宅に帰ってうたた寝していると、母の悲鳴が聞こえ、驚いて駆けつけると、受話器を手にしたままの母が、お前はお前の本当の父親を殺したんだよ、と思わず口走る。アーウィン判事は銃で心臓を撃ち抜いていたが、このときはじめてジャックは、アーウィンこそが自分の実父、つまりは自分が母親とアーウィンとの不義の子であることを知る。

同年秋の感謝祭にトムが大学のフットボールの試合でタックルを受けて大怪我を負い、アダムの治療を受けるが、意識を回復せぬまま二日後に死ぬ。ウィリーの落胆は大きかった。ウィリーは、同じく悲しみに暮れる別居中の妻ルーシーのところに行こうと決意するが、その日のこと、アンからジャックに電話があり、兄のアダムが、どこかの男からウィリーとアンとの不倫を聞かされ、逆上して飛び出していったので探してくれと頼まれる。ジャックは結局アダムの行方をつかめぬまま、夜になって州議会場へやってくる。法案採決が終わりウィリーがロビーに出てくると、そこへアダムが近づき、握手するふりをしてウィリーをピストルで撃つ。同時にウィリーのボディー・ガードのシュガー・ボーイらがアダムを撃ち、アダムは即死する。ウィリーは数日生き延びた後、死亡する。

二人の埋葬が終わってから、ジャックはアダムにアンのことを電話で告げ口してきたのは誰かを知りたいと思い、今はサナトリウムで療養中のセイディーに尋ねると、彼女はそれは副知事ダフィーだという。ダフィーこそは腐敗した南部政界の象徴とも言うべく、以前からずっとあらゆる卑劣な行動を重ねてきていた。ウィリーの死後知事の座についたダフィーに対し、復讐を図ろうともしたジャックだが、一連の事件で疲労感が募り、ひとまず故郷バードンズ・ランディングへ戻ると、そこにアンも戻っている。二人は農場にいたジャックの名義上の父を呼び寄せ、アーウィン判事、つまりジャックの実父が残した屋敷で静かに暮らすことにした。その後その名義上の父も死んでしまうと、ジャックとアンは、判事の家を売り払い、「世界のひきつり（the convulsion of the world）」の中へ、歴史から出て歴史の中へ入り、そして「時間の恐るべき責任（the awful responsibility of Time）」の中へと、二人して入っていこう[105]と考える。

◆　◆　◆　◆　◆

この小説の意味と魅力は、その視点設定に大きく負っていると言ってよい。物語のすべては、すでに述べたように、視点的人物ジャックの記憶や意識を通して立体的に伝えられる仕掛けになっており、しかもそれは十分計算されたうえで行われている。『すべて王の臣』が、もし「全能の視点（omniscient point of view）」を採用し、ウィリー・スタークの浮沈だけを平面的に、クロノロジカルに語るものであったら、それほど魅力ある作品とはならなかったかもしれない。『すべて王の臣』を奥行きと広がりを持った作品にしている決定的要因は、ジャックを視点とし、一人称で語らせる手法の採用である。またジャックの記憶や連想がいくつかのサブ・プロットを生み出し、物語に多層的で相互連関的な構造を与えてもいる。

二十世紀後半、特に一九六〇年代のことだが、一群のアメリカ小説が、その一人称の語りの視点によって関心を集め、再評価の対象になったことがある。その小説群とは、メルヴィル（Herman Melville: 1819–91）の『白鯨（*Moby-Dick*）』（1851）や短編「バートルビー」（"Bartleby"）」（1857）、ホーソーン（Nathaniel Hawthorne: 1804–64）の『ブライズデイル・ロマンス（*The Blithedale Romance*）』（1852）、それに本書第三章で見たフィッツジェラルドの『偉大なるギャッツビー』などである。これらはそれまで、捕鯨船船長エイハブ、法律事務所書記バートルビー、罪人更正運動家ホリングズワース、謎の富豪ギャッツビーについての物語というように受容されていたが、作品内部での意味の有機的完結を求める新批評的傾向から、一人称視点の意義付けに関心が集まり、その結果それぞれの小説は語りの主体たる平水夫イシュメール、法律事務所の弁護士、二流詩人カヴァデイル、堅気の証券屋ニックの物語として新たな意味を持つに至った。『すべて王の臣』もこのような一例に該当する。実際、『すべて王の臣』は、多くの文学史の記述が証言するように、六〇年代まではウィリー・スタークについての物語であった――ロッセン監督の映画もそうだった――が、現在ではジャック・バードンについての物語として受容されている。

ジャックは、第四章のはじめで「ウィリー・スタークの物語とジャック・バードンの物語とはある意味ではひとつの物語なのだ」と言っている。そこで彼はアーウィン判事の過去に探りを入れるという、過去への「第二の旅」について語りつつ、「最初の旅」に触れる。それはジャックが州立大学在学中に完成予定だった博士論文の執筆に絡む過去への探査を指すが、これは実を結ぶことなく、彼は大学を中退してジャーナリストになったのだった。その博士論文とは、家出した父エリスの母方の叔父、キャス・マスターーンの残した手紙や日記を編集し、キャスについての伝記を書くことだった。手紙や日記から浮かび上がってきたキャスは、ジョージアの辺境出身の男で、南北戦争の際に負傷して若死したのだが、彼は友人ダンカン（Duncan Trice）の妻アナベル（Annabelle）と不倫関係を持ち、それを知った友人は銃で自殺してしまい、友人の妻をも破滅させてしまった。不倫を犯したキャスは、まるでそれが南部に奴隷制という巨悪をもたらした根源であるかのような、とてつもなく大きな罪意識を背負い込み、使っていた黒人奴隷たちを解放した挙げ句、南北戦争ではわざと敵弾を受けるという自殺行為を行い、その結果病院で死亡したことが分かる。ジャックは大学在学中には、キャスという人間がよく理解できなかったので、結局これを博士論文に纏めること——彼の過去への「最初の旅」——は未完成に終わった。

そしてジャックが行うことになった「過去への旅」第二弾は、ウィリーに命じられたことによるアーウィン判事の汚点探索である。ジャックは当初、アーウィンが清廉潔白の見本のような人物ゆえ、いくら探したところで汚点など出てくるわけがないと信じていたが、探索を進めるに従い、そう信じていたのは自分の認識違いで、アーウィンは破産を免れるために、金欲しさから収賄事件を起こしたのみならず、ジャックの実母と不倫を働き、エリスを家出させてもいたことを知る。これらは過去の中に埋もれていたのだが、「真実を愛する」ジャックの第二の「過去への旅」によって掘り起こされ、その過程でジャックは実の父親を自殺に追い込むという予期せぬ結果を招いた。

ジャックが行う二つの「過去への旅」における発見には共通項として、関連人物たちの不倫、罪悪感、自殺がある。キャスは不倫を働いて友人を自殺させたが、自分も罪悪感から不倫の清算を戦争での自殺行為によって果たした。またアーウィンは、収賄と不倫という逸脱行為によってリトルポーを自殺させ、エリスを（ある意味では自殺に等しい）貧民街での布教活動へと追い込んだ挙げ句、最終的にはそれらがばれて自ら命を絶つ。キャスおよびアーウィンという、共にジャックの探求の対象となった人間は、共に奇しくもジャックの近親血縁者であり、かつまた互いに類似する運命を辿っていたことになる。ジャックの母親はアーウィンと不倫を働いたが、ジャックが心を寄せていたアンもウィリーと通じてしまう。アダムは父親の不正に罪悪感を覚え、ウィリーの病院に勤めることを承諾するが、妹アンがウィリーと通じたことを知ると罪悪感だけでなく激しい憎悪の念を燃やしてウィリー暗殺へと走り、命を落とす。さらにジャック自身も、知らぬこととはいえ、自らの「探求」によって実父を自殺に追い込むことになったし、アンの不倫も元を辿れば自分に一部責任のあることだった。このように、「ジャック・バードンの物語」は「ウィリー・スタークの物語」とも密接に絡まり合っているのである。

物語の最終局面で、ジャックは、母親と和解し、ウィリーとの不倫で傷ついたアンとともに、アーウィン判事の屋敷を出て、「世界のひきつり」の中へ、歴史を出て歴史の中へ入り、そして時間が持つ恐るべき責任を背負い込もうとする。死んだ「アダム」に代わり、自分がかつての初恋の人アン——このときアンは「イヴ」役を務めている——の手を引いて、歴史の「重荷（バードン）」を避けてきたジャック・「バードン（重荷）」は、その「重荷」を背負い、責任ある大人として、新たな試練へと船出する。ちょうど人類の先祖たちが、「原罪」の「重荷」を背負ってエデンを出ていったように。

誰の目にも明らかなように、ウィリーとジャックはきわめて対照的な人間である。前者は実践家で行動主義者、後者は傍観者で冷笑主義者である。ジャックがウィリーに近づいたのは、自分には欠落しているものをウィリーの中に見出したからに他ならない。それはウィリーの持つ行動力、カリスマ性、目的意識であった。ジャックは、ウィリーと行動を共にするうち、ウィリーおよび彼の周囲に渦巻く不正、悪、汚濁を目の当たりにすることになる。しかし同時に、ウィリーの要請で始めた過去への探求によって、自分も含め、自分の周囲にも同じような不正、悪、汚濁が渦巻いていることを知る。ジャックが語る対象としてのウィリーと、語る主体のジャック自身との間には、同心円状にオーバーラップする強固な類似性が存在しているのであり、それこそがすべての人間をしばる歴史の正体でもあった。ジャックは言う。

> 世界が巨大な蜘蛛の巣のようなもので、どんなに軽くても、そのどこに触れても、振動が最も遠い周縁部まで波を打って伝わり、眠っている蜘蛛はその疼きを感じて、とっさに眠気から醒めて飛び出し、その巣に触れたものに細い糸を掛け、その皮膚の下に黒い麻酔の毒を注入することを知った。（第四章）

その蜘蛛の巣とは歴史であり、過去である。人間はみな歴史的存在であり、その蜘蛛の巣状のしがらみの中で、互いに縛られている。こうした認識を踏まえての彼の船出は、世界に対して冷笑的であった以前のジャック――「大きな引きつり」には無責任に対処するのが相応としていたジャック――とは別人である。ウィリーと係わることで、人間世界の不条理、その善と悪の不可分性を目の当たりにし、それを通して、ジャックは自分自身が生きてゆく上で背負うべき責任に目覚めた。それは彼の自己認識であり、教育であり、向上である。彼が語るこの『すべて王の臣』という物語は、ある意味で、彼が以前未完に終わらせていた博士論文、あるいはそれ以上のものとして、読者の前に届けられたと言えるだろう。(106)

◆　◆　◆　◆　◆

ところで、この『すべて王の臣』では、クルマ、中でもウィリーの「大きく、黒いキャディラック」が勢いよく走り回っていることは既に触れたが、この問題をもう少し掘り下げてみよう。もっとも、この小説に登場するのはこの「キャディラック」ばかりではない。たとえば、ジャックが駆け出し記者の頃乗っていたとされる「T型」もそのひとつであるし、ジャックとアンとがかつて逢い引きに用いたという「ロードスター（roadster）」（メーカー名不詳というのが少しさみしい）もそのひとつである。特に後者は『偉大なるギャッツビー』で出征前にギャッツビーとデイジーとがルイヴィルでの逢い引きに用いた「白いロードスター」を想起させずにはおかない。どこかロマンティックな雰囲気を持つ「ロードスター」は、実質二人乗りのオープンカーで、(107)雨の少ない気候穏和なイギリスで貴族たちに好まれた、上品な「逢い引き」に打ってつけのクルマだと言えよう。ハリケーン常襲地帯で、ことさら気候の激しいアメリカ南部ルイジアナにはあまり向かないタイプのクルマと言えなくもないが、ここではジャックがアンに対して感じていた恋心を浮き彫りにする役目を果たす。

……ロードスターに乗ってランディングの町からドライブに出て、アクセルを踏み込んでは猛スピードで疾駆し、路上を当時のメカで可能なだけの速力を出し、松の木と干潟の間の家並みを越えていったが、その間アンの頭は私の肩にもたれ、髪の毛が私の頬を撫でた。アンは私にもたれたまま声を上げて笑い、言うのだった、「ああ、ジャッキー、ジャッキー、すてきな晩ね、すてきだわ、すてきな晩よ、すてきな晩だと言ってちょうだい、ジャッキー・ボーイ、言って、言ってよ。」（第七章）

オープンカーは、屋根がなく、概して車高も低いので、一般のセダンに比べ、スピード感やスリルをより多く味わうことができるが、ロール・バー（roll bar）[108]やシートベルトが装備されていればまだしも、それらがない場合は、乗員が文字通りむき出しで無防備な状態にあるだけに、危険度ははるかに高い。もっともそこが恋人たちには魅力なのであろう。日頃のクールさを忘れて全速力で飛ばすジャックと、そのジャックに身を任せるアンとの間の恋愛感情がじかに伝わってくるようである。

しかしやはり、われわれは「大きく、黒いキャディラック」に戻らねばならない。この「大きく、黒いキャディラック」という語は、あたかも交響曲の主題のごとく、この物語中幾たびとなく現れ、豪腕知事ウィリーの登場を告げるのである。そもそもこの小説は、シュガー・ボーイがハンドルを握るウィリーの「キャディラック」が、ギラギラと焼け付くようなハイウェイ五八号線を飛ばしてメイソン・シティーへと向かう場面から始まる。「白くて幅の広い」新しい舗装路がまっすぐにこちらへむかってきて、その中央を「タールの黒い線」がピカピカ光ってこちらに延びているという。周知のごとく、現在のハイウェイでは、一般にこの黒と白の関係は逆になっており、黒っぽい舗装路の中央部に白線あるいは黄線が引かれているのが普通であって、われわれはウォレンの記述を少々奇異に感じるが、「タールの」と書かれているところから、ラインの方が黒であるのは疑いようがない。やはり現在とは逆だったものと思われる。またそれゆえに、現在よりもドライバーにとっては危険な存在でもあったろう。「白い」幅広の舗装道路は当然目に眩しく、まともに目を開けさせてくれず、ついつい道路から（右の路肩を乗り越えて）車輪を踏み外してクルマごと転落し、命を落としたドライバーもひとりや二人ではなく、綿花畑の中のあちこちに事故現場を示す髑髏印が立てられることとなる。それというのも、

この地方には内燃機関（internal combustion engine）の時代が到来したからである。ここでは男はみなバーニー・オールドフィールド（Barney Oldfield）であり、女たちは気候のせいで薄手のモスリンや上等の綿モスや目の粗い刺繍の薄物を着てパンティーをはかず、気をそそるなめらかな小ぶりの顔をしていて、クルマのスピードでこめかみに垂れた髪が風に舞うと、そこには小さな球のように美しい汗がしっとり滲んでいる。小さな背骨を丸くして低く腰掛け、膝をダッシュボードの方へ高く曲げ、ボンネットの下の換気装置から導入される、お世辞にも涼しいとは言えぬ風を入れるために両膝を少し離している。この地方では、ガソリンや焼けるブレーキ・バンドや安ウイスキーの臭いのほうが乳香（ミルラ）よりも甘美なのだ。ここでは八気筒エンジンを搭載したクルマがうなりをたてて赤い丘のカーブを曲がり、砂利をしぶきのようにまき散らし、そしてそれらが平坦地に下りてきてこの新しい舗装道路に出くわせば、おお神よ、ドラ

イバーに憐れみを、という次第となる。(第一章)

バーニー・オールドフィールドとは、フォードが作ったレーシングカー「ナイン・ナイン・ナイン」(第一章参照)に乗り、世界で初めて一マイルを一分で(つまり時速六十マイル＝九十六キロで)走った人物である。男たちはみなバーニー気取りの暴走族さながらであり、また女たちはそのクルマに誠にあられもない姿で乗り込んでいる。貴族的伝統を持った古い南部が赤面、狼狽するような場面である。それが「内燃機関」、つまりはクルマとともにやって来たという。貴族的な古き良き南部は、先に南北戦争後、鉄道の進出により、そしてまたこの時代にはクルマの普及により、かくも退廃した状況に陥ってしまった。鉄道もクルマも北部産業主義の落とし子であり、南部社会の規律破壊者だという意識がのぞいている。わざわざ「内燃機関」といっているのは、これがクルマ一般を指すとも言えようが、同時にわざと「ガソリン車」を限定的に指しているとも言えよう。後者であれば、言外に「蒸気自動車」や「電気自動車」が意識されていることになり、南部にとって「蒸気自動車」や「電気自動車」ならば何とか許せるが、(騒々しく凶暴な印象の)「ガソリン自動車」ときた日には……という意識が働いているようでもある。

さて白い舗装道路の上を疾駆するウィリーの「大きく、黒いキャディラック」は、「八十馬力バルブ・イン・ヘッド(eighty-horsepower valve-in-head)」で「霊柩車とも大洋航路定期船ともつかぬ」大きくて「静かな優雅さ(quiet elegance)」をたたえていたという。またそれは「二トン近くの高価な機械」とも形容されている。ここで「バルブ・イン・ヘッド」というのは、頭弁式機関、つまり吸気弁、排気弁がシリンダー頭部にあるタイプのエンジン（アイ・ヘッド・エンジン〔I-head engine〕とも呼ばれる）で、ＯＨＶ（Over-Head-Valve）と略称される。これはつい一昔前までよく見られたが、現在ではほとんど見かけなくなったタイプのエンジンである。最近のエンジンは、エンジンバルブを作動させるカムシャフトがシリンダーブロックの上に位置するＯＨＣ（Over-Head-Cam）型が一般化しており、しかもそのかなりの部分が、パワーを上げるとともに燃焼効率も高めるために、吸気弁と排気弁を作動させる二本のカムシャフトをシリンダーブロック上方に置いたＤＯＨＣ（Double-Over-Head-Cam）型——通称「ツインカム」——になっている。

知事の座に登りつめたウィリーが所有する「大きく、黒いキャディラック」は「八十馬力ＯＨＶエンジン」搭載だったという。しかし、この「八十馬力」というのは、時代が一九三〇年代中期であることや、ウィリーが州知事としての権勢を誇示する道具として入手したクルマであることを考えると、ウォレンの思い違いではないかと疑われる。なぜなら、これではあまりに控え目な数字過ぎるからである。すでに第二章でみたように、一九一〇年代後期から二〇年代初期の高級車「パッカード」——ステータス・シンボルとして「キャディラック」の前任車——がすでに八十馬力超のエンジンを搭載していた。それから十五年以上経過した三〇年代中期の「二トン近くの高価な機械」としての「キャディラック」であれば、「八十馬力」を遙かに超える出力を有していたはずである。実際、ウィリーがジャックらと共にメイスン・シティーに向かったという一九三六年に的を絞れば、同年型の「キャディラック」はきわめて多彩なラインナップを有し、そのうちの豪華版にはＶ８（Ｖ型八気筒）どころかＶ12（Ｖ型十二気筒）あるいはＶ16（Ｖ型十六気筒）のエンジンが搭載され、このうちＶ16の最大馬力は百六十五馬力であった。この十六気筒エンジン――登場は一九三〇年だったというから一九三六年時点ではすでに十二分に熟成が重ねられていたはず――については、クルマの百科辞典『ボーリュー（*Beaulieu*）』に次のような記述がある。

これ（一九三〇年一月にお目見えしたV16エンジン）は三年以上にわたって開発が続けられてきたもので、豪華車マーケットの頂点を極めようとするキャディラックの挑戦だった。オウエン・M・ナケット（Owen M. Nacket）設計のこのエンジンは、基本的には、一本のクランク・シャフトを共有する形で二つの直列八気筒ＯＨＶエンジンを四十五度の鋏み角で（Vの字型に）配置したものである。それぞれのバンク（V字を構成する一方の側）には専用の燃料系統と排気系統が備わっていた。アイドリング時にはコンタクト・ポイント[109]が発する火花の音以外は何も聞こえなかったという。このV型十六気筒エンジンは、排気量七千四百二十ｃｃ、出力百六十五馬力だった。最高速度は、このエンジンが搭載されるボディー・タイプにもよるが、時速七十八マイルから九十マイルだった。このエンジンを搭載するクルマは五十四種類という多さで、スポーティーなロードスターやコンヴァーティブルおよびクーペから、フォーマルなリムジンやタウンカーにまで及んだ。これらはすべてフリートウッドが手掛けた準カスタム仕様のものばかりで、価格はロードスターの五千三百五十ドルから、タウン用ブロアムの九千七百ドルまでであった。

（*B*, I, 234）

V型エンジンは直列エンジンに比べれば全長を短くできるが、それでも一応シリンダーが十六個も並ぶわけであるから相当の長さになり、前部にこのエンジンを搭載するクルマのボディーもその全長はきわめて長いものとならざるを得ない。ウィリーのクルマが「霊柩車とも大洋航路定期船ともつかぬ」外見を持っていたのは当然だろう。
知事ウィリーの「キャディラック」がメイソン・シティーから、アーウィン判事のいるバードンズ・ランディングへ、夜を突いて百三十マイル（約二百キロ）を疾駆することになるそのとき、ジャックは次のような情景を頭に浮かべる。

人家が樹木の下で街路に並び、今頃は灯火も消えているだろう……玉突き場の前に立っている人々は顔を上げて大きな黒い枠のようなものが幽霊のように街路を走り抜けるのを見て、そのひとりがコンクリートに唾を吐きかけ、「あの野郎、偉いつもりになってやがるな」と言い、自分も大きな黒いクルマに乗れればよいのにと思い、霊柩車のように大きくてスプリングは母親の乳房のように柔らかで、エンジンは時速七十五マイルで走っても軋み音ひとつたてないようなクルマで、闇の中をどこかへ行きたいものだと思うだろう。わたしはそのどこかへ戻ってゆく途中なのだ。バードンズ・ランディングへと。（第一章）

ここでは「大きな黒い枠」、「幽霊のように」、「霊柩車のように大きく」、「スプリングは母親の乳房のように柔らか」で、そして時速七十五マイル（百二十キロ）ぐらいでは音ひとつたてない、などと形容される。いずれも、巨大なエンジンによる有り余るパワーと、柔らかいソファーに座るような安楽さの組み合わせを至上の価値と心得るアメリカ車の代表と言うべく、フワフワの柔らかいバネを装備し、乗る者をある種の船酔い状態にさせる「キャディラック」の特性をうまく述べた表現と言えよう。また、事件のすべてを知ることとなったジャックが回想のうちに語るからでもあろうが、この部分でも、「棺桶（大きな黒い枠）」、「幽霊」という比喩とともに「霊柩車」が形容に用いられ、やがて訪れるウィリーの死を連想させる。「大きく、黒いキャディラック」と扇動政治家ウィリーとはいつしか、ジャックの意識の中で一体になっていると言えよう。

とかく黒塗りの大型車は、見る者に威圧感を与える。「キャディラック」は、その外見の押し出しが強いだけになおさらである。このクルマの場合は威圧感というよりは優雅さの方が勝る。そもそも「ロールス・ロイス」は、大きなパワーは持つものの、ゆっくり悠々と走っても様になる。それこそ「ロールス・ロイス」というクルマのかけがえのない個性に他ならない。このクルマには慌ただしく走り回るような使い方は似合わない。一方これに対して、「キャディラック」――似たようなアメリカ製のクルマにはフォード系列の「リンカン（Lincoln）」もある――の個性は、優雅さとは少々無縁で、敢えて言えば威圧感ということになろうか。年式によって異なるし、最近のモデルは相当小振りになってしまったが、昔からほぼ一貫した「キャディラック」のイメージは、全盛期の派手なリア・フェンダー部分の張り出しが物語るように、とにかく大きく強く見せようとどこか鯱鉾立ちしたようなボディー・デザインを持つことである。もっとも、その外見は必ずしもこけおどしというわけではない。なにしろこのクルマには他車をリードするしっかりした「中味」(110)もまた備わっているからである。「キャディラック」は、その巨大なエンジンが発生する強大なパワーを活かしてある程度飛ばさないと様にならない。飛ばすとなると、車体が大きく派手作りなだけに、その威圧感は相当なものになる。これだけの体積と重量のクルマが高速で近づいてくれば、たいていのクルマは黙って道を譲るだろう。それこそ、実力も実行力もあるが、独裁的で下品な州知事ウィリーが、意識的であれ無意識的にであ

れ、このクルマを乗り回す際に期待していたことなのである。ウィリーは

時速八十マイルで州を飛び回り、警笛を鳴らして町から町へ、交差点から交差点へと、日に五つ六つ、あるいは七つ八つも演説をした（第三章）

という。それができたのは「キャディラック」だったからと言えるだろう。彼は「キャディラック」を選んだわけだが、その「キャディラック」が彼を強引に走らせた。やむなくウィリーに道を譲った者たちは、もちろんあまりいい顔をせず、「あの成り上がり者めが！」と苦々しくつぶやく。そしてそれはいずれウィリーの命運を決してゆくのである。

余談ながら、筆者は小学生だった頃の一九五〇年代中頃、まだそこここに焼け跡の名残を留める名古屋の街を駆け抜ける大きな黒い「キャディラック」をしばしば見かけ、子供心にも強い印象を受けた。その印象の中心にあるのは、このクルマの特徴的なテール・フィン、つまり金魚の尻尾のようにピンと跳ね上がったリア・サイドパネルの先端部のイメージだった（挿絵19）。あちこちがピカピカ銀色に光る物凄く大きなクルマで、それがすうっと滑るように通り過ぎてゆく。その姿にはどこか不気味さを感じさせると同時に、どこかまた憧れをも感じさせるものがあった。今にして思えば、その頃が本国アメリカで「キャディラック」が「アメリカン・ドリーム」の象徴としてその栄華の絶頂に位した時期だったことになる。

「キャディラック」と言えば、ある人々は、終戦直後の日本にコーン・コブ・パイプを口にくわえ

挿絵 19
Cadillac coupé de ville（1959 年式）独特のテール・フィンが最も強調されたタイプ。
（*Beaulieu* による）

挿絵 20
占領軍司令官 MacArthur が持ち込んだ Cadillac（1947 年式）
（毎日新聞『昭和自動車史』より）

て飛行機を降り立った占領軍最高司令官D・マッカーサー（Douglas MacArthur: 1880–1964）を思い起こすであろう。彼は本国から「キャディラック」を運び込み、占領下の我が国でこれを夫人ともども愛用していた（挿絵20）。占領下の日本で絶対君主のように振る舞ったマッカーサーは、その立ち居振舞いには威圧感、行動には強引さが目立つ軍人で、「キャディラック」がお似合いだったアメリカ人のひとりと言えよう。もう少し若い世代の人々は、「ロックの王様」プレスリー（Elvis Presley: 1935–77）を思い起こすに違いない。彼の愛車もまた「キャディラック」であった。派手好きで、セックスアピールが強く、しっかりした実力を持ち、少々下品で不良っぽいところのあるこの世紀のロック歌手ほど、「キャディラック」がよく似合ったアメリカ人は少ないかもしれない。さらにまたモノクロ時代の活劇映画ファンは、シカゴ暗黒街の帝王カポネ（Alphonso Capone: 1899–1947）を思い起こすことであろう。このマフィアの総帥も特注の「キャディラック」を乗り回し、対立する他のギャング団やＦＢＩの面々と派手な撃ち合いを演じていた。また比較的早い時期にW・ウィルソン（Woodrow Wilson: 1856–1924）が使用して以来、ＦＤＲやアイゼンハワー（Dwight D. Eisenhower: 1890–1969）をはじめ、アメリカの大統領はその専用車として「キャディラック」を愛用してきており、最近ではブッシュ親子もそうである。

基本的に「血（血統・家柄）」が物を言い、「品格」を重んじる伝統社会ヨーロッパでは、どれほど高性能だろうと、このアメリカ製高級車「キャディラック」はあまり支持されなかった。なかでも英国王室が「キャディラック」を購入する図を、われわれは想像できないし、実際一度も「キャディラック」を購入しなかったようである。このアメリカ車は、実力と威圧感を備えてはいるが、「品格」は皆無に近い。一方、プレスリーやカポネは「ロールス・ロイス」を欲しがることはしなかった。彼らはこのクルマの「品格」とは無縁の存在で、むしろそれがまぶしかったのであろう。いっそあのギャッツビーも黄色い「キャディラック」（あるいは「パッカード」）にしておいたなら、あのような悲劇を招くことはなかったかもしれない。

どけ、どけ、とばかりに道を空けさせ、見るものに羨望と反感とを同時に喚起しながら――そして警笛まで鳴らしながら――その巨大な体躯を目的に向かって突き進ませる。これはそのまま「知事ウィリーの生き様でもある。ジャックの目に「慈善家」であるとともに「独裁者」としても映じ、途方もないエネルギーで権力の高みを目指すその姿が、この世における善悪の絡み合いの問題をジャックに考えさせたウィリーは、まさに「大きく、黒いキャディラック」に他ならない。ウィリーの愛車に「棺桶」、「幽霊」、「霊柩車」のイメージを併せ見たのはジャックである。それは「黒いキャディラック」と一体化したウィリーの独善的強引さが孕む不吉さゆえだったにちがいない。

一方、ジャックの「スプリングは母親の乳房のように柔らかで」というこのクルマの形容には、次々と男を変える自分の母親を軽蔑する彼が、大きく、乗員すべてをやさしく、穏やかに包み込んでしまうウィリーの「キャディラック」に、どこか理想の母親像を重ね合わせている証でもあるように思われる。周知のようにごく最近まで、アメリカ車は一般に、フワフワの柔らかなスプリングとソファーのように安楽なシートを特徴としてきた。そのためヨーロッパ車に比べて揺れ――特に横揺れ（rolling）――が大きい傾向を持ち、乗員はよく船酔いのような気分になるといわれた。巨大にして強大なパワーを持つエンジンと、やたらソフトなスプリングのコンビネーションは、工学的観点からすれば明らかに矛盾であろうが、(11)「キャディラック」の奇妙で一見合理性を欠くこのコンビネーションこそ、ある意味で、古き良き時代のアメリカ家庭の理想を象徴していたようにも思われる。逞しく静かにぐいぐいと前進する力強さを湛えた男性的な父親と、対照的にすべてを優しく包み込んでしまう女性的な母親とが、互いにその長所、欠点をうまく補いながら機能した家庭を、である。余談だが、最近のアメリカ車は、ドイツ車などヨーロッパ車の影響を受け、従来よりは小粒のエンジンに、比較的堅目で強靱なスプリングを備えるようになってきており、それはアメリカ家庭の理想もまた昔とは変わったことと関連するのかもしれない。父親はかなりスケールが落ち、逆に母親はずいぶん強くなったというわけである。

そう言えば、その「キャディラック」を自分の分身のごとく、縦横無尽に走らせる「ボス」ウィリーは、家出してしまった弱々しい父親エリスしか知らぬジャックにとって、そのタフな行動力において、謹言実直なイメージを持つアーウィンとともに、逞しい父親のような存在である。私設秘書としてウィリーに付き従い、彼の「キャディラック」に乗って移動するとき、後部座席に座るジャックは「父」の背中(「ボス」ウィリーはシュガー・ボーイとともに前席〈助手席〉に座るのを好んだ)を眺め、同時に「母」に抱かれていることになる。またそれはジャックを「大きく、黒い」世界、荒っぽくて腐敗した大人の世界へと誘う役割をも果たしていたと言ってよいのではあるまいか。

第七章　惨めな「再改装バス」と『笑い男』(112)

――「マイノリティー」の度重なる悲哀――

短編とはいえ、『笑い男（"The Laughing Man"）』（1949）は、第二次世界大戦以降最大の人気作家サリンジャー（Jerome D. Salinger: 1919– ）の文学世界を要約するような作品である。ここには彼が異常なまでのこだわりをみせる「イニシエーション（initiation）」という主題が典型的な形で提示されているのみならず、アメリカ社会におけるマイノリティーを包む深い疎外感、孤独感が伝わってくるうえ、戦争の影までもが感じられる。こうした世界を象徴するのが、この物語に登場するボーイ・スカウトの団長であり、それ以上に、その団長が団員の少年たちの送迎用として用いていた文字通りボロボロの「再改装された営業用バス（reconverted commercial bus）」だと言ってよいであろう。

この短編は『ナイン・ストーリーズ（*Nine Stories*）』（1953）と称する作品集に収められている。サリンジャーが、一九四〇年代後半、つまり第二次世界大戦終了後から次々と雑誌『ニューヨーカー（The New Yorker）』に寄稿した短編の中から、自分で「九つ」を選んで編んだもので、ベストセラー長編『ライ麦畑でつかまえて（*The Catcher in the Rye*）』（1951）――以下『ライ麦』――とともに、サリンジャー文学の白眉を成すものである。この短編集のエピグラフには、「二つの手を叩くと出る音をわれわれは知っている。しかしひとつの手を叩いて出る音は何か？（We know the sound of two hands clapping. But what is the sound of one hand clapping?）」という江戸中期の禅僧白隠《はくいん》（1685–1768）による「禅の公案（Zen Koan）」が掲げてあり、サリンジャーの東洋文化への強い関心を示すとともに、収録作品に通底する問題——引き籠もり人間たちの病状と超越的救済法——が示唆されているように思われる。

ところで、サリンジャー文学で思い起こされるクルマといえば、ひとつには、『ライ麦畑』の主人公ホールデン（Holden Caulfield）が、冬に一面氷が張った「セントラル・パークの池（the lagoon）」のアヒルたちはどうなるのかと、突拍子もない質問をして運転手たちから馬鹿にされる場面に登場するタクシー（イエロー・キャブ）かもしれない。これはホールデンが、成績不良を理由に有名予備校を放校処分となって身の置き所のない自分を真冬の「アヒル」に喩え、自己憐憫を交えつつ自らの疎外感を表現した一場面として有名であり、しかも二度（第九章、十二章）にわたって出て来るだけに印象的である。先にみた『日はまた昇る』と同様、大都会をあてもなく走り回るタクシーの中で、行き場のない疎外者たる乗客ホールデンが、明らかにマイノリティーと思われるタクシー・ドライバーたちと交わす噛み合わない会話は、ホールデンの——ひいては現代人一般の——疎外感、孤独感を余計に強めている。[113]

『ライ麦』では、この他、ホールデンの兄でハリウッドの「御用作家（prostitute）」D．B．が、カリフォルニアのサナトリウムに収容されているホールデンを見舞いにやって来るときに乗ってくる英国製高級車「ジャグァー（Jaguar）」（第一章）、予備校に講堂を寄付した俗物葬儀屋オッセンバーガー（old Ossenburger）が乗り回す「でっかいキャディラック（this big goddam Cadillac）」（第三章）、寮生ブロサード（Mal Brossard）とホールデンとが近くの町へ行くために乗る「バス」（第五章）、ホールデンが心を寄せる女性ジェーン（Jane Gallagher）とホールデンのルームメートのストラドレーター（Stradlater）とがデートでカーセックスに用いたのではないかと心配する予備校野球コーチ所有のクルマ（第六章）、などなどが続々と登場する。

兄のD．B．所有の「ジャグァー」をホールデンは「時速二百マイル出せるイギリス製の小型車のひとつ」で「四千ドルもする」と言っている。値段は確かにそのくらいだったかもしれないが、速度のほうは、いくら何でも「時速二百マイル」（三百二十キロ）も出せる市販のクルマというものは考えられないので、「時速二百キロ」の誤りか、もしくはホールデン一流の法螺《ほら》と思われる。時速二百キロならば（それでも時代を考えれば少なからぬ驚きだが）、この当時すでに「ジャグァー」には「ＸＫ１２０」（挿絵21）というモデルがあり、当時の『モーター（*Motor*）』誌のロード・テストによれば時速百二十四・五マイル、すなわちちょうど時速二百キロで走ったという（*Beaulieux* II, 777）。このジャグァー「ＸＫ１２０」は、排気量三千四百二十二ｃｃのＤＯＨＣエンジンを搭載し、最大出力百六十馬力を発生した。またオッセンバーガーの「キャディラック」は、前章でも触れたとおり、戦前からすでに「アメリカン・ドリーム」の象徴だったものだが、アメリカ並みからいっても「でっかい」このクルマが最もてはやされたのは（この小説の出版時期から若干後に当たる）五〇年代中葉から六〇年代初めであり、オッセンバーガーの「キャディラック」はこの「葬儀屋」の俗物性のみ

挿絵 21
Jaguar XK120（XK1）Roadster（1951 年式）
（*Beaulieu* による）

ならず、それなりの財を成すだけの、時代の動きや人の好みを読む彼の何らかの能力をもおそらくは物語っていよう。

しかし逆説的だが、何といっても『ライ麦』の極めつけは、ホールデンが世俗的な美女サリー（Sally Hays）との間で行う次の発言ではなかろうか。

「たとえば大抵の人間はだね、クルマ狂いなんだよ。ボディーにちょっと擦り傷ができれば気に病むし、どういうクルマが一ガロンで何マイル走るかなんていう話をしょっちゅうしているし、真っサラなクルマを手にすればその瞬間にもう、それを下取りにしてもっと新しいやつを手に入れようと考え始める。中古車だって俺はキライだね。クルマなんぞには興味が湧かないんだよ。どうせのことならむしろ馬を持ちたいもんだ。馬は少なくとも人間的だからね。馬なら少なくとも……」（第十七章）

ホールデンは、池のアヒルに共感し、博物館に安らぎを覚え、クルマよりは馬を好むという若者であるが、これらがみなセントラル・パークに直結しているのは興味深い。池のアヒルはもとより、博物館はセントラル・パークの一部として公園北東部にあり、またセントラル・パーク南には有名な馬車のたまり場があって公園の南部分を周遊している。いずれにしてもこの公園が、大都会の喧噪のど真ん中にあって、しかもその喧噪や時の流れから完全に切り離された不思議な空間であることが、大人でもなく子供でもなく、その中間で宙づりになっているモラトリアム人間、ホールデンの状況とぴたりと一致するのである。セントラル・パークはホールデンにとっての駆け込み寺のごときと言えよう。

また『ナイン・ストーリーズ』をみると、その第一話『バナナフィッシュにはうってつけの日』（"A

Perfect Day for Bananafish")』(1948)に、主人公でグラス家の長男シーモア(Seymour Glass)」が妻ミューリエル(Muriel)とニューヨークから新婚旅行地マイアミまでドライブしてきたクルマと、それに関連してシーモアが「木にクルマをぶつけ」ようとして壊したという奇妙なエピソードが紹介され、主人公の戦争ノイローゼと性的不能とを暗示する。第二話『コネティカットの足弱おじさん("Uncle Wiggily in Connecticut")』(1948)では、女主人公エロイーズ(Eloise Wengler)の家に約束の時間より大幅に遅れて「自分のコンヴァーティブル」でやって来る友達ジェーン(Mary Jane)が、ハイウェイからの道順についてあれこれ言い訳する場面で始まり、その自己中心性と無神経さを露呈する。第三話『エスキモーとの戦争近し("Just Before the War with the Eskimos")』(1949)は、女主人公のジニー(Ginnie Mannox)とその友達セレナ(Selena Graff)とがタクシーの車内で、タクシー代支払いをめぐって言い争う見苦しい場面で始まり、その後ジニーがセレナの兄と接触して少しだけ精神向上を果たすための前提状況を作り出している。また名作『エズメに捧ぐ("For Esme—with Love and Squalor")』(1951)では、主人公「私(なぜか途中でX軍曹に化ける)」の戦友Z伍長が、戦闘中に「風防ガラス」を下げたまま走らせたという「ジープ(a Jeep)」が登場し、何かとカッコを付けたがる伍長の俗物根性をあぶり出す役を果たす。このようにサリンジャー文学においては、クルマによって人物の性格や問題点を示す工夫が巧妙に行われていると言ってよいだろう。そうした中で『笑い男』は、とりわけその工夫が光る作品である。

◆ ◆ ◆ ◆ ◆

一九二八年、言うまでもなくあのウォール街での株価大暴落の前年に当たる年、当時ニューヨークのボーイ・スカウト「コマンチ団（the Comanche Club）」の団員だった語り手「私」は、団長のゲザツキー（John Gedsudski）と、その団長が団員たちに「連続もの」として語ってくれた「笑い男（the Laughing Man）」という荒唐無稽な物語のヒーローとの両方に、幼い子供たちがしばしば抱くような強い憧れの念を抱いていた。団長はスポーツ万能で、数々の栄誉を得、ニューヨーク大学法学部の学生となるに至ったものの、決して肉体的に恵まれた存在ではなく、背は一六〇センチにも満たず、額は極端に狭く、鼻は大きすぎ、胴長で、肩幅は狭く「なで肩」とあって、どうみても風采の上がらない苦学生に他ならなかった。しかし少年たち、特に語り手の「私」にとって、ゲザツキーは紛れもなきスーパー・ヒーロー的存在であった。団長の彼は、学校帰りの団員たちを自家用おんぼろバスに乗せては、ふつうはセントラル・パークに行ってスポーツをさせたり、休日などには郊外のキャンプ地などにも連れて行ってくれた。雨の日は決まって博物館見学であった。公園で子供たちがスポーツをやっていて、あたりが暗くなってくると、団長は自家用おんぼろバスの中で、続き物の「笑い男」という話をしてくれるのだった。

団長が語る「笑い男」というのは、幼いときに中国人の盗賊団に誘拐され、宣教師の親が宗教上の理由から身代金支払いを拒否したため、怒った盗賊によって頭を万力にかけられて顔が完全に歪んでしまい、それを芥子の花弁で覆い隠してはいるものの、その仮面の下からのぞく口が何やら「笑っている（laughing）」ように見える主人公——したがって「笑い男」という——が繰り広げる冒険物語である。神出鬼没にして不死身、巨万の富を有するが欲はなく、慈善行為にも及ぶ義賊でもあるスーパー・ヒーローの「笑い男」は、奇妙な仲間たち（口達者な森林オオカミ、愛すべき小人、白人に舌を焼き切られた巨人のモンゴル人、それに美しい欧亜混血女性）とともに、「チベットの嵐の海岸」の小屋に住み、米と鷲の血を主食とする。そしてかのロビン・フッドやわが鞍馬天狗さながらの存在で、国境も何のその、世界を股にかけて駆けめぐる。その「笑い男」はパリで、宿敵にして探偵であるデュファルジュ（Marcel Dufarge）と「服装倒錯者（transvestite）」であるその娘とついに対決するに至り、デュファルジュの奸計（森林オオカミをおとりに用いて「笑い男」を捕縛する）にはまって木に縛り付けられ、探偵の発射した四発の弾丸を受けてしまう。生死を確認しにきた父娘に対し、「笑い男」は突然顔を上げ、恐ろしい笑いを発し、弾丸を吐き出す。これをみたデュファルジュ父娘はショックで即死するが、その後何日も縛り付けられたままの状態で死が迫った「笑い男」は、仲間の小人オンバ（*homme bas* ＝フランス語で「背の低い人」の意）を呼び寄せ、彼が鷲の血を携えて到着すると、さらに森林オオカミの名を呼ぶ。オンバがオオカミはデュファルジュに殺されてしまったと告げるや、怒りで鷲の血の入った瓶を握りつぶし、最後には芥子の花弁の仮面を自ら剥ぎ取って死んでしまう。

　ところで、この「笑い男」という荒唐無稽な物語を少年たちに語ったボーイスカウト団の団長ゲザッキーは、その間実生活で、アメリカ東部の名門私立女子大に通う金持ちの娘メアリー（Mary Hudson）と恋愛関係にあった。メアリーの写真が団長のバスの運転席バックミラーの辺りに貼られる頃になると、彼女が実際バスに乗り込んでくる場面も現れる。団長をアンパイアとする子供たちの野球試合にも積極的に割り込んでくるメアリーは、そのプレーぶりから判断してもいかにも積極的なアメリカ娘で、試合中にも次々と進塁し、一刻も早い「ホーム突入」を図るなど、団長との結婚を強く望んでいたのは明白である。またどうやら団長によってメアリーは妊娠してもいるらしい。しかし、積極的なメアリーとは奇妙なまでに対照的に、少年「私」の目に映った憧れの団長は、なぜか終始及び腰、後向きの姿勢態度を取り続け、結局団長とメアリーの仲は、喧嘩を最後に唐突な終わりを迎えてしまい、ついに実ることはなかった。二人の破局の理由は不明である。そもそものようなことが九歳の少年に理解できるわけもない。しかし団長の破局は、彼が子供たちに語り続けていた「笑い男」のストーリー展開にも破滅的影響を及ぼす。スーパー・ヒーロー「笑い男」は、あろうことか、宿敵の策略にはまり、仲間を殺され、自らも死んでしまう。団長に対してのみならず、「笑い男」に対してもまた深い思い入れを抱いていた語り手「私」は、ふたりのスーパー・ヒーローの相次ぐ破局を前に、いわばダブル・ショックを受け、バスから降りて街灯の根元に「赤いティッシュ・ペーパー」が引っ掛かって風にはためいているのを見ると、「笑い男」が臨終に際して剥ぎ取った芥子の仮面を思い出し、「歯の根も合わぬ」衝撃を受けたと語っている。不死身のスーパー・ヒーローたちに訪れる思いもかけぬ破局、そして死は、語り手「私」にとって、胸躍る子供時代の突然の終焉、醜悪で理不尽な大人の世界との突然の出会いを意味するもので、文字通り「認識の衝撃（shock of recognition）」を伴った人生開眼、イニシエーションの儀式であった。時代が一九二八年という、大恐慌の前年にわざわざ設定されているのも、繁栄の二〇年代に突然訪れた衝撃的終焉（およびその後に訪れた暗く危機的な時代）と語り手「私」の子供時代の終焉（およびその後の大人の時代［経験の時代」）とを巧みに結びつけており、まことに絶妙である。なお、興味深いことに、この語り手「私」は、三十歳の現在にあってもなお、以下の言葉にも表れているように、未だに九歳当時の精神性を完全には卒業しきってはいないようである。

いまここでやろうとは思わないが、必要とあらば無理矢理にでも、また何時間でも、笑い男がパリと中国の間を行き来した話を読者にしようと思えばできるほどだ。なにしろ私は今もこの笑い男が自分の超一級の先祖――たとえば、ロバート・E・リーみたいな人物――で、生まれ持った美徳が、濃い薄いはともかく、血の中を密かに流れているのではないかと考えている。もっとも、この幻想は私が一九二八年当時に抱いていたものと比べるとささやかなものではあるが。（傍線筆者）

子供の頃の出来事が与えた衝撃の強さを物語るとも言えようが、たいていの人間がその後それを脱して大人の世界に埋没し、すっかり忘れてしまいさえすることを思えば、語り手「私」が今もってそれにとらわれ、スーパー・ヒーローの「笑い男」礼賛をほとんど真顔で行っているというのは、子供の世界から大人の世界への移行が必ずしもスムーズに行っておらず、今もなお両方の世界の間で宙づりになっている、あるいは大人になり切れず、一種のモラトリアム状況に留まっている可能性が高いことを示していよう。これは、『ライ麦』のホールデンに代表されるように、サリンジャー文学に特徴的な人物群像の一端を成すと言えるだろう。『笑い男』の意味上の焦点は、語り手の「私」が二十数年前に体験した怖い出来事そのものの衝撃性にももちろん当たっているのだが、それに加えて重要なことに、それが二十数年後の現在にも及ぼし続ける影響の永続性にも当たっているのである。読者は、よく考えると、この物語を語っている「私」とはどういう人間なのか、少々心配になってくるに相違ない。サリンジャーにおけるイニシエーションは、なぜか中途半端に終わるがゆえに、どれもこれも簡単には終結しきらないのが特徴のようである。

◆　◆　◆　◆　◆

ところで、語り手「私」が語る『笑い男』という物語には、全編にわたって、ある支配的イメジャリーが強く働いている。すでに言及したように、それはアメリカ社会におけるマイノリティーのそれである。言うまでもないが、マイノリティーとは、アメリカ社会における少数派民族集団のことで、WASP（White Anglo-Saxon Protestant）という名の多数派から偏見や軽蔑の目で見られてきた人々を指す。『笑い男』の団長のような東欧系ユダヤ人はその代表的存在である。このマイノリティーに付きまとう悲哀、マイノリティーが背負う残酷とも言える宿命こそは、『笑い男』のみならず、サリンジャー文学全体に通底する一大要素と言える。さらに興味深いことに、『笑い男』では、これが団長ゲザツキー、彼の語る物語「笑い男」、それに彼が所有するおんぼろバスという三重構造で強調される。挿話「笑い男」の同名の主人公は形を変えたゲザツキーの自己投影であるし、彼が団員送迎用に用いるおんぼろの「再改造バス」はいろいろな面で彼自身の運命を体現している点が注目される。

さて、こうした意味でまず何といっても、われわれは団長ゲザツキーその人にあらためて注目しなければならない。ゲザツキー家は、その名がいみじくも示すように、ロシアあるいはポーランドなどからの東欧系ユダヤ移民である。物語中に特別の言及はないが、時期的にみれば、彼の家族はおそらく革命前のロシアで展開された厳しいユダヤ人弾圧を逃れ、第一次世界大戦［1914-18］（その最中の 1917 年にロシア革命が勃発した）前にアメリカへ渡ってきたものと思われ、ゲザツキー自身は一九二八年当時で大学生だったというから、二十世紀はじめの誕生であり、生まれはアメリカでなくおそらくは移住前の東欧で、育ちがアメリカという可能性が高いことになる。「ひどく内気で穏和な二十二、三歳の」この青年は、マンハッタンの対岸スタテン島に住み、苦学してニューヨーク大学（New York University：市南部にあるアメリカ最大級の私立大学）法学部に通っているが、そのためのアルバイトこそ、語り手「私」が子供の頃に所属していたボーイ・スカウト「コマンチ団」の指導員というものであった。彼が取得したいくつかのメダルが証明するようにスポーツ万能とはいえ、語り手も認めるように、団長の肉体的条件、特に外見はまったく恵まれたものではなかった。背は低く、ずんぐりしていて、顔立ちもよくない。これでは、いかに実力本位のアメリカ・スポーツ界とはいえ、スーパー・ヒーローへの道は、その分だけ初めから閉ざされていたようなものである。語り手が引き合いに出す当時の野球選手たちの名が皮肉に響くというものだ。彼が率いるボーイ・スカウトには、アメリカ先住民族（これもまさしくアメリカ社会での「マイノリティー」に他ならぬ）のひとつで、十九世紀末、多数者（マジョリティー）たる白人との間に壮絶な闘争を繰り広げ、絶滅寸前に至った悲惨な歴史を有するコマンチ族の名が冠してあり、さらには彼が語った物語「笑い男」の主人公もまた、その生い立ち、行動、運命は、すべて極度にデフォルメされてはいるものの、明らかにゲザツキー自身のものである。さらにその「笑い男」に付き従う何名か（何匹か）の手下たちも、世の中から不当な仕打ちを受けたものがほとんどである。

ゲザツキーの語る「笑い男」は、身体的に大きなハンディキャップを背負った気の毒な青年が文字通り世界を股にかけ、スーパー・ヒーローとして変幻自在の大活躍をするという、二十世紀のアメリカ社会ではありそうもない「ロマンス（romance ＝ 空想物語）」と言えよう。ゲザツキーは、実世界では決して成就されることのない自分の夢を、厳しい現実を背景に、そしてクラブの子供たちを前にして、空想を縦横に飛躍させ、誇張を駆使して語ったわけである。荒唐無稽なその物語は、自分とメアリーとの出逢いに始まった恋が順調に運んでいた間（それは何ヶ月［a couple of months］にもわたったという）は、血湧き肉躍る内容で展開するが、ふたりの関係が破局を迎えるや、あっけなく悲劇的終幕へと突き進む。

結局のところ、『笑い男』の骨格を成すのは、団長ゲザツキーと恋人メアリーとの、人種的、社会階層的にみて、初めから成就される見込みの薄かった恋である。それは、マジョリティーを代表し、（自分の美貌も手伝って）何らの劣等感も持たないメアリーの積極的で屈託のない態度と、マイノリティーを代表し、（自分の身体的ハンディも手伝って）劣等感に充ちたゲザツキーの自信なく、消極的な態度との好対照に象徴される一九二八年当時のアメリカにおける社会的現実と言ってもよい。

風采の上がらない貧乏なユダヤ人という、いわばアメリカ社会でありったけのハンディを背負わされたゲザツキーに対し、一方のメアリーは、ニューヨークの高級住宅地ロング・アイランド（ゲザツキーの居住地スタテン島とは、ちょうどマンハッタンを挟んでほぼ対称の位置にあり、両者の当時における社会的地位の対照性を物語る）に住む美貌の娘であり、その名が示すようにＷＡＳＰの由緒ある家柄に属し、彼女が通う有名女子大（マサチューセッツのウェルズレイ）や彼女が身につけている「ビーバー・コート」（高嶺の花の象徴）が物語るように、金には何ら不自由することのない娘でもある。このふたりの関係は、『偉大なるギャッツビー』のギャッツビーとデイジーの関係を（またその結末をさえも）思い起こさせずにはおかない。

二人の馴れ初めは、おそらく、スポーツ万能のゲザツキーの中にメアリーが逞しい男性を見出したことなのだろうが、いかにスポーツ万能とはいえ、どこの馬の骨とも知れず、風采も上がらぬ、貧しい東欧系ユダヤ人青年と、金持ちＷＡＳＰの美人娘との結婚は、実質上初めから論外であった。メアリーの親たちもおそらく猛反対したに違いない。「笑い男」と対決して致命傷を与える探偵マルセル・デュファルジュにはメアリーの父親の姿が重ね合わせられているようにも思われる。もっとも、ゲザツキーにとって破局の根本原因は、そういう外的要因もさることながら、おそらくは自分自身の中にあった劣等感だったのではないか。バスにメアリーが乗り込んできたときの彼の態度や、野球をしている場面で語られる部分からは、大胆で積極的なメアリーの結婚要請を前にしたときの、弱気で神経質で臆病なゲザツキーが際立つ。かりにメアリーの家族の強い反対があったにせよ、少なくともメアリー本人は終始積極的であった。問題はメアリーの積極さによって増殖された自分の劣等感のほうであったのだろう。人間の劣等感は、最終的には、それを抱かせる側というよりも、それを抱く側にとっての問題なのであって、後者がとかく過剰反応を取りがちになる点が何とも悲しいところなのだ。恋人メアリーに自分のむさ苦しいアルバイト現場を見られること自体、神経質なゲザツキーにとっては、メアリーが想像する以上に辛いものだったのではあるまいか。マイノリティーの人間たちは、このゲザツキーのように、ついつい自分を劣等感ゆえに、ますます自分を苛む状況へと追い込んでしまい、自分自身はもとより、相手をもまたこのように不幸にしてしまう。それが救いようのない悲劇へ繋がってもゆく。ゲザツキーは、絶望の「笑い」とともにすべてを破壊し、それが語り手「私」にも永続的な衝撃を与えてしまう。聖母マリア（Mary）ともなり得たであろうメアリーを、ヨハネの名（John）を持つゲザツキーは手放し、（サロメの手を借りるまでもなく）自らその首を切り落としたことになる。メアリー（マリア）の胎内にいたであろう彼らの子供（キリスト?）も、けっきょく生まれてくることはなかったにちがいない。

ついでながら、語り手「私」は、親がわざわざ金を払ってまで息子をボーイ・スカウトに加入させられるだけの経済的余裕を持っていたことから判断して、いわゆる中産階級に属していたものと思われ、極貧の団長と富豪の恋人との中間に位置する社会的階層にあったと推定される。しかしもとより当時九歳の子供であった「私」には、団長とその恋人が、社会階層的にみて、結びつく見込みの薄い間柄であったことなど分かるはずもなかった。いかなる出来事がふたりの間を引き裂く直接的なきっかけとなったのか、これも九歳の「私」には分からなかった。そして読者を驚かせることには、三十歳になった今でも語り手「私」は、その精神状況が当時とあまり変わっていないようなのである。つまり「私」は、二十一年前の衝撃があまりに強すぎて、その後もすんなり大人の世界へと踏み込んで行けず、宙ぶらりんの状況に留まったままであり、サリンジャーが描き続けた「バナナ・ホール（banana hole）」――バナナフィッシュたちの閉じ籠もり場――に閉じ籠もってしまっているのではないかと思われる。(114) こういう傾向は広く現代人に共通する一種普遍的心性でもあり、サリンジャー文学の人気の秘密はそうした普遍性にあると言えようが、同時にまたこれ――閉じ籠もりの心性――は比較的ユダヤ臭さの少ないユダヤ作家サリンジャーにおけるユダヤ臭さの一例でもある。困難を前にすると自衛のために固い殻に閉じ籠もり、反撃に備えることこそ、ユダヤ民族が昔も今も示してきた特徴的姿勢に他ならない。語り手「私」も、社会階級はかなり異なるが、実はゲザツキーと同じユダヤ人という可能性も考えられるのではなかろうか。幼き日の異常なまでの思い入れも、彼自らが先の語りの中で言及しているように、「血は水よりも濃い」からではあるまいか。となると、ゲザツキーのマイノリティーとしての悲しい宿命は、語り手「私」にも受け継がれ、来るべき不況の時代において、共有されてゆくのかもしれない。

◆　◆　◆　◆　◆

さて、繰り返すが、この物語で語り手「私」の「認識の衝撃」――どうやら彼にとっては不完全に終わったらしい人生の通過儀礼の一部――の舞台を成すのが、団長所有のボロボロになった「バス」である。ボーイ・スカウトの少年たちの家々を回り、彼らを載せ、あちこちへ連れていくのに用いられたこのおんぼろ「バス」は、この物語の冒頭から登場する。

学校がある日は、毎日午後三時になると、われわれコマンチの二十五名は、百九番通りとアムステルダム街の交差点に面した百六十五公立学校の男子専用出口の外側で、出迎えてもらった。出迎えのクルマが来ると、われわれは押し合い、こづき合いで、団長の再改装された営業用バス（Chief's reconverted commercial bus）に乗り込んだ。すると彼はわれわれを（われわれの両親との金銭的取り決めに従って）セントラル・パークへと連れて行ってくれたのだった。

セントラル・パークに着いてから日が暮れるまで、フットボールやサッカーや野球をして子供たちは遊んだが、雨の午後などは決まってこの「バス」で、団長は団員を自然史博物館か、メトロポリタン美術館かのどちらかへ連れていった。[115] 土曜や休日になると、朝早くから団長は一軒ごとにこのおんぼろ「バス」で迎えにやってきて、マンハッタンを出て、郊外のヴァン・コートランド公園（Van Cortlandt Park）やパリセーズ（the Palisades）へと遠征したという。この「バス」には、物語冒頭の登場時点で、「再改装された（reconverted）」、「営業用〈民間用〉（commercial）」、それに（第二パラグラフに出てくる）「おんぼろの（condemned-looking: ＜死刑を宣告されたような、あるいは、死刑囚運搬用にみえる＞が原義）」という三つの形容詞が冠せられている。いったいこれはどういう「バス」なのだろうか。またなぜこのようなバスである必要があるのだろうか。

「再改装する（reconvert）」という語は、「旧態復帰させる」という意味だが、その含みの中に、「軍需使用からの旧態復帰」ということがあり、それは『研究社大英和辞典（第五版）』にも明記されているとおりである。そうすると“reconverted commercial bus”とは、当初どこかで「営業用」として走っていたが、戦争とともに「軍用」に供され、戦後払い下げられて、現在では団長が子供たちの送迎用——すなわち「営業用」——に使っているバスということなのだろう。おそらくは若干の再塗装も経て、軍用のままではないかもしれない。そこで、もし団長に遊び心があれば――どうもぜんぜんそのようにはみえないのだが――少年団の名称「コマンチ」という文字とか、その先住民族のイラストなどを車体に描いてあってもよかったかもしれない。それが「再改装」のイメージである。しかし「おんぼろ↓死刑を宣告された(condemned–looking)」という誠に恐ろしげな形容詞が示すように、このバスは、酷使され過ぎた結果であろうが、クルマとしての寿命がとうに尽きており、いつ解体場行きとなってもおかしくない代物である。

酷使の主な舞台はもちろん戦争であったろう。このバスが「軍用」に供されていたとすれば、時代的にみて、その戦争とは当然第一次世界大戦(1914–18)だったと思われる。このバスは、それ以前すでにどこかで営業用として走っていたが、戦時となって、前線すなわち死地に赴く兵隊たちをすし詰めにして運んでいたのだろう。それゆえに「おんぼろ＝死刑を宣告されたような＝死刑囚運搬用にみえる」という、一見奇妙に思える形容詞は、このクルマの現在と過去を効果的に繋ぐ言葉と言えよう。現在では「ボーイ・スカウト」の少年たち二十五名をすし詰めにして運んでいるが、その「ボーイ・スカウト」なるものは、歴史的にみると、平和時における「予備軍」として発足しており、そのモットーは、よく知られているように「備えよ、常に(Be Prepared)」である。また少年たちですし詰め状態にあることが、死刑囚運搬用という前歴に通じる。「民間用」に戻ったとはいいながら、皮肉にもこのバスはその使用法がどこかで戦時を思い出させるものであり、その忌まわしい前歴から完全には逃れていないことになる。

また時代的に前後して、アナクロニズムとなるが、死刑囚運搬用というこのバスの持つイメージと、団長の運命を決定したユダヤ人差別とが結びつくところから、この「おんぼろ」バスには、ナチスドイツによるユダヤ人虐殺の忌まわしい記憶がどこかで重なり合うはずである。もちろん、『笑い男』の物語の舞台は、すでにみたように、大恐慌の前年の一九二八年であり、第二次世界大戦勃発よりも十年以上前である。しかし物語そのものが発表されたのは、第二次世界大戦を経た一九四九年のことであり、語り手「私」が物語をしているのも同年という想定である。よって、語り手「私」がホロコーストを念頭に置きながらこの物語を語っているという可能性は十分ある。つまり、作家サリンジャーが、一種のアナクロニズムを通して、アメリカにおけるマイノリティーの悲哀を、どこかでナチスによるユダヤ人迫害とも重ね合わせながら、描いている可能性も否定し去ることはできないであろう。

さて、それでは戦争に供出される前、つまり第一次大戦前に、このバスは「営業用」としてどこを走っていたのであろうか。話の舞台がニューヨークなので、ニューヨークがその一例として当然思い浮かぶが、その可能性はまずないであろう。その理由は、団長のこのバスがアメリカで「営業用」として使われるには、きわめて不適切な特徴を持つからである。物語中、作家は直接そうだとは一度も言わないが、ゲザツキーのバスは明らかに「右ハンドル車」で、そのことは語り手の次の述懐からして当然の帰結となる。

このバスには二列の平行した麦ワラを敷いた座席があった。左側の列には三人分の特別席――バスの中の最上席――があり、それは運転者の横顔がみえるほどまで前方に伸びていた。

すなわち、運転者ゲザツキーは進行方向に向かって右側最前部に座り、左側最前部に横向きに並んで座った三人の子供たちによって顔の左側を見つめられる格好になる。ドアは左側のもう少し後ろの方にあるはずだ。最近ではほとんど見かけないが、一昔前には、この種の座席配置のバス（代表的なものはいわゆる「ボンネット・バス」）がわが国でもよく見かけられた。ちなみに左ハンドルのバスであれば、これが当然逆になり、進行方向に向かって右側の座席が運転者の顔の右側を見つめる格好となる。またドアは当然右側の中央あたりに付いているはずである。

早くから左ハンドルが多数派（マジョリティー）となったアメリカでは、団長所有のこの「右ハンドル車」は異端的存在、つまり「マイノリティー」に他ならなかった。「営業用」でない一般のクルマ、つまり乗用車（トラックでもよいが）などであれば、ハンドルが右であろうが左であろうがそれは一長一短で、あまり差はなく、むしろ好みの問題に帰する。しかし「営業用」のバスとなれば話はまったく別である。客の頻繁な乗降を前提とする「バス」の場合、乗降口が左にある「右ハンドル」車は、「クルマは左」という日本のような左側通行の社会でなければまず使えない。左側に出入口を持つこのバスは、ニューヨークのような「クルマは右」という交通社会で、二十五名ものボーイ・スカウトの少年たちを舗道沿いの校門やら博物館の入口やらで乗せたり降ろしたりを繰り返す「送迎用」として用いるにはどう考えても不便、不適切なクルマだったことになる。早い話、学校帰りの子供たちを乗せようと「公立学校」の「校門」に横付けするとすれば、子供たちを舗道側でなく道路の中央側で乗降させねばならず、不便なだけでなく危険でもある。もし安全に乗降させようとすれば、ほとんど滑稽とも言えるが、通常とはクルマを前後逆向きにして停めなければならない。「マイノリティー」の青年ゲザツキーのバスは、その所有者同様、ニューヨークの交通社会にあっては、「マイノリティー」の悲哀を味わったことだろう。すでに十二分に酷使されてきた老醜の身を晒して、である。

もっとも、それが軍用車であれば、ハンドルがどちら側にあろうが、またドアがどちら側にあろうが、さして問題はあるまい。戦地であればこそ、そしてアメリカではないどこかの右側通行社会であれば、このバスは本来の力を発揮できたはずである。しかし戦争が終わり、何らかの理由でアメリカに搬入され、そこで用いられるとなると、まことに窮屈で肩身の狭い復員兵さながらになってしまう。

よって、このおんぼろバスの出所は、「右ハンドル」車が「営業用」として適切という交通社会を持つ国だったと考えるのが自然である。当然想起されるのはイギリスあるいはその影響が強い国ということになる。つまり団長のバスは、どこか外国からやって来たのだが、新天地アメリカでは所詮「マイノリティー」でしかあり得なかった。それはまた団長その人の運命とも見事に重なる。彼（の一族）は戦争を逃れ、ユダヤ人迫害を逃れて、自由の国アメリカに渡って来たのだが、生まれながらの特性により、新天地には新天地のユダヤ人差別があり、そこで自らの運命を切りひらくことはできなかった。彼が少年たちに語った「笑い男」の運命が示すように、ありったけのハンディを背負った人間は、たとえ一時華々しい活躍をし得たにしても、けっきょくそのハンディは如何ともし得ず、死を迎えざるをえない。つまり、オーバーに言えば、はじめから死刑宣告を受けた死刑囚のようなものなのだ。この「おんぼろ（死刑宣告を受けた）」「再改造」「民間用」バスの車齢そのものも、この物語の舞台である一九二八年当時では、興味深いことに、ほぼ団長ゲザツキーの年齢とあまり変わらなかったように思われる。このバスはいろいろな意味で団長の分身なのである。

ただ、しかし、このバスが何処で生産されたものなのかは特定しようがない。アメリカだった可能性もわずかながらあるにはある。アメリカ製のクルマもごく初期の頃には右ハンドルだったからである。そして、車齢が二十年に近いとすれば、団長所有のこのバスがごく初期の「T型」改造車（いわゆるTT型）だった可能性さえ頭に浮ぶ。既述のごとく「T型」も当初型は右ハンドルであった。それに「T型」ベースのバスは、初期の時代、世界中でけっこう多かったからである。しかしやはり、「T型」だった可能性もゼロと言える。その理由は実に簡単だ。物語の中でメアリーが初めてこのバスに乗り込んできたとき、ゲザツキーは平常心を失って「シフト・ノブを外してしまった」と書かれている。第一章で見たように、ギヤシフトを足のペダル操作のみで行う「T型」には、手で切り替える変速用「シフト・ノブ」は付いていなかったからである。

第八章　ウィントン・フライヤーと『自動車泥棒』
――クルマと馬と「貴族の責務（*noblesse oblige*）」――

『自動車泥棒（*The Reivers: A Reminiscence*）』（1962）は、フォークナー（William Faulkner: 1897–1962）が心臓発作で亡くなる一ヶ月ほど前に発表された全十三章の半自伝的回想長編小説である。ここにはこれまでフォークナーの作品を賑わしてきたお馴染みの人名、地名が続々登場する。しかし同じ人名、地名が登場するとはいえ、作品の展開や雰囲気はそれまでと大きく異なり、この作家特有の重苦しく深刻な要素が、皆無とは言えぬまでもほとんど影をひそめている。この作品では善が主役で、悪はあくまで善の引き立て役という非現実的かつ喜劇的な世界であり、極論すれば仮にディズニー（Walt Disney: 1911–66）が映画化して子供に見せてもよい世界ですらある。ディズニーと趣は異なるが、ディズニー没後三年を経た一九六九年、この作品はハリウッドで映画化された。監督はライデル［Mark Rydell］、制作はクレイマー［Arthur Kramer］、そして主演はスティーヴ・マックィーン［Steve McQueen］）で、邦画タイトルは『華麗なる週末』といった。およそクルマ――特にスポーツカーやレーシング・カーなどの冒険的性格を帯びたクルマ――を操らせれば、マックィーンの右に出るハリウッド俳優はいなかったから、まさに適役ということができる。

ところで、このフォークナー最後の小説の原題となっている“reivers”とは、スコットランド方言で「(何かを) 略奪・強奪する者 (= robbers)」を指す。従って直訳すれば、「略奪者たち」である。この物語では、クルマを「略奪」する者あり、競走馬を「略奪」する者あり、泥穴にクルマをはまり込ませては引き上げ手数料を「略奪」する者あり、寝ている女性から自慢の金歯を「略奪」する者（この男は売春宿の冷蔵庫からビールを「略奪」したりもする）あり、他人の「女」を「略奪」する者ありで、文字通り多様な「略奪者たち」が登場する。それこそがタイトルの意味するところに相違あるまい。要するに、クルマだけが「略奪」されるのではない。従って、邦訳タイトル「自動車泥棒」が適切なものかどうかは少々疑問が残るところである。[116] どうせ意訳するなら映画の「華麗なる週末」ぐらいのほうがいいかもしれない。ただ、一連の「略奪」行為の引き金となり、それらの中心を成すのは、やはり主人公たちによる祖父のクルマの「略奪」であろう。そこで本論では、すでに定着した感のある『自動車泥棒』を踏襲することとする。

辞書によれば、英語の動詞“reive”は“reave”（引き裂く、引き離す）と同じ語源を持つという。このあまり見慣れぬ語を作家がわざわざ用いたのは、主人公たちが祖父のクルマを「寸借」したことを「略奪」と誇張し、南部らしいトール・テール（tall tale: ほら話）的なユーモアを醸成するためと思われる。実際この小説にはトール・テールの要素が多分にみられる。老人が昔話を孫に語るという物語の構造そのものが、時の魔術によりそうした性格を助長しているとみてよい。しかしまた、その「寸借」行動が、当時「十一歳」だった主人公を「無垢」の状態から無理矢理「引き離す」ことにより、大人の世界の不条理と直面させるという、「イニシエーション」の暗示が含まれていよう。さらにまた、スコットランドという遠い国の古い言葉を用いることで、物語全体が、あの騎士道ロマンスの大御所スコット（Sir Walter Scott: 1771–1832）の伝統に繋がるものであることまで暗示しているのかもしれない。

馬好きとして知られるフォークナーだけに、この作品では随所に馬、特に競走馬や騾馬についての蘊蓄がずいぶんあれこれと傾けられている。しかしそれと同時に、馬のみならず、クルマおよび二十世紀のクルマ文明への言及も見られる。老人となったルーシャスの口を借りながら、作家は「世紀の変わり目」におけるアメリカのクルマ事情、クルマ文明の未来などをあれこれ語っている。フォークナーがクルマ好きとは言えないだろうが、クルマ嫌いではないこともまた確かだと思わせる。主人公一族が初期の時代のクルマ（これが「ウィントン・フライヤー（Winton Flyer）」ということになる）に「完全武装」で乗り込み、ドライブを楽しむ際のユーモラスなエピソードは『自動車泥棒』の魅力の一部を成している。

この『自動車泥棒』は、「お爺さんは語った（Grandfather said）」という、たった二語の文で始まる。読者には、ここであたかもテープ・レコーダーの電源が入ったかのような効果を与える表現である。ここでスイッチが入った「お爺さん」という語り部は、これ以後、自分が半世紀以上も前に体験した話を孫に向かってとうとうと語り続ける。文化人類学の世界では、土地の古老が記憶している物語をテープ・レコーダーに録音し、後でそれを再生しながら文字化する作業がしばしば行われる。その口承文芸採取法を想起させるような手法と言えよう。フォークナーの文学世界はこうした口承文芸的色彩がかなり濃いし、この『自動車泥棒』の語りにも現れているこの作家独特の、論理があるようなないような、回りくどい文体にもそれは如実に反映している。その「お爺さん」とは、南部の名家プリースト家の長男ルーシャス（Lucius Priest［フルネームでは「光の司祭」という意味になり、「闇の司祭」セイタン∧悪魔セイタンも元は大天使で「光」を意味するルーシファーという名だった∨と対峙する］）である。今では六十七歳の老人になっているが、その彼が「十一歳」だった五十六年前に体験した、忘れようのない出来事を、一九六一年の時点で「ある追憶（A Reminiscence）」として語るのである。すなわちこの物語の時空は一九〇五年のアメリカ南部――それも「深南部（the Deep South）」――ということになり、そこに大道具のひとつとして、競走馬とともに、当時まだ非常に珍しかった部類のガソリン自動車「ウィントン・フライヤー」が登場し、主人公たちをのどかな田舎町ジェファスン（Jefferson, Mississippi）から歓楽の都メンフィス（Memphis, Tennessee）へと運ぶ「手段（vehicle ＝乗り物）」として活躍するのである。

ここで簡単にこの小説の梗概、つまりルーシャス「老人」が孫に語る冒険話のアウトラインを述べておこう。場所はミシシッピ州ジェファスンで、フォークナー文学では先刻お馴染みとなった架空世界ヨクナパトーファ（Yoknapatawpha）の郡庁所在地である。先住民族インディアンの血を引く人の好い大男で、ルーシャスの父親（モーリー：Maury）が経営する貸馬車屋で働くブーン・ホガンベック（Boon Hogganbeck）は、町の銀行の頭取を務め、「大旦那（ボス：Boss）」と呼ばれるルーシャスの祖父が購入した「新車」（挿絵22）に「一目惚れ」してしまう。このクルマは、銀行家の祖父が、同じく銀行家で年下のサートリス大佐（Colonel Sartoris）との「お触れ」を巡る意地の張り合いから、

挿絵 22
Winton Tourer（1905 年式）
映画『華麗なる週末』で用いられたものは、明らかにこれより年式が新しく、
小説に登場するモデルとしてはこちらの方が近い。（*Beaulieu* による）

欲しくもなく使うつもりもないのに購入した「ジェファスンで二番目に古いクルマ」だったという。一番古いクルマはバファローさん（Mr. Buffalo）という小柄で寡黙な男が自作した、馬車にエンジンを付けただけのものだったが、それをジェファスンの街中で走らせて馬を驚かせたことから、サートリス大佐が「お触れ」を出すに至ったというクルマである。もっとも正確には、その自作されたクルマよりも以前に、はるばるメンフィスから来た或る人物がバファローさんに預けていったという別のクルマ――これを手本にバファローさんは自作のクルマを完成した――もあった。ともかくも、野生の男ブーンが、馬ではなく、祖父のクルマに惚れ込むのである。そしてブーンは自分で運転法を修得したのみならず、ある思惑を抱きつつ、少年ルーシャスにもクルマの運転法を伝授する。

一九〇五年五月のある週末のこと、長患いをしていたルーシャスの母方の祖父が死に、両親も祖父母もみな揃って葬儀に列席するため、メキシコ湾岸の町ベイ・セントルイス（Bay St. Louis）へ出かけて行き、何日かにわたって家を留守にするという事態が到来する。そこでブーンは十一歳のルーシャスと示し合わせ、祖父のクルマを「略奪」すると、少年ともどもテネシー州の大都会メンフィスへ自動車旅行に出掛ける。ブーンのお目当ては、馴染みの売春宿（Miss Reba's）とそこで働く娼婦コリー（Miss Corrie: Everbe Corrinthia）であった。

二人がジェファスンを出発して間もなく、「ハリケーン・クリーク（Hurricane Creek）」の泥穴にクルマがはまり込む災難に出くわすが、ブーンがその怪力を発揮して何とか脱出させると、その直後に後部座席の防水布の下から、祖父の馬車の御者を務める老黒人ネッド（Ned McCaslin）が「ヒーヒーヒー」と笑いながら顔を出し、わしも旅行がしたいんだ、と言う。そこでけっきょくこの三人、つまり、ブーン、ルーシャス、ネッドが祖父のクルマの「略奪者（reivers）」となって、八十五マイル（百三十六キロ）離れたメンフィスへと、はるばるドライブを敢行することになる。我が国で言えば、ほぼ名古屋・京都間に相当する距離である。一九〇五年の、道路事情も甚だ悪いアメリカ深南部にあっては、まさに冒険そのものという行動である。

事前にブーンが予測していた道中最大の難所「ヘル・クリーク低地（Hell Creek Bottom）」では、低湿地にわざわざ人工の泥池を掘って、通りかかるクルマをはまり込ませ、待機させた騾馬で引っ張り上げては脱出手数料を「略奪」する男の術中にはまってしまう。ブーンが抗議はするものの、他に脱出の手段もなく、やむなく六ドルもの引き揚げ料を払って、一行はその難所を通過し、何とか無事に大都会メンフィスへと到着する。ブーンはそこで一行を花街のカタルパ通り（Catalpa Street）にある売春宿へと連れ込むが、ここはブーンがお気に入りの娼婦コリーと逢うために「六ヶ月に一度」の割で通って来る馴染みの場所なのであった。

クルマのキーを預け、ブーンとルーシャスが、売春宿の主を含む何名かの人間たちと台所で遅い食事を取っていると、宿の中庭にネッドが一頭の競走馬とともに現れ、祖父のクルマをその馬と交換してしまったこと、そして近くの町にその馬とのレースを望む男がいて、その男の持ち馬とのレースに勝てばクルマは取り戻せる、という。そこで一同は、ネッドがクルマと交換した競走馬（実は盗んだ馬）を、レース場のある近くの町パーシャム（Parsham、但しネッドは Possum と呼んでいる）まで、人目をはばかりつつ、鉄道員を抱き込んで貨車に乗せ、それを列車に連結して運ぶこととなる。この競走馬は「ライトニング（稲妻 Lightning）」――「コパーマイン（Coppermine）」とも呼ばれる――という。白人からあくどい搾取に遭い、百数十ドルもの負債を背負う黒人ボーボー（BoBo Beauchamp）がカネを作るため、ある厩から盗んだ馬で、ネッドはその黒人を助けるため、祖父のクルマを馬の代わりとして厩に置き、競馬に勝った暁には馬を元に戻し、置いてきたクルマも取り戻すという算段をしていたのである。

パーシャムでの競馬は完全にネッド主導の下で行われる。主人公ルーシャスは、体が軽いからという理由で、いわばにわか仕込みのジョッキーとなり、ネッドが出す細かい指示に従い、「ライトニング」の背にまたがって、競馬場のコースを疾駆する仕儀となる。レースは総計四回行われ、最初のレースでは相手の馬「アケロン（Acheron）」が勝つ。ところがその直後、コリーに横恋慕した町の保安官補ブッチ（Butch）のさしがねによって「ライトニング」がいったんは警察に没収されてしまうハプニングが起きるが、娼婦コリーの「献身」によって、翌日午後に二回目のレースが出来ることとなり、再びルーシャスと「ライトニング」が出走する。このレースは「アケロン」が規定のコースを外れて柵の外側を走ったことから「預かり勝負」となる。ルーシャス少年の馬が勝利を収めたのは次の三回目のレースである。この間、第二レース延期の理由――「ライトニング」没収の原因――となった、娼婦コリーを巡るブッチとブーンの喧嘩が発生する。娼婦コリーは、これより前、自分のことを本当に考えてくれて後先も考えず、手に切傷を受けたルーシャスの真っ正直さ、潔さを見て、娼婦から足を洗う誓いを立てていたのだが、ブッチに奪われた「ライトニング」を取り戻すため、敢えて保安官補に身を売ったのだった。それを咎めたブーンがコリーを殴り、それを知ったルーシャスがブーンを殴るという事態も起こる。しかしブーンはルーシャスに抵抗せず、コリーとの結婚を決意する。こうしたドタバタ騒ぎを伴いながら、三度目にルーシャスの「ライトニング」は勝利を納めたのだが、そこに大いなる貢献をしたのは、「ライトニング」がイワシに目がないという「秘密」を知り、レース最終局面でその「秘密」を用いてこの馬を怒濤のように走らせる策略を用いたネッドであった。その第三レースの場には、葬儀に行っていたはずのルーシャスの祖父と、祖父の仲間ふたり、つまりヴァン・トッシュ氏（Mr. van Tosch）とパーシャム競馬場の持ち主リンスコム大佐（Colonel Linscomb）が到着しており、レースの一部始終を観察していた。

祖父と二人の仲間は、それまでの事の経過をネッドやルーシャスから聴取し、ネッドの「秘密」に賭けてもう一度レースを行うことにする。このときはネッドが「秘密」のイワシを活用せず、「ライトニング」は敗れるが、したたかなネッドは相手の馬に賭けていて大儲けする。ともあれ無事祖父のクルマを取り戻した一行はジェファスンへと戻るが、ルーシャスを待っていたのは父親モーリーによる折檻であった。しかしそこへ祖父が介入してルーシャスは鞭打ちの罰を免れ、この数日の間に自分が図らずも犯すこととなった罪の数々を「忘れる」のではなく、それらの罪「とともに生きる」よう、暖かく祖父から説得される。

その後ブーンと結婚したコリーは男児を出産する。ルーシャスが見舞いに行くと、コリーは「この子の名前はルーシャス・プリースト・ホガンベック（Lucius Priest Hogganbeck）なの」と告げ、ここで「お爺さんの物語」は終わりとなる。

◆

◆

◆

◆

◆

フォークナーの物語は、その語り手たちが、記憶を頼りに延々と語り続けるのを特徴とする。その感じはトウェイン（Mark Twain: 1835–1910）の物語とも通底する。南部特有のユーモア感覚もないわけではない。しかしフォークナーにあっては、その語りからしばしば巨大な喪失感が伝わってくる。何しろ語られる内容が、名家の没落、人種混交、狂気、倒錯、リンチなどなど、南北戦争敗退がもたらした楽園崩壊によるアメリカ南部の悲しい現実の諸相である以上、当然のことかもしれない。しかしそれにもましてフォークナー文学最大の特徴は、それが全体として「ヨクナパトーファ・サガ（Yoknapatawpha Saga）」という壮大な年代記を構成すること、そしてもうひとつにはその小説手法が相当に前衛的なことにある。

「ヨクナパトーファ」は、フォークナーが育ったミシシッピ州オクスフォード（Oxford, Mississippi）周辺をモデルとする架空の郡（county）で、その郡庁所在地（county seat）がジェファスンなのだが、それはオクスフォードをモデルにしたとされる。彼の主要な物語は、本章で取りあげる『自動車泥棒』も含め、たいていこのジェファスンを中心に展開している。

フォークナーの小説手法が前衛的なことは、初期の代表作『響きと怒り（*The Sound and the Fury*）』（1929）をみるだけでも十分首肯できるであろう。由緒ある一族コンプソン家（the Compsons）の長女キャディー（Caddie = Candace）が旅の男と情を交わしたことに端を発する一家没落の様子が、ベンジー（Benjy）、クェンティン（Quentin）、ジェイソン（Jason）という彼女の三人の兄弟たち、それに一家の黒人使用人ディルシー（Dilsey）を加えた四人四様の異なる視点から語られるという構造を持ったこの物語は、もし何の予備知識もなく読み始めれば、まず数頁を経ずして大抵の読者が投げ捨ててしまうような物語である。つまらないのではなく、英語が難解というのでもない。問題は、要するに、何を言っているのかが分からないのである。最後まで読み通すことができる人はまずいないであろう。

それもそのはず、第一章は白痴の青年ベンジーの、第二章は「時」の強迫観念から精神錯乱に陥ったクェンティンの意識を通して語られており、第三章は強欲な物質主義者ジェイソンの視点、そして第四章は一家を支えてきた使用人ディルシーを中心に据えた全能的視点から、主題となっているコンプソン家の没落の模様が「語られる」という構造になっている。仮に物語が逆の順序で（第四章から）語られれば、もっと易しい物語になるであろうが、しかし、もとより作品はそのような想定を受け付けるものではない。

この第一章と第二章を際だたせている手法が、「時」の解体と「意識の流れ」である。ふたつは相関しており、ある特定の言葉や感覚などが引き金となって連想を呼び、語り手の意識が縦横無尽に「時」を往き来するのだが、その回数は第一章だけでも百七十回ほどになるという報告もある。予備知識なくこの小説を読み始め、内容や意味がすらすらと理解できるとすれば、いくらレトリックが働いている世界とはいえ、理解できるほうがおかしいくらいだが、適切な手ほどきを受けて臨めば、この小説の魅力は比類ないものとなる。表題『響きと怒り』はシェイクスピアの『マクベス（*Macbeth*）』（1606）の終幕近くの一節だが、悲劇的重厚感では『マクベス』に匹敵するといっても過言ではあるまい。

ところで『自動車泥棒』に話を戻せば、この小説には今述べた『響きと怒り』に代表されるような、手法上の前衛性も見られなければ、主題上の悲劇性もほとんど見いだせない。そこにあるのは、フォークナー独特の、口承的な語りの世界のみである。ブーン、ミス・リーバ、ネッド、サートリス大佐、それにマッキャスリンなど登場人物の名前はそれまでのいろいろな作品を賑わしてきたものであり、ジェファスンやメンフィスなどの地名とて同じである。しかし『自動車泥棒』では、こうしたお馴染みの素材が、それまでとは異なる世界を作り上げている。要するに、悲劇を作り上げるのに常用してきた素材によって、フォークナーは喜劇、しかも少々ドタバタの様相さえ含んだ（しかし安っぽさは微塵もないが）喜劇を作り上げたのである。それはこの作品がフォークナー最後の作品であることと無関係ではないに違いない。漠然と自分の死を予感していたかもしれない作者による、どこか達観したような爽やかさ、やさしさが感じられる。これは、『老人と海（*The Old Man and the Sea*）』（1952）の老漁師サンチャゴ（Santiago）が、鮫たちに獲物のカジキを食い尽くされてしまう現実はしばらく措き、闘争を終えた疲労と満足感から陥った眠りの中で、草原に遊ぶライオンの夢をみているのと似たような状況でもあるのではないか。「光（ルーシャス）」という名の老いた語り手が、自分の若い頃の冒険を、「追憶」しながら孫に向かって語るというこの物語からは、過去を語りつつ、未来をも見通す感覚が伝わってくる。それは自分がかつて孫として祖父から学んだ騎士道精神を、今は自分が祖父として孫に語るという、そっくり同じ繰り返しの構造によっても補強される。気高い人間精神は、かくて連綿と後世に受け継がれてゆくし、またそうあってほしいものだというのが、語り手のルーシャス老人とほぼ同じ年齢に達したフォークナーの遺言かもしれない。ルーシャスの名には、「もっと光を！（Mehr Licht!）」といって世を去ったとされるかのゲーテ（Johann Wolfgang von Goethe: 1749–1832）のことさえ偲ばせるものがある。

『自動車泥棒』が、主人公ルーシャスを中心に据えた一種の人生開眼、つまりイニシエーションを扱った物語であることはすでに言及してきたとおりである。南部名家の長男で十一歳の男の子が突如ある日、それまで育ってきた世界とは異次元の、悪徳（売春宿が「淫乱 <lust>」、ギャンブルとしての競馬が「貪欲 <avarice>」をそれぞれ象徴する）に満ちた経験の世界へと投げ込まれ、時々刻々密度濃い、時に泣きたくなるような事態と直面させられながら、自分の世界観を修正し、後戻りできぬ新たな人生のステージへと、罪意識を感じながらも、足を踏み出して行くという、典型的な人生開眼物語のプロットを『自動車泥棒』は示している。ジャンル的には、従って、前章で見たサリンジャー（J. D. Salinger: 1911– ）の作品と同じと言える。「ハリケーン・クリーク」や「ヘル・クリーク低地」などを経て、快楽の都「メンフィス」に到着し……という筋立てからは、バニヤン（John Bunyan: 1628–88）の『天路歴程（*The Pilgrim's Progress*）』（1678, 1684）すら想起され、実際『天路歴程』がそうであるように、どこか「夢物語（dream vision）」という風情も漂っている。

人生開眼物語では、強烈で絶望的とすら言える「認識の衝撃（shock of recognition）」が主人公を襲うのが常である。主人公にとって突如世界全体が悪に満ちたものとさえ映ることも稀ではない。[117] 当然作品全体も暗くなる。しかるに『自動車泥棒』にはその種の深刻さ、暗さが、皆無とは言えぬまでも、ほとんどない。ジェファスンという秩序ある世界に育ったルーシャス少年が、事態の急速、急激な展開に不安を抱き、驚き、気に病むことはもちろんある。この少年は最初からブーンの仕組んだ

「略奪」に自分も消極的に参与することに罪意識を抱いており、この「略奪」ドライブのそこここで心に葛藤を抱くのは事実だし、時には少年らしくホームシックに陥ったりすることすらある。しかし彼は、持ち前の正義感に支えられ、恐れや不安を何とかはねのけ、遮二無二大人の世界へと入り込んでゆく。老人の「回想」が実際の出来事から醜悪な部分を除去し、全体を誇張化し美化した結果ともむろん考えられないでもないが、難事を切り抜けてゆくルーシャスは十一歳の子供にしては驚くばかりに落ち着いている。またルーシャスの周囲の大人たちも、ほとんどが非現実的なまでの善人である。ごく一部の人間たち、例えば嫉妬深い郡保安官補ブッチや、盗み癖を遺憾なく発揮するいじけた少年オーティス（Otis）などは悪人の部類かもしれないし、黒人ボーボーに「ライトニング」を盗ませる原因を作った蟻地獄のような白人の存在は、南部社会の暗部を垣間見せるエピソードかもしれない。しかしこうした悪も圧倒的な善の力の前にほとんど無力であり、現に善が完全勝利を納める。ジェファスン、メンフィス、パーシャムという三つの土地に住まう南部人たちは、売春宿の女主人であれ娼婦であれ、みな優しく堂々としており、草競馬というギャンブルに群れ集まる人々も、みななぜか欲望の亡者ではなく、競馬熱愛者なのである。一本気なルーシャスが「五月のある週末」に体験することになった人生の通過儀礼は、まことに非現実的な南部世界を舞台としており、これが作品を夢物語さながらにしていると言ってもよい。

　この特殊なイニシエーションの介添え役は、主人公を囲む大人たちすべてが務めていると言ってもいい。リンスコム大佐、ヴァン・トッシュ氏や教会の長老アンクル・パーシャム（Uncle Parsham）なども少年が見習うべき大人たちという意味で立派な介添え役であるが、ルーシャスにとって最も直接的な役割を果たすのは、やはり黒人使用人ネッドと、クルマの所有者の「大旦那」たる祖父の二人であろう。ネッドは、はじめ単なるお人好しの黒人かと思われるが、実はさにあらずで、読者はこの黒人使用人が決して只者ではないこと、どのような事態に遭遇しても冷静沈着で的確な判断ができる頭のよい、そして決して損をしない抜け目のなさをも併せ持った人間であることに感心させられる。ブーンと違ってネッドはクルマのことは知らないが、こと馬に関する限りは大変な目利きで、どこか馬好きのフォークナー自身と重なり合っているようである。馬と騾馬のＩＱの違いやら、興奮した馬が発する特殊な匂いやら、読者もルーシャスともどもネッド（あるいはフォークナー）からいろいろ教えを授かることになる。物語のはじめのところで、クルマの後部から這い出してきて「ヒーヒーヒー」と妙な笑いをするこの黒人が、大方の白人を遙かに凌ぐ智恵や分別を有していることは、『響きと怒り』におけるディルシーの造形とも相俟って、注目すべきであろう。最後の四番目のレースでネッドは、三番目のレースを勝利に導いた「イワシの魔法」をわざと用いずに負ける。しかし自分は相手の馬にカネを賭けて大儲けし、「ライトニング」に大金を賭けて大損してしまう大旦那には一銭たりとも補償しようとはしない。なぜか、とルーシャスが問うと、ネッドは言う。

お前さんは今度の旅でかなり人間の勉強をしたはずだが、カネの勉強はそれほどしなかったとみえるな。お前さんは大旦那にわしを侮辱させたいのかね？　わしに大旦那を侮辱させたいのかね？　それともその両方かね？　……大旦那が被った損害をわしが払うなんて言えば、大旦那に面と向かって、あんたには馬にカネを賭けるだけの分別がないと言うようなものだろう？　それにわしが払おうとするカネの出所を大

旦那に話せば、こっちに分別がないのを自分から証明することにはならんかね?（第十三章）

さらにルーシャスが、それにしてもどうして大旦那に補償金を払うとお前が侮辱されることになるのかと問うと、ネッドは、「大旦那がそのカネを受け取るかもしれんからだよ」と応え、自分が尊敬している大旦那にはそんなことはしてもらいたくないからだと答える。黒人使用人ネッドが、白人の主人たる祖父とまさに対等の関係にあることが示される場面である。

その大旦那、銀行家の祖父が、ルーシャスのもうひとりの介添え役となっている。サートリス大佐と張り合うなど少々頑固で気位は高いが、物事をよく理解し、あまりうるさいことは言わず、孫で一家の跡取りのルーシャスが一人前の南部紳士として、それなりの気概と心構えを身につけて成長するよう、大きな包容力を持って見守り、励ましている。この祖父が孫のルーシャスに諭すのは、南部紳士の心構えである。紳士たる者、つまり一人前の南部男たる者は騎士道精神を持て、ということである。著名な短編『エミリーへの薔薇（"A Rose for Emily"）』（1930）にも出てくる言葉だが、「貴族の務め（*noblesse oblige*）」こそ、祖父がルーシャスに学び取ってもらいたいものと言える。それなりの身分の人間にはそれなりの義務が伴うということである。これはこの物語の最後に置かれた、次のような祖父の言葉に集約されよう。十一歳のルーシャスがこの週末は多くの悪徳に加担し、いろいろ「罪」を犯してしまった、何か自分に罰を与えてくれと言うとき、銀行家の祖父は、罪は忘れることなどできないから、それとともに生きろと言い、さらに次のように諭す。

紳士というものは、いつだってそうしているのだからな。紳士はどんなことにも耐えて生きるものなのだ。どんなことにも敢然と立ち向かうものなのだ。紳士は、自分の行為に責任を取り、その結果生じる苦しみに耐えるものなのだ。たとえ自分から扇動したのでなく単にしぶしぶ同意しただけで、はっきり断るべきだと分かっていながら「ノー」と言わなかっただけだとしても、そうするものなのだ。（第十三章）

ここに至って激しく泣き出したルーシャスを優しく抱きとめて、そんなに泣くな、泣くと、水瓶が空っぽになるぞ。さあ顔を洗ってくるんだ。紳士も泣くことはあるが、必ず後で顔を洗うんだぞ、という場面は、この祖父の立派な介添え役ぶりを示すものであろう。

◆　◆　◆　◆　◆

フォークナーの作品世界には概して馬や馬車がよく似合う。語られる対象となっている時代が馬や馬車の時代だから当然とはいえ、そもそも彼の世界のリズムそのものが、基本的には馬や馬車のそれなのである。

ならばフォークナーの世界にはクルマがほとんど登場しないのかと言えば、そんなことはない。たとえば、『エミリーへの薔薇』、『あの夕陽（"That Evening Sun"）』（1931）とともに彼の短編中の「白眉」とされる『乾燥の九月（"Dry September"）』（1931）では、長期にわたる乾燥の日々によっていらいらを募らせた白人たちが、町の床屋に集まり、罪もない黒人をリンチに遭わせることでうさ晴らしをしようと、犠牲になる黒人をクルマに乗せてリンチの場へと全速力で疾走する場面や、リンチを止めようとした床屋が、疾走するそのクルマから飛び降りて転がる場面もあり、物語にスピード感、緊迫感を付与するのに貢献している。またヘッドライトの光——この作品の発表時期まではクルマのヘッドライトも電気式の明るいものとなっていた——も効果的に用いられ、この物語においてはクルマが、馬車では絶対代替できない重要な役割を果たしていると言えよう。また、先述の『響きと怒り』(1929)では、第三章の語り手(視点的人物)となるコンプソン家の二男ジェイソンがジェファスンの町をあちこちクルマで走り回る。妹クェンティンを学校へ送り届け、郵便局に立ち寄り、勤務先の農機具店に行き、ウェスタン・ユニオン電信局へ行く。またこの妹が学校をさぼり、復活祭ショーのため町に来ている「赤ネクタイの男」と彼のクルマ(わざわざ「フォード」と断ってある)に乗っているのをみると、それを追いかけるものの結局巻かれてしまう。「時はカネなり」を地で行き、すべてをカネで考え、人間味の欠落した物質主義者で悪人のジェイソンがクルマと関連づけられている点が興味深い。ジェイソンが乗り回すクルマ(この固有名詞は出ていない)は店の出資金千ドルを勝手に流用して買い込んだものだった。ジェイソンが語る第三章の設定は一九二八年四月六日で、二〇年代末となっているので、第一章(四)で触れたように、深南部とはいえ、すでにフォードからは「新A型」が発売開始となっているなど、クルマが十分浸透していた時期に当たる。女主人公で身重のリーナ(Lena Grove)が、馬車でジェファスンにやってくる場面で始まる『八月の光(*Light in August*)』(1932)にあっても、何箇所かの場面でクルマが登場し、過去と現在との交錯の中で現在を印象づける働きをしている。

さて『自動車泥棒』に戻ろう。この物語は冒頭から、語り手のルーシャス老人がクルマに関する言及を行うのが大きな特徴を成している。それは大体三つに大別できる。一つ目はクルマ文明について、二つ目には「ウィントン・フライヤー」を中心とした二十世紀初頭の具体的なクルマや道路事情について、そして三つ目は、プリースト一族のユーモラスなドライブについてである。

初めに登場するのが、狩猟と荒野についての言及の中に登場するクルマの話題である。老人が一九〇五年、一九二五年、一九四〇年、一九六〇年と、徐々に荒野が後退していった様子を語る場面では、一九〇五年の時点ではまだ、日暮れに荷馬車でジェファスンを発てば翌日の夜明けには荒野の狩場に到着できたが、一九二五年にはそうした狩猟の今後の悲しい運命が想像できるようになり、一九四〇年までには、狩猟家ド・スペイン小佐（Major de Spain）の息子マンフレッド（Manfred）が銀行家となり、借地権も土地も木材もみな売り払ってしまって荒野の後退に拍車をかけ、人はすべての装備をピックアップ型[118]のトラックに積み込んで舗装道路を百マイルも走った後でないと荒野の中に露営できる場所が見つけられなくなってしまった、一九六〇年までにはその距離が二百マイルに伸びたこと、などが語られる。そして、さらに

> 一九八〇年までには、たぶん自動車が求める荒野なんぞは時代遅れで廃れてしまっているだろうが、それと同様に自動車もまた荒野へ辿り着くための道具としては時代遅れで廃れてしまっていることだろうよ。だがたぶん、その頃の人間は――つまりお前たちは――火星や月の裏側に荒野を見つけることだろうな、恐らく熊や鹿がその天体を取り仕切っているかもな。（第二章）

これは『自動車泥棒』が出版される直前、折から大統領に就任したケネディ（John F. Kennedy: 1917–63／在任 61–63）が唱道した「ニュー・フロンティア政策（the New Frontier）」[119]を多少とも意識した発言かもしれない。いずれにせよ、文明に浸食される荒野というのは、短編「熊（"The Bear"）」や「デルタの秋（"Delta Autumn"）」を含む『行け、モーゼ（*Go Down, Moses*）』（1942）などでお馴染みの話題である。第二章では「今から二十五年もしたら、この郡にはどんな天気の日でも、自動車が走れないような道はひとつもなくなるだろう」とルーシャス老人は予言し、「人間は乗り物のためにはいくらでもカネを払うんだ。それを買いたいために働きさえするのさ。自転車を見ろ、ブーンを見ろ。全く不思議と言うほかはない」とも言う。

さて、ルーシャス少年をジェファスンから連れ出し、メンフィスへと運んだプリースト家の「ウィントン・フライヤー」に関しては、少なからぬ言及があり、そのひとつひとつが当時のクルマ事情を知る上で参考になる。クランクのハンドルを回してエンジンを始動させること、ヘッドライトとしては石油ランプが用いられていたこと、「十分か十五分あれば五、六人がかりで屋根とカーテンを張ることができた」こと、一九〇四年のミシシッピでも自動車小屋はすでに「ガレージ」と呼ばれていたこと、クルマを濡らすと「点火プラグと発電機」が錆びてしまい、交換には「二十ドル、二十五ドル」と費用がかかったこと、祖父の「ウィントン・フライヤー」を買うカネがあれば「二百ドルの馬が十頭買える」こと――つまり一台二千ドルぐらいしたこと――、後部座席にドアはあったが、前の座席にはドアがなく、じかに乗り込めたこと、蒸気圧力計を思わすような形の速度計が装備されていたこと、操縦席が左側でなく右側にあったこと、などなどがそれである。いずれにしても、この時代に

「屋根とカーテンを張ることができ」、二千ドルはしたという祖父のクルマはかなりの高級車だったことが窺える。ブーンが惚れ込んだのも、ただのクルマではなかったからかもしれない。

面白いのは、一家の面々が土曜日の午後ごとに行ったというドライブの場面である。一家は土曜午後に銀行が閉まると、雨降りの日以外はドライブを楽しんだという。大旦那の祖父とブーン（運転手）はいつも前の席に、祖母、母、語り手ルーシャスと三人の弟たち、キャリーばあや、父などが交代で（但し、ネッドだけは一回きりで止めた）順番に後部座席に陣取ってはドライブをしたのである。クルマに乗る者はみな「帽子」、「ヴェール」、「塵よけ眼鏡」、「長手袋」、「麻のダスター（長くて不格好で首のくくれた灰色の上着）」を身につけての乗車であったという。いわば完全武装の出で立ちで、傍目にも異様な格好と言えたであろう（挿絵23）。

挿絵 23
ドライブ用に完全装備を纏った人々
（Eyewitness Guide *Car* による）

そうしたドライブでちょっとした事件が起きる。噛みたばこを常用する祖父（左前部に座っている）が走行中無造作に吐き出した唾（たばこの黄色い汁）が、すぐ後ろの左後部座席に座っていた祖母セアラ（Sarah）の塵よけ眼鏡と頬の一部にまともにかかり、祖母がひどく機嫌を損ねてしまったことがそれである。南部の貴婦人たる祖母はまさか南部の紳士たる自分の夫が、こともあろうに自分に向かって唾を吐きかけるとは想像だにしなかったというわけである。ところが、ルーシャスの母は、その後も子供たち同様、いつも顔を輝かせ、ドライブには「大きな扇のような取っ手付きの楯」を作成して同行し、祖父の噛みたばこが飛んでくればその「楯」を衝立のようにさっと広げて子供たちを守ってくれたという。おおらかで実践的な、新しい南部女性と言うべきか。やがて子供たちは、祖父が前席で顔を左に向け、噛みたばこを吐き出す体勢に入ると、体をさっと右側へよける反応を身につけたとも言われる。何ともユーモラスな場面である。

祖父のこの「ウィントン・フライヤー」が、主人公を悪徳の都メンフィスへと運ぶという大きな役どころを果たすことになる。泥穴を二度にわたって脱出し、無事そのクルマでメンフィスまで到着したわけなので、読者はその後もずっとこの物語ではクルマが主人公たちの冒険劇の狂言回し役を務めるのだろうと想像する。そうなれば、当時まだきわめて珍しかった「馬なし馬車（horseless carriage）」という無機質でグロテスクで騒々しい機械が、大都会とはいえ古いしきたりの残る南部のメンフィスで、あれこれ奇妙な文化摩擦を引き起こしてゆく様が自然と頭に浮かぶ。しかしここで物語は、読者がまったく期待しない方向へと進んでゆく。メンフィス到着とともに、ほぼ間髪を入れず、このクルマはネッドによって競走馬と交換されてしまう。物語の表舞台から完全にクルマは消え去り、代わりに競走馬が現れるのである。夜の売春宿の中庭に（クルマとすり替わった）馬が現れるというのは、ある意味では不気味なことであり、売春宿という悪徳の巣窟としては自然なことでもある。「夜の馬」とは、他ならぬ「悪夢（nightmare ＝ 夜の雌馬）」だからである。このすり替えは、主人公一行にとって、まさに「悪夢」となりかねなかった危険性を十分に帯びてもいた。しかし『自動車泥棒』の作家は敢えてそういう選択をせず、全体としてはほほえましい喜劇の方向へと物語を導いてゆく。

この「クルマ」と「馬」との交換によって、物語の舞台そのものも、その後は、苦労の末に辿り着いた大都会メンフィスではなく、近くの小さな町パーシャム（Parsham）[120]へと移ることになる。リンスコム大佐が所有するパドック付き競馬場があるという町である。ここに至って、ルーシャス少年の冒険は「ウィントン・フライヤー」というクルマではなく、突然現れた「ライトニング」という名の競走馬とともに展開する仕儀となってゆく。それはあたかもルーシャスの知らない変な匂い（それは催眠薬効果を発揮したのであろうか？）のする売春宿に、ネッドという黒人魔法使いが現れ、何らかの魔法を用いたために、時代がそれまでよりも一段と過去へ、空間もまた都会から田園的な場所へと、強制的に移動させられたかのようである。また物語のトーンにも夢の要素がより多く付与されたような印象を受ける。それまで粗っぽいブーンに振り回されてきた少年ルーシャスが、今度は世慣れたネッドの魔法さながらの指導よろしきを得て、突然の騎手役を務める。「ライトニング」が三番目のレースで（文字通り「イワシの魔法」を用いて）無事勝利を納めたのち、一行は無事取り戻した「ウィントン・フライヤー」に再び乗ってジェファスンへと戻ってくる。二年後、そのクルマは、語り手によれば、再度交換される運命を辿った。今度の相手は競走馬でなく、第一章（一）で触れたように「ホワイト・スティーマー（White Steamer）」という別のクルマ――その名から明らかなようにガソリン・エンジンでなく蒸気エンジンを装備した（「ホワイト社」製の）自動車（挿絵24）――と交換されてしまうのである。この最後の交換は、クルマという観点からみれば、進歩でなく退行であり、同時に当時のクルマの多数派への同調でもあって、つまりは冒険から安全への回帰である。蒸気車に替えられた理由は、あの（祖父に嚙みたばこの汁をかけられて立腹した）祖母が「ガソリンの臭いについに我慢できなくなった」と決意表明したからだとされる。このセアラという南部貴婦人は、ルーシャスの母と

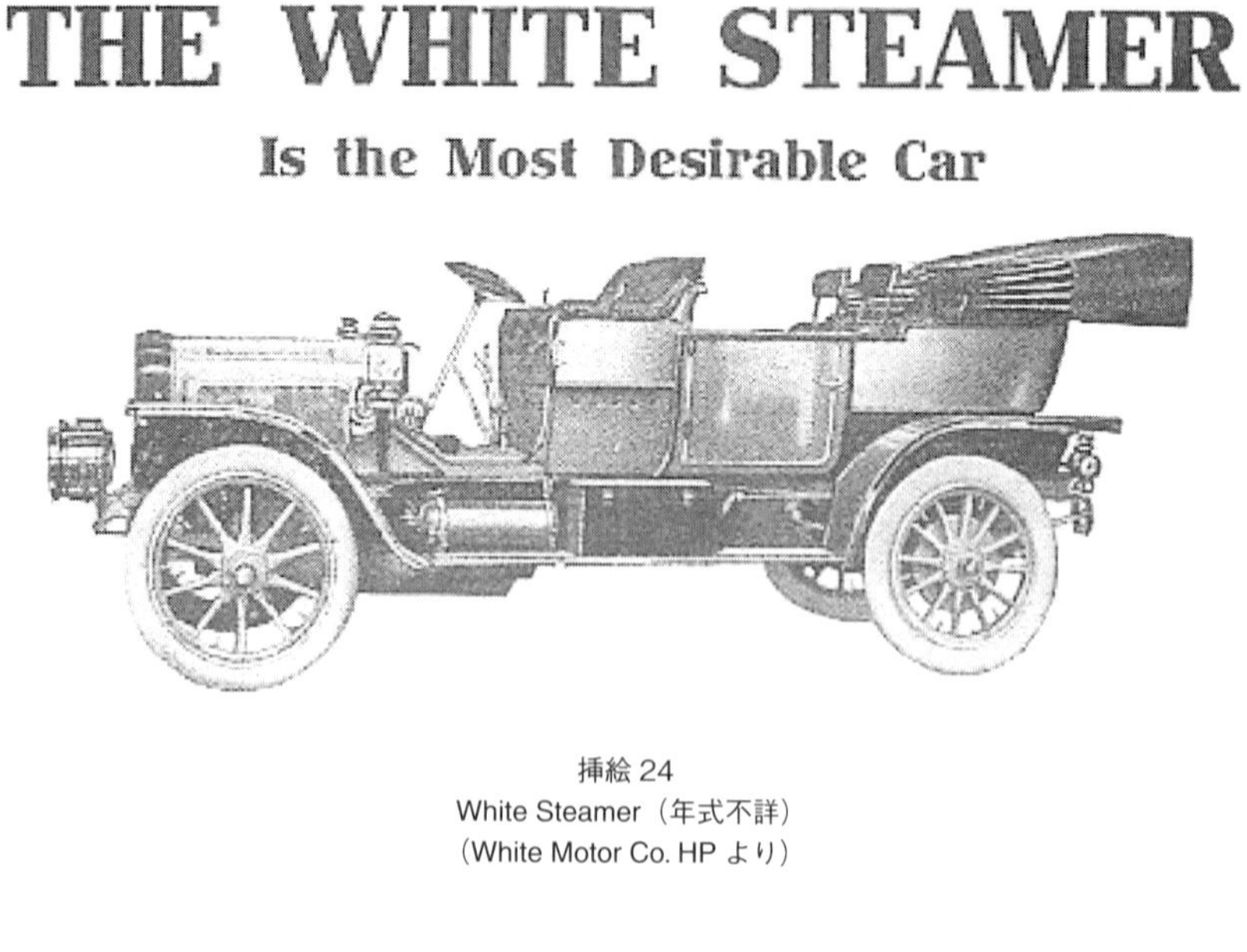
THE WHITE STEAMER
Is the Most Desirable Car

挿絵24
White Steamer（年式不詳）
（White Motor Co. HP より）

は一世代前の人間であることも手伝ってか、ガソリン車の荒っぽさには耐えられなかったのであろう。いや実際に当時のガソリン車は、いかに「ウィントン・フライヤー」が高級車だったからといっても、まだまだ南部の田園地帯にフィットするような上品な乗り物でなかったことは確かである。

それではルーシャスを大人の世界へと連れ出す役割を果たしたプリースト家の「ウィントン・フライヤー」とはどんなクルマだったのであろうか？ いやそもそもそのようなクルマがあったのであろうか？ 結論を先にいえば、それがどうも判然としない。「ウィントン」というメーカーについては問題ないのだが、果たしてそのウィントン社が「フライヤー」という名のモデルを出したかどうかが判然としないのである。場合によると、「フライヤー」というモデル名は、間違いかフィクションの可能性も否定できない。

ウィントン社の創業者はアレグザンダー・ウィントン（Alexander Winton: 1860–1932）という人物でスコットランドの出身だった。一八七八年、独立間もない時期のアメリカに移住を果たし、ニューヨークの鉄工所で働いたり、蒸気船の技師として航海に出たりしていた彼は、一八九一年、義理の兄と共同でオハイオ州クリーブランドに自転車製造会社を作った。その五年後の一八九六年、同じ場所でクルマの実験的製造を手がけ、翌年「ウィントン自動車会社（the Winton Motor Carriage Co.）」を創立している。世紀末の一八九九年には年間百台のガソリン車を製造するに至った。当時のアメリカでは、冒頭でも触れたとおり、まだ蒸気自動車、電気自動車の方が数のうえでは上回っていたとはいえ、年産百台という実績は、ウィントンをガソリン車量産のパイオニアと位置づけるに十分であった。なにしろ「自動車王」フォードですら、まだ当時はガソリン車の量産には手を付けておらず、もっぱら特殊なレーシング・カーの製造に専心していたに過ぎなかったからである。フォードが今日のフォードの前身、「フォード自動車会社（Ford Motor Co.）」を創設し、ガソリン車の量産を始めたのは一九〇三年のことである。

ウィントンは話題に事欠かないメーカーであった。小舟の舵のような形をしたハンドルを今日と同じ丸形ハンドル（steering wheel）に変えたり、クルマの電源に「蓄電池（storage cell）」を導入したのもウィントンの手柄とされる。また第二章でも触れたが、創業者アレグザンダーが、ウィントン車に不満を抱いて改善を提案しにやってきたパッカード（後のパッカード社の創業者J・W・パッカード、James Ward Packard: 1863–1928）に向かい、「そんなに生意気言うならあんたが自分で作ってみろ」と言ったところ、これがパッカードを発憤させ、やがてパッカードに自分が築いた地位、特に高級車メーカーとしての地位を奪われてしまったというのも有名な話である。またレーシング・カーの開発では、同じくレーシング・カー開発に傾倒していた当時無名のフォードと激しい競い合いを演じ、フォードが「ナイン・ナイン・ナイン（999）」（このクルマに伝説的レーサー、オールドフィールド［Barney Oldfield］を搭乗させた）によって時速百キロに迫ると、ウィントンは早速「弾丸（the Bullet）」と銘打ったレーシング・カーを開発し、追い抜いたことでも知られている。さらには一九〇三年、四気筒二十馬力エンジンを装備した二人乗り（後乗り後降りで防水カバー付きボディー）モデルが、サンフランシスコ・ニューヨーク間の大陸横断ドライブを成し遂げたことでも世間の耳目を集めた。

『ボーリュー（*Beaulieu*）』によれば、ウィントン社の最盛期は、大体フォードの「T型」生産開始（1908）から大量生産体制導入（1913）およびその本格化（1914〜）に至る時期と重なっていた。ウィントンは早い時期から高級な六気筒（一時はアメリカ初の八気筒も作った）エンジンの生産に力を入れ、その最盛期には、排気量九千五百ｃｃ、六気筒、出力六十馬力という大型エンジンを搭載した高級モデルを、価格六千ドルで販売していたという。ウィントンがその後パッカード、キャディラック（Cadillac）と続いてゆくアメリカの高級車市場の先駆けをなす一例である。同時期の「Ｔ型」が排気量二千八百ｃｃ、四気筒、出力二十馬力で、価格は最高八百五十ドルであったことを思えば、当時のウィントンの高級車製造における圧倒的優位性に驚かされる。しかしフォードの「Ｔ型」の価格が下がるにつれ、大衆車を求めるユーザーはフォードに、高級車を求めるユーザーはパッカードに、それぞれどんどんシェアを奪われ、ウィントンは二〇年代半ばに生産中止となってしまった。『自動車泥棒』で語り手が語る物語の背景となっている一九〇五年時点――最盛期の十年ぐらい前になる――に照準を合わせれば、この年ウィントンが製造したクルマは、再び『ボーリュー』によれば、

車体前面に四気筒エンジンを搭載し、それまでの型よりも長いホイールベースを持ち、側面から乗降できて、後部座席部分を防水カバー（tonneau）で覆えるタイプ（III, 1755）

だったという。「側面から乗降できて」というのは、当時あるいはそれ以前のクルマの場合、側面からの乗降はできず、後部から乗降していたものもあったからである。エンジンは二タイプで出力が

十六馬力のものと二十馬力のものがあり、当時のこととて無論スタートは手動ハンドル式、変速ギアは二スピード、フロント・ガラスはまだまったく装備されておらず、ヘッド・ライトもダッシュ・ボード左前部におそらく石油ランプと思われるカンテラ状のものがひとつだけ付き、クラクションは豆腐屋のラッパ状のものが、ドライバー・シートの外側に張り付くように取り付けられていた。このクルマの名称は「ウィントン・フライヤー」ではなく「ウィントン・ツアラー（Winton Tourer）」といった。後部座席を覆う「防水カバー（トノー <tonneau>）」はウィントンの売り物のひとつでもあったようで、ネッドがハリケーン・クリークを通過するまで身を隠していたのがこの部分ということになる。

さて問題は、『ボーリュー』をはじめ、いろいろな関連文献ではどれも「フライヤー」の名への言及が見当たらないことである。果たしてウィントン社は当時こういう愛称を持つクルマを実際製造していたのであろうか?もちろんそういう名のクルマが製造されていて、現在その記録が消失してしまった可能性もある。しかしもしそうでないとすれば、これは作家の意図的操作の産物かもしれず、その場合、おそらく語り手の思い違いのせいにして、馬とクルマの連続性を強調しようとした可能性が考えられる。

老いた語り手ルーシャスの思い違いを誘う可能性のある原因のひとつは、ライト兄弟（the Wright Brothers）がちょうどこの時期、南部ノースカロライナ州キティホーク近郊で世界初の飛行に成功した飛行機の名前が「フライヤー」だったことかもしれない。ライト兄弟は一九〇三年と一九〇五年に、それぞれ「フライヤー 一九〇三（The Flyer of 1903）」および「フライヤー 一九〇五（The Flyer of

1905)」と命名された複葉機を用い、人類初の飛行に成功しているのである。考えてみれば、飛行機の歴史もクルマの歴史もほぼ同時並行、横並びで展開してきているが、それも当然で、どちらも推進力をガソリン・エンジンに依存していたからに他ならない。老境を迎えたルーシャス老人の頭の中で、当時最先端だったガソリン自動車の名前が、当時世界を熱狂させた飛行機の名前とどこかで混同されたとしても、あまり不思議ではあるまい。なぜなら、それら二つはいずれも、新しい時代の「フライヤー（駿馬）」であり、稲妻のごとく速い、天翔る馬、ペガサスのごとき存在であったに相違ないからである。メンフィスの売春宿へ到着した途端に、祖父のクルマが競走馬へと変身する大仕掛け（どんでん返し）が用意されていることを考えれば、この「フライヤー」という名辞は、クルマも馬も本質的には同じもので、二つの境界線はおぼろだということを教えているようにも思われる。「ウィントン・フライヤー」というクルマの操縦法をブーンから教え込まれ、実際旅の往路ではそれを運転（ドライブ）するルーシャスだが、メンフィス到着以降は、ネッドが連れてきた競走馬「ライトニング」を、今度はネッドの指導に従って乗りこなす（ドライブする）ことになる。ルーシャスは、クルマであれ馬であれ、いずれにせよ「フライヤー（駿馬）」であるところの二つの「乗り物（vehicle）」を「乗りこなす（drive する）」ことによって、大人の世界へと導き入れられるのであって、それらはまさにルーシャス少年のイニシエーションのための「道具（vehicle）」役を果たすのである。

冒険から二年後に「ウィントン・フライヤー」と交換したという「ホワイト・スティーマー」という蒸気車にしても、そういう文字通りの愛称を持つクルマがあったわけではないらしい。「スティーマー（steamer）」とはただ一般に蒸気自動車を指した名辞にすぎず、ホワイト社が作っていたクルマはみな「スティーマー」と言った。したがって、正確に言えば、「ウィントン」のWは大文字だが、「スティーマー」のSは小文字となる（フォークナーにあっては両方とも大文字にされている）。このクルマとて、実際ルーシャス老人にとってはおそらく「駿馬」を意味したのであろう。なぜなら、ほとんど言うまでもないが、「白い蒸気を吐くもの（white steamer）」とは、「ホワイト社」の「蒸気自動車」であると同時に、鼻息荒く「白い吐息」をまき散らしながら走り回る「駿馬」をも当然イメージさせる名前だからである。「ウィントン・フライヤー」が「ライトニング」となり、最後には「ホワイト・スティーマー」になってしまうといっても、どれも「駿馬」というイメージにおいては共通する。要するに、語り手のルーシャス老人（あるいは作家のフォークナー）にとっては、みな本質的にはある種の「馬」に他ならなかった。

『自動車泥棒』は、老人が「回想」として語る物語であり、その物語は、幼き日の自分の冒険、人生開眼の体験である。そこでは、恐らく確かに存在していたはずの諸々の社会悪のたぐいが、老人の「回想」のフィルターを通して篩い落とされ、多分に美化されて、甘美なノスタルジアの対象にさえなっていると言ってよい。『自動車泥棒』は、そうした回想のフィルターを通して、南部紳士の心得（= 貴族の責務 <*noblesse oblige*>）のごときを聞き手の孫へ、そして読者へと伝えるものである。この幻想的とも言える「回想」物語の核心に据えられているのが、狂言回し役の祖父のクルマであり、競争馬なのである。その狂言回し役は、クルマから馬へ、そしてまたクルマへと変貌を遂げるが、それはルーシャス少年の意識の中に位置づけられる社会の現実性の度合いに応じてのことであろう。ジェファスンよりはメンフィス、メンフィスよりはパーシャムの方が、それぞれより多く非現実性を帯びた夢の世界として捉えられ、世界の特性もそれだけ過去の要素、夢の要素を多く纏っている。パーシャム（Parsham）は、現実の南部とはかけ離れた、文字通り「半分は見せかけ（par[tly] + sham）」の世界と見ることもできる。しかしそのノスタルジアを誘う美化された世界、一徹な少年がひねくれた競争馬「ライトニング」を牛耳ることができる夢の世界が馬中心の世界であり、そこへの往復にはガソリン自動車が用いられていることは、やはり注目に値する。フォークナーにおいては、クルマも馬も、ともに人間の成長を促す重要な「手段／乗り物（vehicle）」であり、しかも両者の接点は見分けがたいほど融合してもいるのだが、人間の成長への貢献度はと言えば、馬の方に軍配が上がる。ここに、馬好き作家の面目躍如たるものがあると言えるであろう。

むすび

ここまで、『アメリカの悲劇』から『自動車泥棒』まで、つごう七編の二十世紀アメリカ古典小説に見られるクルマの意義を検討してきた。それぞれに新しさを持つ小説の中を、現代文明の華とも言えるクルマが縦横に走り回る様は、みなある意味で（今は過ぎ去った）二十世紀という時代、社会の縮図である。

現代小説にクルマが描き込まれているとき、そのクルマが小説そのものの意味とまったく関わりなくそこにあるということはまずあり得ない。作家は当然ながら、当該作品全体の創作意図、主題に鑑みてクルマを登場させ、走らせているはずで、それはちょうど芝居の大道具が作者の全体的意図と無関係に舞台上に置かれるわけがないのと同じである。多くの場合、作家が小説の中で描くクルマは、それと関わる登場人物の性格や行動パタンを表象し、その小説の背景を成す時空をさえ表象すると言っても過言ではあるまい。クルマの時代に登場した小説で、もしそこにクルマが描かれているならば、そのクルマに十分着目せずにその小説を読むのはもったいない。いや罪深いとすら言えよう。

もともとクルマは、それそのものとしても、時代のニーズをけっこう鋭敏に反映している。ステータス性を求める時代には大きくて豪華なクルマが市場で幅を利かせるし、石油価格が高騰すれば、燃費性能を前面に押し出したコンパクト・カーが脚光を浴び、死亡事故が増えれば、安全性能の高いクルマが求められ、環境が悪化すれば、排出ガスのきれいなクルマがもてはやされる。クルマはどれもみなある程度時代の顔をしているのだ。小説の中に登場するクルマは、これに加え、作家の鋭い感性、豊かな想像力の働きにより、さらにもっと多様で豊かな表象性が与えられていると言ってよい。

世界に冠たる自動車王国アメリカにおけるクルマの興隆期は、見方にもよるが大体、第一次世界大戦から第二次世界大戦を経て冷戦時代初期まででであったと思われる。つまり、フォードが「T型」の大量生産を本格化した一九一四年（大量生産導入は一三年）から、高級車「キャディラック」がGMの代表車種として名声の頂点に君臨した一九六〇年代までである。その前の時代はフランス、イギリス、ドイツなどヨーロッパ諸国が何かにつけて先んじていたし、その後の時代は、巨艦型のアメリカ車に代わって日本やドイツのコンパクトで高効率、高性能なクルマが世界の自動車市場を席巻するに至った。七〇年代以降、特に石油危機以降、アメリカ車は世界の潮流から完全に取り残され、その人気は地に落ちたも同然である。アメリカでのクルマの全盛期は、アメリカが世界の超大国として、また自由主義世界のリーダーとして、光り輝いていた時代とみごとなまでに重なっている。それはアメリカが、大量消費を美徳と心得、「世界最高の生活水準」を享受していた時代でもあった。

その時代はまた、冒頭でも述べたように、アメリカ小説がモダニズムの影響の下、旧来の垢抜けしない、ローカルな特性を脱し、世界水準の洗練性、前衛性をすら獲得して、アメリカ小説時代を謳歌した時期でもある。第一次大戦後の「ロスト・ジェネレーション」に始まり、三〇年代の不況の時代を経て、やがて訪れたヘミングウェイ、フォークナー両巨頭の退位を驚くべき新星サリンジャーが埋めるに至った時代である。こうした作家たちは、時代のシンボルとも言えるクルマをどう描き、どう作品の主題と関連づけたのか。この興味深い問題を検証しようとしたのが本書の狙いであった。

もっとも、アメリカ小説とクルマとの関わりを論じる上で、本書が行った作品の選択はあくまで恣意的である。敢えて言うなら、できるだけ人口に膾炙したものを取り上げ、より論点を鮮明にしたいというのが著者の意図であった。従って、本書が取り上げなかった作家たちの作品の中に、この問題をもっと効果的に論じられるものがあったかもしれない。たとえば、冒頭でも名を挙げたS・ルイス（Sinclair Lewis: 1885–1951）の『バビット（*Babbitt*）』（1922）やドス・パソス（John Dos Passos: 1896–1970）の『U・S・A』（1930–36）が、また少し特異なところではF・オコナー（Flannery O'Connor: 1925–64）の『賢い血（*Wise Blood*）』（1952）や『善人はなかなかいない（*A Good Man Is Hard to Find*）』（1955）などが思い浮かぶ。またアメリカ小説とクルマとの関わりそのものが、六〇年代をもって完全に終わりを迎えたわけでもなく、たとえばアップダイク（John Updike: 1932– ）のウサギ四部作の三作目『金持ちになったウサギ（*Rabbit Is Rich*）』（1981）には、「トヨタのディーラー」に勤務し、低燃費で豪華な日本車（カローラ、コロナ、セリカなど）を売る、今では「金持ち」になったものの、相変わらず憂鬱で不安な日々を送る主人公ウサギが登場する。アメリカ人ならずとも少々裏寂しさを感じさせるクルマの扱いであるが、これなども視野に入れて検討すれば、もっと議論に深みが出たかもしれない。もっとも、それを行うには議論の枠組みの修正が必要となる。それは次の機会に俟ちたいと思う。

結局本書は、アメリカの黄金期における七編の小説とそこに登場するクルマの関わり——つまり、それぞれの作品におけるクルマの描かれ方、およびそうしたクルマによる作品の意味の照射ぶりを論じてきた。論者はけっこう楽しんできたつもりだが、如何せん独りよがりに終始した部分が多いかも知れず、また本書が全体としてどこまで所期のもくろみを達成し得たか、正直なところ心許なさも残る。結局それは読者諸賢の判断に委ねるしかあるまい。とまれ、初めに意図したテーマそのものは決して間違っていないこと、意義あるものであることだけは、最後にあらためて強調しておきたい。

注

（1）陸では戦車（タンク）、海では潜水艦、空には飛行機という近代兵器が投入され、さらには毒ガスも加わって、無差別大量殺戮が行われた第一次世界大戦は、それまでの古典的な戦争とはまったく様相が異なるものとなった。

（2）フィッツジェラルド（F. Scott Fitzgerald）の処女長編で、爆発的な当たりを取った『楽園のこちら側（*This Side of Paradise*）』（1920）の終わり近くに、「ここには……すべての神々は死んでしまい、すべての戦争が戦われ、人間へのすべての信頼が揺らいでしまったことを大人になって知った新しい世代があった（Here was a new generation...grown up to find all Gods dead, all wars fought, all faiths in man shaken...）」という一節（第五章）がある。

（3）ヘミングウェイ（Ernest Hemingway）の『日はまた昇る（*The Sun Also Rises*）』（1926）のエピグラフとして有名なスタイン女史（Gertrude Stein）の言葉「ロスト・ジェネレーション」には、「迷子になった世代」、あるいは「根こぎにされた世代（失われた世代）」という意味がある。

（4）この語句は、船乗りたちに恐れられた高緯度地方の荒れた海域を指す「吠える四十度線（the roaring forties）」をもじって作られたものである。なお二〇年代は他に「ジャズ・エイジ（the Jazz Age）」ともよく言われるが、これはフィッツジェラルドの短編集『ジャズ・エイジの物語（*Tales of the Jazz Age*）』（1922）から来ている。

（5）Johnson, 602. および Lehan, 9.

（6）Lehan は「1929 年までには（アメリカの総人口が）121,770,000 人になった」としている。cf. Lehan, 8. また合衆国商務省国勢調査局は、一九三〇年四月の統計の場合、それが 122,775,046 人だとする。これらから二九年の人口は概数で一億二千万人程度と見てよいだろう。

（7）フランス、ドイツ、イギリスなどが「一家に一台」を実現したのは第二次世界大戦後のことである。ヨーロッパのトップを切って、フランスのド・ゴールが「一家に一台」を戦後の経済達成スローガンに掲げたこと、その経済最優先の政策を当時の学生たちが批判したことはまだ記憶に新しい。

（8）マシーセン（F. O. Matthiessen: 1902–50）の同名の著作『アメリカン・ルネサンス——エマスンとホイットマンの時代における芸術と表現（*American Renaissance: Art and Expression in the Age of Emerson and Whitman*）』（1941）によれば、一八五〇年から五五年までの短い期間にエマスン、ソロウ、ホイットマン、ホーソーン、メルヴィルという五人の天才的作家が併せて七編の大作を発表した特異な時代が「アメリカン・ルネサンス」である。広い意味では超越主義が盛んになった三〇年代後半から五〇年代中葉までを指すこともある。

（9）事業所勤めでもない限り、われわれはふつう自分ひとりで同一メーカー、同一年式、同一車種のクルマ（新車）を複数台所有して乗り分けることはない。しかしもしそういう状況に出くわせば、クルマの個体差をよく実感できるのではあるまいか。世間ではよく「あたりが良い、悪い」と言う。まったく偶然ではあるが、筆者は友人と自分とが同一メーカー、同一年式、同一車種、同一エンジン仕様のクルマを購入するという状況にこれまで二度出逢い、その都度友人のクルマを運転させてもらった。いずれの場合も、新車あるいは新車同然であったにもかかわらず、筆者のクルマと友人のクルマとの間には、運転感覚、走行感覚にかなりの差が認められ、同一車種とは思えないほどで、クルマとはこういうものかと少なからず驚いた経験がある。

（10）一七七〇年、ボストンで市民が駐留中の英軍を挑発し、それに対して英軍が発砲し、数名の死者を出した事件で、一七七三年の「ボストン茶会事件（Boston Tea Party）」とともに独立革命（1775–1783）の引き金となった。

（11）真の鉄道の祖、トレヴィシックの影を薄くした後輩スティーヴンソンによる蒸気機関車「ロケット」号の登場は一八二九年のことである。

（12）新たに鉄道会社も加わった各種圧力団体の働きで、一八六五年「赤旗法（Red Flag Act）」が成立し、蒸気乗合バスは窮地に立たされることとなった。大陸ヨーロッパで進行したクルマ開発にイギリスが乗り遅れた一因とされる。

（13）『人物アメリカ史（下）』一一二頁。フォードがこれと遭遇したのは「一八七六年七月の晴れ渡った暑いある日」とされている。但し、ビデオ版『自動車王ヘンリー・フォード——愛と哀しみのアメリカン・ドリーム（1）』（原題 *The Man and the Machine*, 1987）では、雪の降る寒い日になっている。またフォードをクルマ作りに向かわせたもうひとつのきっかけは、後に電気会社に勤めた時、仲間のひとりが技術雑誌『科学の世界（*The World of*

Science)』を貸してくれたが、そこに「オットーの内燃機関」の記事が出ており、かつ同時に、その頃としてはきわめて珍しく、彼の近隣にその内燃機関がすでに導入されていたことだったという。当初フォードの夢は、安価な時計を大量に作ることだった。

（14）奥村正二『世界の自動車』（岩波書店〔岩波新書〕、一九六四年）、四五頁。二百四十六社の内訳は、蒸気車を作っていたのが百六十社、ガソリン車が九十九社、電気車が四十一社だったという。またおそらくは数え方とタイム・スパンの問題であろうが、ゴールドマン（Joanne Abel Goldman）は、一九〇〇年代（すなわち一九〇〇年から一九〇九年まで）には全米の自動車メーカーは「何千」社にも達していたという。cf. Jackson, 68.

（15）少年の祖父プリースト氏（Mr. Priest）はサートリス大佐（Colonel Sartoris）が町に自動車禁止令を出したことへの報復として「ウィントン・フライヤー（Winton Flyer）」というガソリン車を買って、これがこの小説での冒険の大道具になるのだが、冒険が終わった後、祖母の苦情で「ホワイト・スティーマー（White Steamer）」という蒸気自動車に交換されてしまったという。本書第八章参照。

（16）トルクと馬力とは異なる。トルクは「軸回転力」であり、馬力は「一定時間における仕事量」を表す。よくクルマの性能を「馬力」の数値の高低で語るが、それは必ずしも運転した場合に感じる力強さとは直結しない。むしろ力強さは、日常的な使用状況でのエンジン回転数においてどれだけ「トルク」が強いかに直結する。

（17）「ホワイト・スティーマー」というのは「ホワイト」社製の「蒸気自動車」という意味であり、White は固有名詞、steamer は普通名詞である。したがって本来はWが大文字、Sは小文字だが、一般には両方とも大文字で表記することが多く、フォークナーにあっても同様である。

（18）アメリカ最初の電気自動車は、一八八八年、ボストンで公開されたフィリップ・W・プラット（Philip W. Pratt）なる人物が設計し、フレッド・W・キンボール社（Fred W. Kimball Company）が製造した三輪車で、蓄電池で動いたという（Carruth, 349）。

（19）F. Scott Fitzgerald, *The Great Gatsby*, Matthew Bruccoli [ed.] (New York: Collier, 1992), 208.　この版には他にもこうした興味深い註釈がいくつか付けられている。

（20）『昭和自動車史』四六頁。一般にはこう言われているが、但し、アメリカ人貿易商が横浜に輸入した蒸気自動車の方が早かったとする説や、ほぼ同時だったとする説もある。

(21)すでに実用化段階に入ったが、電気自動車では四輪すべてにモーターを取り付け、それらをコンピュータで統括制御することで、安定した高度な舵取りを行うことができる。

(22)気化器はダイムラー（Gottlieb Daimler）とマイバッハ（Wilhelm Maybach: 1846–1929）により、一八八〇年代後半に実用品が作られた。霧吹きの原理を応用した気化器は、その後長らく内燃機関に不可欠の部品だったが、一九七〇年代半ばからはコンピュータ制御の燃料供給方式が登場し、現在ではクルマのほとんどが「電子制御燃料噴射装置（Electronic Fuel Injection＝ＥＦＩ）」を装備するようになり、気化器は過去のものとなっている。

(23)但し、ガソリンよりも燃焼が緩やかで安定して起こるディーゼル・エンジンの場合は、現在でも二サイクル型が、小型かつ高出力なため、広範囲に用いられている。

(24)Ｖ型では、気筒を交互にオーバーラップさせ、気筒壁（シリンダー・ブロック）を一部共有させて並べられるため、エンジン長を直列型よりも短くできる（当然重量も軽くなる）。八気筒同士で比べれば、Ｖ型八気筒は直列八気筒よりもエンジン長がずっと短い。これはクルマの小型軽量化や舵取り性能改善にも貢献する。近年は世界中で、多気筒エンジンがＶ型になりつつある。

(25)また二位から四位までが、同じダイムラーのエンジンを装着したガソリン車だった。フランスではこの前年、パリ・ルアン間でも自動車レースが行われており、これが史上最初のものだが、優勝はガソリン車でなく蒸気自動車だった。

(26)しかし、当時クルマはもっぱら技術開発的意図から「制作」されており、販売目的を持って「製造」していたメーカーは事実上フォードぐらいのものだった。

(27)もともとアメリカの産業革命は、アパラチア山脈から流れ下る急流を利用した紡績工場が発端となっており、自動車産業が当初東部で起こったのは当然といえる。

(28)本来フランス語だということもあるが、アメリカでは（イギリスと異なり）これを「オートモ**ビー**ル」と後にストレスを置いて発音している。日本人の耳には（こんなビール会社はないが）、「大友ビール」と聞える。

(29)世界ではじめて一マイルを一分で走った男、オールドフィールド（Barney Oldfield）が用いたのが「ナイン・

ナイン・ナイン」号であった。記録は一九〇三年六月十五日、インディアナポリスにおいて作られた。ちなみに、インディアナポリスでは一九一一年に、今日まで続き、中西部での五月の風物詩となっている「インディ五〇〇」という五百マイル耐久自動車レースが始まっている。

（30）ライト兄弟（the Wright brothers）が初飛行に成功したのも一九〇三年だった。自動車の開発と飛行機の開発はこのように時差がなく、ほぼ同時進行していた。

（31）電球そのものは二十世紀初頭に開発されていたが、衝撃でフィラメントが切れやすい上、電気を供給する発電機（dinamo / generator）も不備だったため、電灯の標準装備はかなり遅れた。

（32）現在のフォードは、一九一七年、留まるところを知らぬ需要増大に対応するため、ディアボンの、ルージュ川沿いの地に建造が開始され、二八年に稼働開始となった「ルージュ工場（River Rouge Complex）」が前身。「コンプレックス（コンビナート）」と呼ばれた理由は、この中に独自の発電所や精錬所まで備えていたからである。

（33）筆者には当初このクルマがなぜ「T型」と呼ばれるか分からず、大学の同僚など何人かの英米人に聞きまわった経験がある。しかし興味深いことに、この実にシンプルな命名法をズバリと教えてくれた人はいなかった。

（34）モリスンは、「運搬トラックをつければ収穫を市場に運ぶことができたし、後輪をジャッキで持ち上げて自家製の付属品をつければ材木を挽くことも、サイロをつめることも、皿洗い以外ならなんでもする（と言われた）」と書いている。『アメリカの歴史』Ⅲ、一〇五頁。

（35）この記録は後に「かぶと虫」フォルクスワーゲン・ビートルが二千百万台以上を売るまで抜かれることがなかった。

（36）Joseph F. X. McCarthy, *Record of America: A Reference History of the United States* (N.Y.: Charles Scribner's Sons, 1974), Vol.1, 166.　また『ブリタニカ』によれば、この実演はロンドン郊外のブルックランズ（Brooklands）にある「王立自動車クラブ」の試験施設で行われ、リーランドはその功績により「デュアー杯（Dewar Trophy）」を受けたとある。

（37）この発言は、"A Model-T Named 'It'," *Ford Times*, July 1953: 34–39 に収録。

（38）ケタリングは他にポイント式ディストリビュータなど重要な自動車用電気部品を開発したことでも知られる。

スターターは開発されるとすぐ「キャディラック」に採用された。これが「キャディラック」の評価を高める一因ともなった。

(39) それ以前の「T型」のペダルは二つだった。

(40) 「ダブル・クラッチ」と呼ばれるこの操作は一九六〇年代前半頃まで大抵のクルマで必要だった。またバスやトラックではもっと最近までこれが必要だった。

(41) アメリカ人のマニュアル・シフト嫌いは伝説的でさえあり、レンタカーでももちろんオートマチックが常識と考えている。ところがイギリスを筆頭に、ヨーロッパでは現在でもマニュアル・ミッションのクルマがけっこう幅を利かせており、レンタカーもマニュアルが珍しくない。オートマチックを望むなら、事前にそう断っておかねばならない。ロンドンの空港にあるレンタカー会社では、アメリカ人客に回すクルマがなく、困ったという話をよく聞く。最近はそこに日本人も加わっているとか。

(42) 「黒でありさえすれば、どんな色にでもできますよ (You can paint it any color; so long as it's black)」という有名なコピーがある。しかし本当にフォード自身のものかどうかは定かでない。また発売当初と販売後期には黒色以外の「T型」も登場している。

(43) フォードの発言として人口に膾炙しているが、異説もある。但し、一方で情容赦なく工業生産を推し進め、一方で(そうした工業生産により)失われた田園的過去を熱心に再現するという、少々矛盾した態度はまさにフォードそのものである。

(44) 息子エドセルに耳を貸さなかったツケは、やがて息子の早過ぎる死を招き、フォード自身がいったんは退いていた社長職に老齢の身で戻らねばならぬ事態へと繋がった。

(45) アレンによれば、この年の十二月に「新A型」が登場したとき、ニューヨークのフォード本社前には「百万人もの人」が押し寄せた、と『トリビューン』紙が伝えた。

(46) 「フォード一台も買えない (I cannot afford a Ford)」という慣用句が表すように、フォードはアメリカ人なみからすれば最低生活とさえ結びつけられることとなった。

(47) 一九一八年、フォードは地元の新聞『ディアボン・インディペンデンス (*The Dearborn Independence*)』紙上でユダヤ人攻撃を行い、世論の反撃に遭って、これを撤回するとともに謝罪している。ユダヤ人攻撃は、同年の政界進出（州選出上院議員）にも不利に働き、銀行を敵に回したため、フォード社の金融にも悪影響があった。

（48）圧縮比とは、シリンダーに吸入された空気がピストンによって圧縮される割合で、ガソリン・エンジンの場合は体積が十分の一以下、ディーゼルの場合は二十分の一以下まで圧縮される。この場合、ガソリン・エンジンの圧縮比は十、ディーゼルのそれは二十となる。

（49）精製プロセスにおける順位の関係上、後から抽出される軽油のほうが当然ガソリンよりも安価である。しかしこれには税の問題も絡み、もし軽油にガソリン以上の高い税がかけられるような事態になれば、軽油を用いるディーゼルの優位もなくなってしまうことになる。

（50）鉄道においても戦前などよく「ガソリン・カー」が活躍していたが、衝突などに際しては火災事故が多発し、犠牲者も出たので、次第に発火しにくい「ディーゼル・カー」へと置き換えられていった。

（51）燃費がよいので、恒常的に長距離を走るドライバーであれば、乗用車でもディーゼルのメリットは大きく、以前からガソリン価格が高く、長距離走行の多いヨーロッパではディーゼル乗用車が多く用いられている。一時期わが国でもディーゼル乗用車がけっこう用いられていたが、うるさい上に非力で、ガソリンに比べて性能が見劣りするため、ほぼ同等の燃費が得られる新世代型ガソリン・エンジンが開発されると急速にその需要が減った。東京都のディーゼル規制に代表される反公害意識も拍車をかけた。ただ近年開発された「コモンレール方式」という新しいメカニズムのディーゼル・エンジンは、静粛にして強力、黒煙排出も非常に少ないとされる。これまでのディーゼルのイメージを大きく変える可能性を示している。

（52）もともとアメリカや日本では自動車メーカーがディーゼル・エンジン搭載車を「廉価版」と位置づけ、安物扱いしてきたうえ、改善に力を注がなかったため、「四悪」がわざわざ強調されてしまったのも原因である。大メーカーの中には、ホンダのように、初めから馬鹿にして手掛けなかったところもある（ごく最近にわかに宗旨替えしたのは興味深い）。アメリカはガソリンが安い（日本の三分の一から四分の一）からこれでもよいが、日本はガソリンが高価なので、ディーゼル軽視でアメリカに追随してきたのは決して賢明とは言えまい。ヨーロッパでは、ロンドンのタクシー（代表的なディーゼル車で日本製ディーゼル・エンジンを搭載）に見るように、ディーゼル乗用車の「四悪」はあまり目立たない。また使用する軽油の質も異なり、ヨーロッパもの（北海油田産）は、日本もの（中東産）より硫黄分が少なく、NO_Xをあまり排出しない点も注目される。

(53) これは馬車と汽車、電車についても当てはまる。蒸気機関車に引かれた初期の客車は馬車そのものの形態であり、また初期の電車も、我が国最初の市電、京都北野線の車両（通称「N電」）に見るごとく、乗合い馬車にモーターと集電用ポールを付けたスタイルであった。いずれも「馬なし馬車」の一変種だったと言える。

(54) 以前はクルマのエンジンといえば縦置きと相場が決まっていたが、小型車を中心に前輪駆動のクルマが主流となった現在では、エンジンは横置きになっているものが多い。限られた全長の中でフロントの張り出しを抑え、キャビン部分を大きく取るためだけでなく、車軸とエンジン回転軸を同一方向に統一でき、動力伝達をスムーズにできる長所もある。

(55) 西川『アメリカの歴史』Ⅲ、一〇三―一〇四頁。

(56) 二六八頁。

(57) 「ジープ」は現在クライスラーの登録商標だが、この軍用四輪駆動車を開発したのはウィリス（Willis）とフォードであった。

(58) ガソリン・エンジンは効率よい燃焼のため、本体部分をたえず摂氏八〇度から九〇度に保つことが求められ、そのため冷却装置が必要となるが、その装置には水冷式と空冷式の二種類がある。現在では自動車用エンジンのほとんどは、水を循環させてラジエーターを冷やす水冷式（温度が一定以上になったときだけ電動ファンで冷やす）で、ごく一部のクルマのみが水を用いず、ファンのみで冷やす空冷式を用いている。空冷式は冷却能力に限界があり、あまり大きなエンジンには向かない。また水平対向型というのは、複数のシリンダーを交互に完全に（水平に）寝かせて向き合わせた形のエンジンで、エンジン高を極限まで低くできるメリットがある。またピストンが互いに打ち合っているように見えるところから「ボクサー型」とも言われる。わが国では富士重工業（スバル）がこのタイプのエンジンを生産している。

(59) 史上最大の生産台数千五百万台を記録した「T型」を、一九七二年にワーゲン「ビートル」が追い越した。その後も「ビートル」の生産は続行し、総計は二〇〇三年に二千百万台となった。しかし上には上がある。現在世界最大の生産台数を更新中のクルマはトヨタ「カローラ」で、一九六六年の生産開始から二〇〇五年現在で三千万台を突破した。

(60) 現行の「ニュー・ビートル」は、その形に初代の面影を残すが、当初のリア・エンジン・リアドライブ（エンジン後置きの後輪駆動）ではなく、フロントエンジン・フロントドライブ（エンジン前置きの前輪駆動）方式へと変わり、エンジン冷却も空冷式でなく水冷式の一般的なものを採用している。

(61) 第二次世界大戦後の一九四〇年代、五〇年代のアメリカ車は、まさにクロームメッキのお化けのような存在で、戦後日本のあちこちでも、キャディラック、ビュイック、シボレーなど、車体の銀色部分がピカピカ輝く巨艦のようなクルマがたくさん走り回っていた。

(62) 民主党上院議員エドマンド・マスキー（Edmund Muskie）が一九七〇年に成立させた。

(63) 第一次オイル・ショックは一九七三年～七四年、第二次は七九年～八一年に起きた。

(64) シート・ベルトは一九七〇年代に普及したが、これと併用することで効果を発揮する補助拘束システムＳＲＳ（Supplemental Restraint System）としてのエア・バッグは九〇年代に入ってから急速に普及し、現在ではサイド・エア・バッグやエア・カーテンなどまである。

(65) 谷崎は、殺人を計画するクライドの表情を描いた文章で、形容詞の豊富さを取り上げ、「実に驚くべき精密さ」と賞賛している。一方小林は、この文章が「別段見事だとも感じない」し、いくらクライドの顔を心理的に精細に分析してみせたところで我々は決してクライドの顔を思い浮かべることはできぬ、と言っている。谷崎潤一郎「西洋の文章と日本の文章」（『文章読本』昭和九年）

(66) ニューヨーク州北部、アディロンダック山中のビッグ・ムース湖（Big Moose）で、チェスター・ジレットという青年がグレース・ブラウン（Grace Brown）という女工を溺死させた。

(67) クレインの第一作『マギー』も、しかしながら、その冒頭から「名誉（honor）」という、精神的価値観を表す語が登場するのは（たとえ皮肉が含まれているとはいえ）はなはだ示唆的なことのように思われる。

(68) 一九二〇年代には、年平均で死者が二万五千人、負傷者は六十万人にのぼった。cf. Lehan, *The Limits of Wonder*, 8–9.

(69) 直列六気筒エンジンを二つ、一本のクランクシャフト（回転軸）を共有する形で、Vの字型に組み合わせたエンジン。実質上V型十二気筒に当たる。

(70) これは必ずしも直列型がV型に勝るというわけではない。現在ではむしろ（ベンツやトヨタの例に見るように）直列型からV型への移行が顕著である。もともと両者は一長一短で、直列型はトルクが比較的大きく、回転も比較的安定していて、工作もしやすい。但し、気筒が増えるにつれて長さや重量がかさむ。一方、V型は直列型ほどトルクが大きくなく、振動も起こりやすく、工作はむずかしい。しかし、エンジン長、エンジン高、それに重量も小さくできる大きなメリットがある。アメリカ車は長きにわたり、大きなボディー、大きなエンジン・フードを好んで採用してきた。「パッカード」のこの時の選択も、大きく、立派に見せるためのものだったに相違ない。

(71) 英語にも危険な行為の例として「薄氷を踏む（tread on thin ice）」という表現がある。

(72) 第一部の横転事故からも、第二部の「殺人」からも、クライドはなぜか決まって「南へ」向かって逃走する。「陽の当たる場所」をめざしたのであろうか。

(73) 真空（電気）掃除機の歴史は意外に古く、十九世紀末には既にアメリカの富裕階級にあっては絨毯掃除に用いられていた。たとえば、ゼネラル・コンプレスト・エア・バキューム社による空気ポンプ使用の直立式真空掃除機（1899）は、現在一般に使用されている電気掃除機とほぼ同じ原理で動くもので、わが国にも大正時代に導入されていた。ただ、アメリカでも掃除機が一般化するのは、周知のごとく、一九二〇年代である。フィンチレー家はこうした二〇年代の、大量消費時代に乗って財を成した一族と考えられよう。

(74) これに対し、キャンバス地の折り畳み式屋根は「ソフト・トップ（soft top）」という。また「ハード・トップ」はクルマのタイプを指すことがあり、この場合は、側面の中央ピラーがない（したがってドアサッシュもない）クルマのことである。

(75) ドライサーはじめアメリカの自然主義文学は、プロットの重要な転換点で「偶然」が作用するケースが多い。ドライサーでは『シスター・キャリー（*Sister Carrie*）』で高級酒場の金庫が「偶然」施錠されておらずにハーストウッドの運命を狂わせるし、ノリス（Frank Norris）の『マクティーグ（*McTeague*）』ではヒロインのトリナ

（Trina Sieppe）が嫌々購入した宝くじが「偶然」一等に当選するし、クレイン（Stephen Crane）の『赤色武功章（*The Red Badge of Courage*）』では主人公ヘンリーが「偶然」頭に受けた傷が皮肉にも彼を勇者に仕立て上げる。

（76）但し、この映画はストーリーが必ずしも原作に忠実とはいえず、配役もギャッツビー（レッドフォード）にせよ、デイジー（ファロウ）にせよ、はたまたトム（ブルース・ダーン：Bruce Dern）にせよ、はっきり言ってミスキャストだった。但し、時代風俗はそれなりによく出ていたし、映像も美しいものだった。

（77）ニックが買い求めたものは「レモン・ケーキ」だったが、これが何となくギャッツビーの「黄色いロールス・ロイス」と（ニックの意識の中で）繋がるようにも思われる。

（78）別の説では、ロールス・ロイス「シルバー・ゴースト」が一九二四年に四輪ブレーキ・システムを採用したという。だがいずれにせよこの物語の時点ではあり得ない。荒井久治『自動車工学全書 自動車の発達史――ルーツから現代まで――』（下）山海堂、一九九五年、一一四頁。

（79）初めてニューヨークのブロードウェイに登場した信号機は、現在のものと三色の中味が違うが、これでもそれまでの十二色などというややこしい信号システムに比べれば格段の改善だったという。Richard Lehan, *The Great Gatsby: The Limits of Wonder*, 9.

（80）クルマの運転が下手だと言われるのは、ふつう、アメリカ人男性にとって最大の侮辱である。男っぽさを演じるジョーダンへのさりげない皮肉がこもっている。

（81）鉄がリアリズムの象徴であるように、黄金はロマンティシズムの象徴である。

（82）このカラーシャツはロンドンの店に注文したものというから、もちろん高価であり、虹のごとくに色鮮やかでもあって、デイジーを魅了するに十分だが、もうひとつ、アメリカではシャツ（日本でいうところのワイシャツ）を肌に直接着る男性が多いことから、男性の体温、肉体性をも強く暗示することに注意する必要がある。

（83）F. Scott Fitzgerald, *The Great Gatsby*, Matthew Bruccoli [ed.] (Cambridge: Cambridge Univ. Press, 1991), 147.

（84）スローンという名前は、当時若くしてGMの社長に就任したアルフレッド・スローン（Alfred Sloan: 1976–1966）を連想させる。GMの社長の方は姓にeが付かない。

(85) このサロンは、スタイン女史が友人で秘書のトクラス（Alice B. Toklas）と暮らしていたアパートである。

(86) Carlos Baker, *Ernest Hemingway: A Life Story* (New York, Scribner's, 1969), 155. および Hemingway, *A Moveable Feast* (New York, Scribners, 1964), 29–30.

(87) スペインの闘牛は第一部がピカドール（picador: 副闘牛士）による「裁き」、第二部がバンデリジェロ（bandeligero: 銛打ち）による「死の宣告」、第三部がマタドール（matador: 闘牛士）による「刺殺」という三部構成のドラマとなっている。

(88) スペイン北部、ビスケー湾に面した保養地サン・セバスチャン（San Sebastian）は、キリストを擁護する立場を取ったとして、全身傷だらけにされて殉教した同名の聖人に因む。ジェイクがこの聖人と戦傷を負った自分を重ね合わせているのは疑い得ない。

(89) 『ライ麦畑』第十八章。

(90) ある資料によれば、一九一九年に一ドルが七・九九フラン相当だったが、『日はまた昇る』が出版された一九二六年には最高値を記録し、一ドルが三十五・八四フランにまでなったという。Frederick J. Hoffman, *The Twenties*, 46.

(91) フィッツジェラルド『バビロン再訪（"Babylon Revisited"）』（1931）第一節。

(92) 夕暮れ（日没）は、来るべきスペインでの闘牛の儀式（日没までに牛は殺される）と、この小説の表題（the sun also rises）を連想させるものでもある。

(93) 監督は『駅馬車（Stagecoach）』（1931）でお馴染みのジョン・フォード（John Ford: 1895–1973）。

(94) 「砂嵐」は「竜巻（tornado）」と並んで恐れられている自然災害で、アメリカ中南部を襲う。いったん起こると太陽も遮られ、夜のように真っ暗になる。三三年と三六年には特別激しい「砂嵐」がオクラホマ一帯を襲った。現在では、その原因となる干ばつ対策、治水事業の進展により、かなり改善されている。

(95) 『ランダムハウス大英和辞典』による。

(96) 起点はイリノイ州シカゴであるが、この物語ではミシシッピ川以西が対象となる。

(97) キリストと同じイニシャルを持つケイシーを含めて総勢十三人という数は、必然的に「最後の晩餐」を想起させる。はたしてケイシーは殺され、その弟子たちはバラバラになるが、その教えはトムや母親などに受け継がれるという点でのアナロジーは認められるかもしれない。

（98） Ralph Waldo Emerson, "Divinity School Address," *Essays, First Series* (...he, equally with every man, is an inlet into the deeps of Reason.) Mark Van Doren (ed.) *The Portable Emerson* (New York: Viking, 1946), 51.

（99） 頑丈さを要求されるディーゼル・エンジンは、エンジンそのもののコストがガソリン・エンジンよりかさむため、現在にあってもふつう、ディーゼル車のほうがガソリン車よりも割高である。

（100） 『怒りの葡萄』のプロットは基本的に旧約聖書の「出エジプト記」を下敷きにしているが、その「出エジプト記」に出てくる「イナゴ」はファラオを懲らしめるために神ヤーウェが放つことになっている。

（101） 現在でもふつうクルマの寿命は十万キロ程度であるから、これはとうの昔にスクラップにされていておかしくない走行距離である。

（102） この「ペースメーカー」とは「他をリードするもの、先導者」の意味。

（103） 「学校詩人（Schoolroom Poets）」、「家庭詩人（Household Poets）」とも言われ、鋭さはないが、学校や家庭で愛唱され、いつの間にか自然とアメリカ人の記憶の中に留まるような詩を書いた。ロングフェロウ（Henry W. Longfellow: 1807–82）やホイッティア（John G. Whittier: 1807–92）などが代表格。

（104） 批評の分野での代表的業績としては、大学における文学教育等に甚大な影響力を行使した教科書、『詩の理解（*Understanding Poetry*）』（1938）、『小説の理解（*Understanding Fiction*）』（1943）がある。いずれも同じ新批評の実践者C・ブルックス（Cleanth Brooks）との共編著である。

（105） これがともに罪を犯し、楽園を去るアダムとイヴに準えられているのは言うまでもない。

（106） ちなみに、前述のホーソーンの『ブライズデイル・ロマンス』も、一連の共同体運動を「バラード」にしようとして果たせなかった二流詩人カヴァデイルが提示しているバラード以上の作品とみることができる。

（107） 「ランダムハウス大英和辞典」によれば、「ロードスター」とは「二～三人掛けの座席、大きなトランク、折りたたみ式補助イスの付いている屋根なし自動車」のことだという。

（108） クルマが横転した際に乗員を守るため、オープンカーの車体中央部の上に渡される逆U字型の金属の棒。格好はよくないが、転倒時対策として一九五〇年代以降のオープンカーやカブリオレ（折りたたみ収納式の屋根付きオープンカー）には装備されているものが多い。
（109）高圧コイルで発生した高圧電気を順番に各シリンダーに配る「ディストリビューター」の内部では、高速で回転するローターと固定されたステイターとが「コンタクト・ポイント」部分で物理的に触れ合う構造になっている。現在この接触はＩＣの導入によって、電気的に行われるようになり、「ポイント」はなくなっている。
（110）先述の部品の互換性や、一九一二年という早い時期にスターターを装備したことに象徴される、カネに糸目を付けぬ先端技術の導入は「キャディラック」の特徴となっている。
（111）強力なパワーは強靱な硬いスプリングで支えないと、ハンドル性能やクルマの運動性を損なう。すなわち、クルマの運動性能は乗り心地と反比例するのがふつうである。
（112）短編なので、本来は「笑い男」と表記すべきだが、団長が語る「物語中物語」（およびそこに登場する主人公）を「笑い男」と表記せざるを得ないので、区分上、作品それ自体に言及する場合には『笑い男』と二重カギ括弧で表記する。これに伴い『ナイン・ストーリーズ』中の他の短編もすべて同じように二重カギ括弧で表記する。
（113）但し、アヒルはまだいい、魚のことを思ってみろ、甘えるんじゃないぞという二度目のドライバーの返答は、期せずしてホールデンに彼の思い違い、悩みから脱出するヒントを教えてもいる。またこのアヒルをめぐる二度の問答は『ナイン・ストーリーズ』のとびらに掲げられた禅問答を思わせぬでもない。
（114）William Wiegand, "Cures for Banana Fever," Grunwald, *Salinger*, 115–36. なおこの問題については拙論「Bananafish の系譜――D. Salinger の自閉症的世界」、『京都大学総合人間学部紀要』第一巻、平成六年、一一三―一二五頁参照。
（115）博物館は、『ライ麦』におけるように、時間の停止、モラトリアムの象徴である。またセントラル・パークそのものがそうである。
（116）当初この小説は『馬泥棒（*The Horse Robbers*）』といった。
（117）代表的な例のひとつは、ホーソーン（Nathaniel Hawthorne: 1804–64）の短編「若いグッドマン・ブラウン（"Young Goodman Brown"）」（1835）がある。
（118）乗用車とトラックの中間形態のクルマで、乗員五～六名が乗り組んだうえで、後部の荷台に数百キロから一トングらいの荷物を積載できる。我が国では電力会社やガス会社で多く使われているが、アメリカでは一般家庭でもよく用いられている。

(119) ニューフロンティア政策は、宇宙開発と平和部隊の派遣を特徴としていた。

(120) テネシー州に同名の町は実在しない。おそらく、この物語の主なる舞台としてのこの町 Parsham が「作り物 (part sham = partly sham?)」であり、ロマンスの舞台であることを暗示しているのではなかろうか。

あとがき

本書は筆者がこれまでいくつかの大学で行った講義をベースとしている。最も基本になっているのは、平成五年から平成十六年にかけ、本務校の京都大学総合人間学部において断続的に行った「アメリカ文化・社会論」の講義録である。このうちフィッツジェラルドとヘミングウェイを論じたものは京都大学教養部および総合人間学部の紀要『英文学評論』（1993, 2006）に掲載したが、今回本書に収めるに当たってはかなり大巾な加筆修正を行っている。またサリンジャー論は同じく『京都大学総合人間学部紀要 第一巻』（1994）掲載のものをベースにしている。

そのほかそれと前後して南山大学、帝塚山大学、大谷大学、福井大学、日本大学、愛知教育大学などで行った講義（一部は集中）や講演も本書のいくつかの章の骨格を成している。

筆者は、十九世紀中葉の、いわゆる「アメリカ・ルネサンス」期の文学を専攻する者であるが、いつの頃からか同時に一九二〇年代の文学にも少なからぬ関心を抱いてきた。その理由は、ありきたりだが、やはりこれら二つの時代が、アメリカ文学史上最も充実した作品を生み出した特異期だということに他ならない。大学での講義・演習も、たいていこの二つの時期に該当する作家、作品のうちから選択して行ってきている。近年は特に後者を選ぶことが多くなってきたが、それはひとつには時代的親近性もさることながら、やはりそこにクルマというものが関わっているからだと思う。

子供の頃から機械類が好きだったので、クルマにも少なからず関心は抱いていたものの、当時は将来自分がクルマを所有できる時代など来るわけがないと確信していたので、関心は自然にもっと手軽なラジオへ向かってゆき、半田鏝で火傷をしながら「鉱石ラジオ」から「並四」（再生式四球受信機）、「高一」（高周波一段増幅式受信機）、さらには「五球スーパー」（五球式スーパーヘテロダイン受信機）などというものを組み立てては悦に入っていた。大体私と同年代の人々はみなそうだったのではないかと思う。クルマへの関心を一気に高めたのはやはりアメリカ留学の二年間だった。留学先の中西部の大学ではキャンパス内を何系統かのスクールバスが走っていて驚いたが、町外れの広大なショッピングセンターへ行って買い物をしたり、隣町へ出かけるにはやはりクルマがないと不便である。そこで大学新聞の広告に出ていたイタリア製中古小型車（フィアット・クーペ）を買ったのはよいが、これが実に想像を絶する代物で、車体の至る所に錆が生じていて、ドアを閉めると細かい錆が舞い落ち、ある時などは走行中に床下の排気管一式が大音響とともに脱落する事態まで起こり、ただでさえ忙しい留学生活のさなか、維持・修理に多大なエネルギーを浪費することになってしまった。しかしそのため、大学町の熔接屋との交渉をはじめ、町外れの修理屋などと付き合っていろいろ「勉強」したのも確かである。もしあの時、立派なクルマを購入しておれば、筆者の留学自体も、文学への関心も、今とは少々異なったものとなったかもしれず、おそらく本書も誕生していなかったに相違ない。

さてすでに述べたように、アメリカ小説とクルマとの関わりを論じた研究は、話題が話題なだけにいくらでもありそうなものだが、実は本当に意外なほど少ない。本書のテーマと直接関わるものとしては、アメリカの雑誌『キャンザス・クォータリー（*Kansas Quarterly*）』第二十一巻、第四号（1989）に「アメリカ小説における自動車の役割（The Role of the Automobile in American Fiction）」と題した特集があり、南山大学のメイヤー神父（Fr. David Mayer）によるオコナー論を含む十四編が収録されている。我が国で出版されたものとしては、小野清之氏が『アメリカ鉄道物語』（研究社、1999）の「付録」として書かれた「アメリカ文学と自動車」が見つかる程度であろう。前者は優れた刊行物であるが、スペースの関係から収録論文がいずれも短く、しかも取り上げられた作家の殆どがあまりメジャーでないのが不満である。また後者は表題どおり「鉄道」が中心で、「自動車」の方は、長さからしても、まとまりからしても、やはりあくまで「付録」にちがいない。もっとも「付録」にしては立派な論考で、各セクションがもう少々敷衍してあればと思う。本書が啓発を受けた部分もあり、先輩でもある著者の小野氏にはあらためて敬意と謝意を表したい。

先行研究が少ない理由としては、洋の東西を問わず、小説のことは文系、クルマのことは理系というような住み分け、カテゴリー分けが知らず知らずのうちに出来上がってしまっているからではあるまいか。文学研究者がクルマのことに言及してみても、また逆に自動車工学のエンジニアが古典小説を論じても、それは要するに場違いであり、所詮は素人談義に過ぎず、ろくなことにはならない、というのが大方の認識だったのであろう。むろんそういう面は大いにあるに相違なく、本書もみごとその弊に陥っているかもしれない。

しかし、考えてみれば、『白鯨（*Moby-Dick*）』（1851）の研究に捕鯨の知識がある程度必要であるのと同様、たとえば『偉大なるギャッツビー』や『怒りの葡萄』などを読むとなれば、多少ともクルマに関する知識が必要になるのは言うまでもあるまい。「ロールス・ロイス」の何たるかをまったく知らずして『ギャッツビー』は語れないし、『怒りの葡萄』のジョード一家が旅するクルマが「T型」改造車だと思ったり、もっと悪いことには、クルマなら何だって構やしないと思って作品に向き合うとすれば、天国の作家たちも浮かばれまい。こうしたアメリカ小説に接する場合、やはり少しはクルマにも注意を払う必要が当然あるだろう。本書は誠につたない、ある意味で全く無謀なものだが、こうした越境的試みのささやかな嚆矢となれば幸いである。

本書は本来もっと早期に完成を予定していたのだが、ひとつには筆者の怠慢のため、またひとつには職場での近年における膨大な雑用のため、かなりの年月にわたって中断せざるを得ない状況になってしまったのは、返す返すも残念である。しかし、何とか今回ゴールに到達できたのは、気の置けない同僚や古くからの友人諸氏、学生諸君の励ましがあったからに他ならない。感謝して特記する次第である。なお校正の段階では妻靖子の援助を受けたことも付言しておく。

最後になったが、出版に際してひとかたならぬお世話に預かった開文社出版の安居洋一氏に厚く御礼申し上げたい。

平成十八年十月

京都上京にて　　丹羽隆昭

書　誌

《小説原著テキスト》

Dreiser, Theodore. *An American Tragedy*. New York: Signet, 1953.

———. *Sister Carrie*. New York: W. W. Norton, 1970, rev. 1999.

Faulkner, William. *The Reivers. Faulkner: Novels, 1957–1962*. New York: The Library of America, 1999.

Fitzgerald, F. Scott. *The Great Gatsby*. Matthew Bruccoli (ed). New York: Collier, 1992.

———. *This Side of Paradise*. New York: Scribner's, 1946.

———. *The Collected Short Stories of F. Scott Fitzgerald*. New York: Penguin, 1986.

Hemingway, Ernest. *The Sun Also Rises*. New York: Scribner's, 1926.

———. *A Moveable Feast*. New York: Scribner's, 1964.

———. *The Old Man and the Sea*. New York: Scribner's, 1952.

Salinger, J. D. *Nine Stories*. New York: Bantam, 1957.

———. *The Catcher in the Rye*. New York: Penguin, 1951.

Steinbeck, John. *The Grapes of Wrath*. New York: Viking, 1972.

———. *The Cannery Row. Steinbeck: Novels, 1942–1952*, New York: Library of America, 2001.

Warren, Robert Penn. *All the King's Men*. New York: Harcourt, Brace & Co., 1946.

《テキスト邦訳》

ウォレン　『すべて王の臣』　鈴木重吉訳　白水社　一九六六（昭和四十一）年。

サリンジャー　『九つの物語』　鈴木武樹訳　東京白川書院　一九八一（昭和五十六）年。

———　『ライ麦畑でつかまえて』　野崎孝訳　白水社　一九六四（昭和三十九）年。

――――『キャッチャー・イン・ザ・ライ』 村上春樹訳 白水社 二〇〇三（平成十五）年。

スタインベック『怒りの葡萄』上・中・下 大橋健三郎訳 岩波文庫 一九六一（昭和三十六）年。

――――『缶詰横町』 井上謙治訳 福武書店 一九八九（平成元）年。

ドライサー『アメリカの悲劇』 上・下 宮本陽吉訳 集英社 一九七八（昭和五十三）年。

――――『シスター・キャリー』 上・下 村山淳彦訳 岩波文庫 一九九七（平成九）年。

フィッツジェラルド 『偉大なるギャッツビー』 野崎孝訳 白水社 一九七四（昭和四十九）年。

――――『楽園のこちら側』 高村勝治訳 荒地出版社 一九五七（昭和三十二）年 現代アメリカ文学全集 3。

――――『フィッツジェラルド短編集』 佐伯泰樹訳 岩波文庫 一九九二（平成四年）。

フォークナー 『自動車泥棒』 高橋正雄訳 冨山房 一九七五（昭和五十）年。

――――『八月の光』 須山静夫訳 冨山房 一九六八（昭和四十三）年。

――――『響きと怒り』 尾上政次訳 冨山房 一九六九（昭和四十四）年。

――――『これら十三編』 林信行訳 冨山房 一九六八（昭和四十三）年。

ヘミングウェイ 『日はまた昇る』 大久保康雄訳 新潮社 一九五五（昭和三十）年。

―――― 谷口陸男訳 岩波文庫 一九五八（昭和三十三）年。

――――『移動祝祭日』 福田陸太郎訳 岩波書店 一九九〇（平成二）年。

――――『老人と海』 福田恆存訳 新潮文庫 一九六六（昭和四十一）年。

《参考書目》

Allen, Frederick L. *Only Yesterday: An Informal History of the Nineteen–Twenties*. New York & London: Harper & Brothers, 1931.（藤久ミネ訳『オンリー・イエスタデイ』筑摩書房 一九九三［平成五］年）
Bachelor, Bob. *The 1900s*. Westport & London: Greenwood, 2002.
Baker, Carlos. *Ernest Hemingway: A Life Story*. New York: Scribner's, 1965.

Bloom, Harold. (ed.) *Robert Penn Warren: A Modern Critical Views*. New York: Chelsea House, 1986.
Brooks, Cleanth. *William Faulkner: The Yoknapatawpha Country*. New Haven & London: Yale Univ. Press, 1963.
Burness, Tad. *American Car Spotter's Guide, 1920–1939*. Osceola, Wis.: Motorbooks International, 1975.
Carruth, Gorton. (ed.) *The Encyclopedia of American Facts and Dates*. New York: Harper Collins: 1997.
Davidson, Marshall B. *New York: A Pictorial History*. N.Y.: Charles Scribner's Sons, 1977.
Donaldson, Scott. (ed.) *The Cambridge Companion to Ernest Hemingway*. New York: Cambridge Univ. Press, 1996.
Drowne, Kathleen and Patrick Huber. *The 1920s*. Westport and London: Greenwood, 2004.
French, Warren. *J. D. Salinger*. New York: Twayne, 1963.
———. *John Steinbeck*: New York: Twayne, 1961.
Georgano, Nick. (ed.) *The Beaulieu Encyclopedia of the Automobile*. 3 vols. Chicago and London: Fitzroy Dearborn Publishers, 2000.
Grunwald, Henry A. (ed.) *Salinger: A Critical and Personal Portrait*. New York: Harper & Brothers, 1962.
Halberstam, David. *The Fifties*. New York: Villard Books, 1993.（金子宣子訳『ザ・フィフティーズ』上・下　新潮社　一九九七［平成九］年）
Hoffman, Frederick J. *The Twenties: American Writing in the Postwar Decade*. New York: The Free Press, 1962.
———. *William Faulkner*. New York: Twayne, 1966.
Holbrook, Stewart H. *The Age of the Moguls*. New York, 1953.
Jackson, Kenneth T. *The Encyclopedia of New York City*. New Haven & London: Yale Univ. Press, 1995.
Johnson, Paul. *A History of the American People*. London: Weidenfeld & Nicolson, 1997.
Knox, Maxine et al. *Steinbeck's Street: Cannery Row*. San Rafael, Cal.: Presidio Press, 1980.
Lehan, Richard. *The Great Gatsby: The Limits of Wonder*. New York: Twayne, 1990.
Levant, Howard. *The Novels of John Steinbeck: A Critical Study*. Columbia, Mo.: Univ. of Missouri Press, 1974.
Lisca, Peter. *The Wide World of John Steinbeck*. New Brunswick, NJ: Rutgers Univ. Press, 1958.

Lydenberg, John. (ed.) *Dreiser: A Collection of Critical Essays*. Englewood Cliffs, NJ: Prentice–Hall, 1971.

Madden, David. (ed.) *The Legacy of Robert Penn Warren*. Baton Rouge: Louisiana State Univ. Press, 2000.

Marx, Leo. *The Machine in the Garden*. New York: Oxford Univ. Press, 1964. （榊原・明石訳『楽園と機械文明』研究社　一九七二［昭和四十七］年）

McCarthy, Joseph F. X. *Record of America: A Reference History of the United States*. Vol. 1. N.Y.: Charles Scribner's Sons, 1974.

Mizener, Arthur. *The Fitzgerald Reader.* New York: Scribner's, 1963.

————. (ed.) *F. Scott Fitzgerald: A Collection of Critical Essays*. Englewood Cliffs, N. J.: Prentice–Hall, 1963.

Morison, Samuel E. *The Oxford History of the American People*. New York: Oxford Univ. Press, 1965.

Nash, Roderick. *From These Beginnings: A Biographical Approach to American History.* New York: Harper & Row, 1978. （足立康訳『人物アメリカ史（上）・（下）』新潮社　一九八九［平成元］年）

Spindler, Michael. *American Literature and Social Change: William Dean Howells to Arthur Miller*. London: Macmillan, 1983.

Stein, Gertrude. *The Autobiography of Alice B. Toklas*. Hammondsworth: Penguin, 1966. （金関寿夫訳『アリス・B・トクラスの自伝』筑摩書房　一九七一［昭和四十六］年）

Stewart, Randall. *American Literature and Christian Doctrine*. Baton Rouge, Louisiana State Univ. Press, 1958. （刈田元司訳『アメリカ文学とキリスト教』北星堂　一九六五［昭和四十］年）

Sutton, Richard. *Car: Eyewitness Guides 21*. London: Dorling Kindersley, 1990.

Trager, James. *The People's Chronology: A Year–by–Year Record of Human Events from Prehistory to the Present*. New York: Holt, Rinehart and Winston, 1979.

Van Doren, Mark. *The Portable Emerson*. New York: Viking, 1946.

Volpe, Edmond L. *A Reader's Guide to William Faulkner*. New York: Noonday, 1964.

荒井久治『自動車工学全書 自動車の発展史――ルーツから現代まで――』(上)・(下) 山海堂 一九九五(平成七)年。

大橋健三郎『荒野と文明――二十世紀アメリカ小説の世界』研究社 一九六五(昭和四十)年。

――『フォークナー』中央公論社 一九九三(平成五)年。

奥村正二『世界の自動車』(岩波新書) 岩波書店 一九六四(昭和三十九)年。

小田 基『二〇年代パリ――あの作家たちの青春』研究社 一九七八(昭和五十三)年。

小野清之『アメリカ鉄道物語』研究社 一九九九(平成十一)年。

折口 透『自動車の世紀』(岩波新書) 岩波書店 一九九七(平成九)年。

小林秀雄『続文藝評論』白水社 一九三二(昭和七)年。

谷崎潤一郎『文章読本』中央公論社 一九三四(昭和九)年。

毎日新聞社『昭和自動車史――日本人とクルマ百年――』別冊一億人の昭和史 一九七九(昭和五十四)年。

西川正身(翻訳監修)『アメリカの歴史』Ⅰ～Ⅲ 集英社 一九七一(昭和四十六)年。

145, 147, 152, 154, 163, 285
ロング (ルイジアナ州知事 Huey P. Long)
196

わ

ワーゲン　→　フォルクス・ワーゲン
WASP(White Anglo-Saxon Protestant)
111, 237, 239, 240
『笑い男 (“The Laughing Man”)』　→　サリンジャー

め

メルヴィル (Herman Melville)　209
『白鯨 (*Moby-Dick*)』　209
『バートルビー (*Bartleby*)』　209

も

モートルワーゲン (Motorwagen)　**15**
ベンツの項も参照のこと。
モダニズム (Modernism)　ix, 138, 139, 296
モデル・チェンジ (planned obsolescence)　61-64, 70,
モラトリアム人間　231, 236, 298
モリスン (歴史家 Samuel E. Morison)　53, 289
『アメリカの歴史 (*The Oxford History of the American People*)』　53-54, 289

ゆ

遊星ギア・システム (planetary trasmission system)　**25**, 36, 39, 93

よ

ヨクナパトーファ・サガ (Yoknapatawpha Saga)　258
フォークナーの項目も参照のこと。

ら

ライト兄弟 (the Wright Brothers)　276, 289
「フライヤー 1903 (The Flyer of 1903)」および「フライヤー 1905 (The Flyer of 1905)」　276-77
『ライ麦畑でつかまえて (*The Catcher in the Rye*)』 → サリンジャー
ラナバウト (runabout)　23, 99

り

『リパブリック讃歌 (*Battle Hymn of the Republic*)』　173
リムジン (limousine)　114, 117, 137, 142, 148, 151, 152, 153, 154, 160, 218

る

ルージュ工場 (River Rouge Complex)　289
ルヴァソール (Émile Levassor)　16, 19
ルノワール (発明家 Jean-J.-E. Lenoir)　12-13, 16

れ

レッドフォード (俳優 Robert Redford)　109, 200, 295

ろ

ローズヴェルト・セオドア (Theodore Roosevelt)　54
ローズヴェルト・フランクリン (Franklin Delano Roosevelt / FDR)　166-67, 192, 224
炉端談話 (fireside chat)　192
ロードスター (roadster)　42, 115, 116, 196, 213, 214, 218, 297
ロールス・ロイス (Rolls-Royce)　105, **106**, 107, 112, 114, 115, 116, 123, 125, 126, 127, 129, 130, 131, 132, 133, 134, 135, 136, 196, 220, 225, 295
ロール・バー (roll bar)　214, 297-98
ロスト・ジェネレーション (the Lost Generation)　ix, 108, 138, 139, 143, 144,

264, 265
『行け、モーゼ (*Go Down, Moses*)』 268
『乾燥の九月 (“Dry September”)』 265
『自動車泥棒 (*The Reivers*)』 6, 8, **249-79**, 298
『八月の光 (*Light in August*)』 266
『響きと怒り (*The Sound and the Fury*)』 258-59, 260, 263, 266
四（フォー）サイクル機関 (4-cycle engine) 13-14, 19
フォーディズム (Fordism) 43, 44
フォード (Henry Ford) 5, 17, 18, 19, **20**, 21, 24, 27, 28, 29, 36, 40, 41, 42, 43, 44, 45, 51, 52, 66, 70, 216, 273, 274, 286
フォード社［車］(Ford Motor Company / Ford car) 19, 21, 30, 39, 40, 64, 65, 66, 67, 68, 70, 93, 95, 113, 182, 183, 220, 266, 274, 275
フォルクスワーゲン (Volkswagen) 68, 289
ブラッコリ（評論家 Matthew Bruccoli） 135
フランダーズ (技師 Walter E. Flanders) 30
ブレーキ 33, 35, 36, 39, 51, 67, 71, 90, 94, 95, 116, 117, 215, 295
プレスリー (Elvis Presley) 224, 225

へ

ベイカー (Baker) → 電気自動車
ヘミングウェイ (Ernest Hemingway) viii, 108, 137, 138, 140, 145, 147, 154, 165, 175, 285
『日はまた昇る (*The Sun Also Rises*)』 **137-63**, 285
『老人と海 (*The Old Man and the Sea*)』 260
ベンツ (Karl Bentz) **15**, 16, 18, 68, 294

ほ

ホイットニー (Eli Whitney) 27, 28
「吠える四十度線 (the roaring forties)」 285
ホーソーン (Nathaniel Hawthorne) 102, 141, 209, 286, 298
『緋文字 (*The Scarlet Letter*)』 141
『ブライズデイル・ロマンス (*The Blithedale Romance*)』 209
ホワイト・スティーマー (White Steamer) 8, 155, **272**, 277, 278, 287
ポルシェ (Ferdinand Porsche) 68

ま

マークス (評論家 Leo Marx) 128
『楽園と機械 (*The Machine in the Garden*)』 128
マイズナー (評論家 Arthur Mizener) 135
『フィッツジェラルド読本 (*The Fitzgerald Reader*)』 135
マイノリティー (minority) 227, 228, 237, 238, 239, 240, 242, 245, 246, 247
マシーセン (評論家 F. O. Matthiessen) 286
『アメリカン・ルネサンス (*American Renaissance*)』 286
マッカーサー (Douglas MacArthur) **223**, 224
マッキンレー (William McKinley) 54

に

日産自動車　71
「認識の衝撃 (shock of recognition)」　235, 242, 261

の

ノリス (Frank Norris)　17, 84, 294
『赤色武功章 (*The Red Badge of Courage*)』　84, 295
『蛸 (*The Octopus*)』　84
『マクティーグ (*McTeague*)』　84, 294

は

「灰の谷 (Valley of Ashes)」　110, 113, 116, 123, 125
ハイランド・パーク・フォード工場 (Highland Park Ford Plant)　24, **26**
「箱形（車）」(closed car)　21, 23, 42, 77, 80, 98, 99, 100, 114, 148, 151, 185, 186
馬車　5, 10, 16, 19, 21, 37, 50, 51, 52, 53, 55, **57**, 59, 60, 65, 134, 150, 151, 160, 231, 254, 265, 266, 292
パッカード (Packard)　75, **76**, 80, 81, 92, 94, 95, 96, 97, 99, 100, 104, 131, 132, 183, 217, 225, 275, 294
パッカード (James W. Packard)　93, 274
ハドソン (Hudson Motor Car Company)　183, 188, 189
ハドソン・スーパー・シックス (Hudson Super Six)　183, **184**, 185, 186, 187, 188, 189, 190, 192, 193
「ハムプティ・ダムプティの落下 (The Fall of Humpty Dumpty)」（童謡）　199, 200
ハルバースタム (David Halberstam)　71
『五十年代 (*The Fifties*)』　71

ひ

ビートル (Beetle)　68, 289
ピックアップ (pickup truck)　174, 267, 298-99
ビッグ・スリー (the Big Three)　61, 64, 70, 113
『陽のあたる場所 (*A Place in the Sun*)』（映画）　78
『日はまた昇る (*The Sun Also Rises*)』　→　ヘミングウェイ
ピューリッツァー賞　165 (Steinbeck), 196 (Warren)

ふ

フィアット (FIAT)　70, 302
フィッツジェラルド (F. Scott Fitzgerald)　viii, 9, 41, 105, 107, 108, 109, 115, 117, 135, 138, 140, 147, 154, 175, 196, 209, 285
『偉大なるギャッツビー (*The Great Gatsby*)』　9, 41, 42, 60, 78, 88, **105-36**, 137, 147, 149, 196, 209, 213, 240
『ジャズ・エイジの物語 (*Tales of the Jazz Age*)』　285
『楽園のこちら側 (*This Side of Paradise*)』　285
『バビロン再訪 ("Babylon Revisited")』　296
『フィッツジェラルド読本 (*The Fitzgerald Reader*)』　→　マイズナー
フォークナー (William Faulkner)　viii, 6, 8, 201, 249, 250, 251, 252, 258, 260, 263, 265, 278, 279, 287
『エミリーへの薔薇 ("A Rose for Emily")』

橘家円太郎（落語家）　37
ダッジ (Dodge)　68, 113, 128, 167, 182, 183, 186, 190
ダッジ兄弟（ダッジ・ブラザーズ）　17, 67
ダッシュボード (dashboard)　50, 129, 134-35, 215, 276
谷崎潤一郎　78, 293
ダブル・クラッチ　290

ち

「チェスター・ジレット事件」(Chester-Gillette Case)　79

つ

二（ツー）サイクル機関 (2-cycle engine)　13, 14, 15, 19, 288
ツーリング・カー (touring car)　23, 99, 186

て

「T 型」(Model-T)　vii, 19, **25**, **30-40**, 41, 42, 43, 45, 52, 60, 66, 67, 95, 113, 114, 123, 138, 154, 185, 186, 196, 203, 213, 248, 274, 275, 282, 289
ディアボン (Dearborn, Michigan)　18, 289
ディーゼル (Rudolf Diesel)　45-46
ディーゼル・エンジン　7, 8, 11, **45-50**, 165, 177, 178, 179, 180, 181, 288
ディーゼル四悪　47, 179, 291-92
デイヴィッドスン（写真家 Marshall B. Davidson）　54
　『ニューヨーク (*New York: A Pictorial History*)』　55
デトロイト自動車会社 (Detroit Automobile Company)　19, 21
デュラント (GM 初代社長 William C. Durant)　65
デュリア兄弟 (Duryea Brothers)　16, 17
電気自動車　6, 7, **9-11**, 12, 55, 59, 60, 62, 73, 125, 216, 273, 287
電気タクシー　**56**, **57**,
『伝道の書 (*Ecclesiastes*)』　140, 158, 162

と

闘牛　137, 141, 143, 145, 146, 148, 149, 152, 153, 296
トヨタ自動車　71
ドライサー (Theodore Dreiser)　viii, 17, 59, 78, 79, 80, 83, 85, 86, 87, 88, 97, 103, 104, 140, 175, 294
　『アメリカの悲劇 (*An American Tragedy*)』　59, 60, **75-104**, 118, 122, 132, 149, 281
　『シスター・キャリー (*Sister Carrie*)』　59, 60
トラクター（ディーゼル・トラクター）　49, 165, 167, 168, 171, 175, 178, 180, 181
トルク（軸回転力 torque）　7, 8, 37, 47, 48, 179, 287

な

内燃機関 (internal combustion engine)　7, 8, 12, 13, 16, 46, 49, 60, 215, 216, 287
『ナイン・ストーリーズ (*Nine Stories*)』　→　サリンジャー
ナイン・ナイン・ナイン (the 999)　21, **22**, 216, 274
流れ作業方式 (assembly-line system)　vii, 27, 29, 30, 43, 44

227, 228, 232, 236, 237, 241, 242, 245, 261, 298
『ナイン・ストーリーズ (*Nine Stories*)』 227, 231, 298
『笑い男 ("The Laughing Man")』 **227-48**
『ライ麦畑でつかまえて (*The Catcher in the Rye*)』 227, 228, 231, 236, 298

し

G M (General Motors) 33, 42, 43, 46, 64, 65-66, 67, 68, 70, 72, 176, 295
ジープ (Jeep) 68, 232, 292
『シスター・キャリー (*Sister Carrie*)』 → ドライサー
自然主義 (Naturalism) 17, 83, 84, 85, 86, 88, 294
『自動車泥棒 (*The Reivers*)』 → フォークナー
ジャグァー (Jaguar) 229, **230**
ジャズ・エイジ (the Jazz Age) 88, 285
蒸気機関 (steam engine) 3, 4, 6, 7, 8, 12
蒸気三輪車 (steam wagon / *Fardier à vapeur*) → キュニョー
蒸気トラクター (steam tractor) **5**
蒸気乗合バス (steam coach) 4, 286
「シルバー・ゴースト」(Silver Ghost) → ロールス・ロイス
「新A型」(New Mode–A) → 「A型」

す

スターター (セルモーター) 32, 33, 43, 65, 290
スタイン (Gertrude Stein) 138, 285
スタインベック (John Steinbeck) 31, 33, 39, 49, 165, 172, 174, 175, 185, 190, 193
『怒りの葡萄 (*The Grapes of Wrath*)』 49, **165-93**, 196, 297
『缶詰横町 (*Cannery Row*)』 39-40, 185
スタンレー (スタンレー兄弟社 [Stanley Motor Carriage Co.]) 6-7
ステータス・シンボル xi, 41, 42, 59, 71, 75, 77, 80, 104, 189, 217
砂嵐 167, 296
『すべて王の臣下 (*All the King's Men*)』 → ウォレン
スローン (GM 二代目社長 Alfred P. Sloan) 65, 66, 295

せ

世紀の変わり目 (the turn of the century) 5, 50, 53, 54, 55, 59, 251
セルダン (弁護士 George Selden) 18, 19
セルダン特許 13, 18-19

そ

ゾラ (Émile Zola) 17, 83, 84, 85
『実験小説論 (*Le Roman Experimental*)』 83

た

『大統領の陰謀 (*All the President's Men*)』 (映画) 200
ダイムラー (Gottlieb Daimler) 14, 16, 18, 288
タクシー 10, 42, 55, 59, 91, 114, 137, 141, 146, 148, 149, 150, 151, 153, 154, 157, 158, 159, 160, 161, 162, 163, 228, 232, 291
「ダスト・ボウル (the Dust Bowl)」 167, 168

オールドフィールド (Barney Oldfield)　**22**, 215, 216, 274, 288
『オンリー・イエスタデイ (*Only Yesterday*)』 → アレン

か

ガーニー (Sir Goldsworthy Gurney)　4
蒸気乗合バス　4, 286
「カーヴド・ダッシュ」(Curved Dash)　28
外燃機関 (external combustion engine)　7, 8, 12, 13
『科学の世界 (*The World of Science*)』(雑誌)　286-7
カブリオレ　298
ガレージ　54, 55, 100, 113, 116, 125, 138, 139, 152, 268
『華麗なる週末』(映画) → フォークナー

き

『黄色いロールス・ロイス (*The Yellow Rolls-Royce*)』(映画)　105, 107
気化器 (carburetor)　13, 288
規格化 (standardization)　27, 28, 29
貴族の責務 (noblesse oblige)　278
ギヤシフト　36, 52, 248
キャディラック (Cadillac)　29, 65, 66, 72, 75, 93, 115, 182, 183, 196, 197, **198**, 201, 202, 213, 214, 216, 217, 218, 219, 220, 221, **222**, **223**, 224, 225, 226, 229, 275, 282, 290
キュニョー (Nicholas Cugnot)　**2**, 3, 4
驚異と繁栄 (Wonder and Flower)　119, 121

く

クーペ　42, 114, 116, 117, 125, 126, 218, 302
クライスラー (Chrysler Corporation)　43, 64, 67, 68, 70, 113, 183, 292
クライスラー (Walter P. Chrysler)　67
クライスラー・ビル　67-68, **69**
クレイン (Stephen Crane)　17, 84, 293, 295
『マギー (*Maggie, A Girl of the Streets*)』　84, 293
『赤色武功章 (*The Red Badge of Courage*)』　84, 295
クワドリサイクル (Quadricycle)　19, **20**

け

計画的旧式化 (planned obsolescence) → モデル・チェンジ
ゲザツキー (Gedsudski) → 『笑い男』
ケタリング (Charles F. Kettering)　33, 65, 289

こ

交通(自動車)事故　79, 88, 89, 90, 98, 120, 121, 123, 125, 127, 132
国道六六号線 (Route 66)　165, 168, 169, 175, 186, 190
『五十年代 (*The Fifties*)』 → ハルバースタム
小林秀雄　78, 293
コルト (Samuel Colt)　27-28
コンタクト・ポイント　218, 298
コンロッド(主連結棒)　175, 186

さ

サリンジャー (Jerome David Salinger)

索 引

あ

アイアコッカ (Lee Iacocca)　68
圧縮比　47, 291
『アメリカの悲劇 (*An American Tragedy*)』 → ドライサー
アメリカン・ルネサンス　ix, 286
『アメリカン・ルネサンス (*American Renaissance*)』 → マシーセン
『荒地 (*The Waste Land*)』 → エリオット
アレン (F. L. Allen)　31, 42, 290
　『オンリー・イエスタデイ (*Only Yesterday*)』　31-32
「暗黒の木曜日 (Black Thursday)」　166

い

『偉大なるギャッツビー (*The Great Gatsby*)』 → フィッツジェラルド
『怒りの葡萄 (*The Grapes of Wrath*)』 → スタインベック
イニシエーション (initiation)　227, 235, 237, 251, 261, 262, 277

う

ヴァレンティノ (俳優 Rudolph Valentino)　111
V型エンジン　14, 15, 217, 218
ウィントン (Alexander Winton / Winton Motor Carriage Co.)　17, 18, 46, 53, 93, 94, 176, 273, 274, 275, 276, 278
ウィントン・ツアラー (Winton Tourer)　**253**, 276
ウィントン・フライヤー (Winton Flyer)　251, 252, 267, 268, 270, 271, 273, 276, 277, 278
ウォレン (Robert Penn Warren)　7, 195, 200, 215, 217
　『すべて王の臣 (*All the King's Men*)』　7, **195-226**
馬なし馬車 (horseless carriage)　12, 16, 21, 50, 270, 292

え

「A型（新A型）」(New Model-A)　42, 43, 66, 266, 290
エヴァンズ (発明家 Oliver Evans)　28
エドセル (Edsel Ford)　42, 45, 290
エマスン (Ralph W. Emerson)　172, 286
　『神学部講演 (*Divinity School Address*)』　172
エリオット、T. S. (T. S. Eliot)　123, 147
　『荒地 (*The Waste Land*)』　123, 147
円太郎バス　37, **38**, 154, 185

お

オイルパン（油受け）　175, 186
オットー (Nikolaus Otto)　13, 15, 18, 287

著者紹介

丹羽隆昭（にわ　たかあき）
昭和19年愛知県名古屋市生まれ。京都大学大学院文学研究科博士課程修了。インディアナ大学大学院留学（M. A.）。現在京都大学大学院人間・環境学研究科教授。文博。
主な著訳書に、『恐怖の自画像―ホーソーンと「許されざる罪」―』（英宝社）、『蜘蛛の呪縛』（共訳、開文社出版）、『リムーヴァルズ』（監訳、開文社出版）、『アメリカ文学史―付・主要作家作品概説』（共著、英宝社）、『英米文学用語辞典』（編訳、NCI）など。

クルマが語る人間模様
―二十世紀アメリカ古典小説再訪―　（検印廃止）

2007年3月20日　初版発行

著　者　丹羽隆昭
発行者　安居洋一
組　版　アトリエ大角
印刷・製本　モリモト印刷

160-0002　東京都新宿区坂町26
発行所　開文社出版株式会社
TEL 03-3358-6288 FAX 03-3358-6287
www.kaibunsha.co.jp

ISBN978-4-87571-990-8　C3098